LUTZ KREUTZER (Hrsg.)
Schaurige Orte in Österreich

SCHAUER UND GRUSEL IN ÖSTERREICH Zwölf schaurige Geschichten von zwölf Autoren über zwölf reale Orte in Österreich, angelehnt an Legenden und Ereignisse von der Keltenzeit bis in die Gegenwart: Welch grausames Opferritual der Sohn eines Druiden in Niederösterreich über sich ergehen lassen musste. Wie eine Frau in der Steiermark für ihre Habgier am Traualtar bestraft wurde. Was der Ostbahn-Kurti mit der Burg Hasegg in Tirol zu tun hat. Von den grausamen Gewohnheiten einer Gräfin im winterlichen Wien. Warum der Dreißigjährige Krieg in Vorarlberg auch heute noch das Gruseln lehrt. Wie sich ein Bauer in Oberösterreich am Burgherrn rächte. Wie der alte Richtplatz in Salzburg einen altgedienten Polizisten vor einen schwierigen Fall stellte. Über eine Séance in Graz mit dem leibhaftigen Kaiser Friedrich III. Wie einem Geologen in den Steilwänden der Karnischen Alpen in Kärnten seltsame Dinge begegnen. Warum ein Requisiteur am Landestheater in Linz die Tyrannenmordgelüste seines Opas in die Tat umsetzte. Weshalb ein junger Mann im Schilf des Neusiedler Sees im Burgenland die seltsamen Gewohnheiten seiner Großmutter annahm. Und warum die Mauern von Schloss Moosham im Lungau auch heute noch ihren Schrecken beherbergen.

© Jutta Benzenberg

Lutz Kreutzer wurde 1959 in Stolberg geboren. Er schreibt Thriller, Kriminalromane sowie Sachbücher und gibt Kurzgeschichten-Bände heraus. Auf den großen Buchmessen in Frankfurt und Leipzig sowie auf Kongressen coacht er Autoren, ebenso richtet er den Self-Publishing-Day aus. Am Forschungsministerium in Wien hat er ein Büro für Öffentlichkeitsarbeit gegründet. Über seine Arbeit wurden im Hörfunk und TV zahlreiche Beiträge gesendet. Seine beruflichen Reisen und alpinen Abenteuer nimmt er zum Anlass, komplexe Sachverhalte in spannende Literatur zu verwandeln. Lutz Kreutzer war lange als Manager in der IT- und Hightech-Industrie tätig. Seine Arbeit wurde mit mehreren Stipendien gefördert. Heute lebt er in München.
Mehr Informationen zum Autor unter: www.lutzkreutzer.de

LUTZ KREUTZER (Hrsg.)

Schaurige Orte in Österreich

Unheimliche Geschichten

Personen und Handlung sind frei erfunden.
Ähnlichkeiten mit lebenden oder toten Personen
sind rein zufällig und nicht beabsichtigt.

Immer informiert

Spannung pur – mit unserem Newsletter informieren wir Sie
regelmäßig über Wissenswertes aus unserer Bücherwelt.

Gefällt mir!

Facebook: @Gmeiner.Verlag
Instagram: @gmeinerverlag
Twitter: @GmeinerVerlag

Besuchen Sie uns im Internet:
www.gmeiner-verlag.de

© 2023 – Gmeiner-Verlag GmbH
Im Ehnried 5, 88605 Meßkirch
Telefon 07575 / 2095-0
info@gmeiner-verlag.de
Alle Rechte vorbehalten
2. Auflage 2023

Herstellung: Mirjam Hecht
Umschlaggestaltung: U.O.R.G. Lutz Eberle, Stuttgart
unter Verwendung eines Fotos von: © Markus Zeller / shutterstock.com
Druck: GGP Media GmbH, Pößneck
Printed in Germany
ISBN 978-3-8392-0410-8

INHALT

Von Hand zu Hand	9
von Daniel Carinsson	
Jasmin und der Pakt mit dem Teufel	35
von Andrea Nagele	
Scherben bringen kein Glück	53
von Sigrid Neureiter	
Im Haus der Blutgräfin	72
von Edith Kneifl	
Der Klushund	97
von Marlene Kilga	
Tod eines Tyrannen	121
von Eva Reichl	
Das letzte Gericht	141
von Gerhard Langer	
Der Auslöscher	173
von Robert Preis	
Spuren im Eis	190
von Lutz Kreutzer	
Für Opa oder: Die ganze Welt ist eine Bühne	214
von Isabella Archan	
Der schwarze See	231
von Günter Neuwirth	
Die Erben des Schörgen-Toni	243
von Manfred Baumann	
Die Autoren	260

1. Von Hand zu Hand
2. Jasmin und der Pakt mit dem Teufel
3. Scherben bringen kein Glück
4. Im Haus der Blutgräfin
5. Der Klushund
6. Tod eines Tyrannen
7. Das letzte Gericht
8. Der Auslöscher
9. Spuren im Eis
10. Für Opa oder: Die ganze Welt ist eine Bühne
11. Der schwarze See
12. Die Erben des Schörgen-Toni

Eine interaktive Karte finden Sie hier:
schauer-oesterreich.lutzkreutzer.de

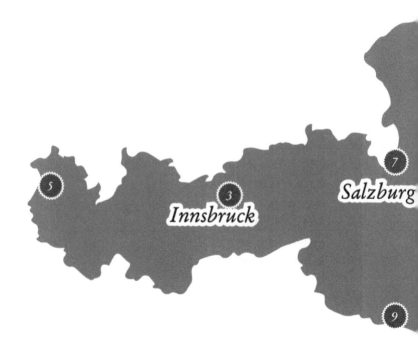

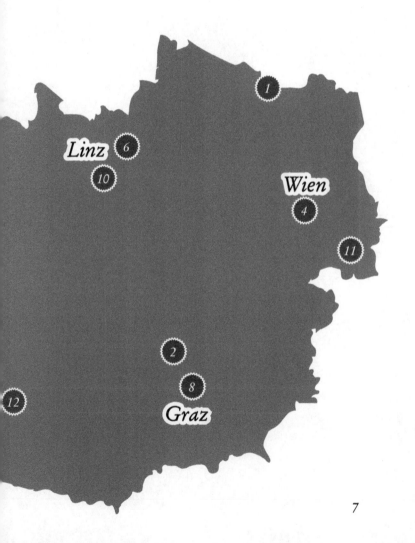

VON HAND ZU HAND

VON DANIEL CARINSSON

Die Pyramiden der alten Ägypter, die griechischen Tempelanlagen, das Kolosseum und der Circus Maximus in Rom – von vielen Hochkulturen der vergangenen Jahrtausende haben wir Bilder im Kopf, da Bauten aus jener Zeit überdauert haben. Von den Kelten jedoch haben die meisten von uns nur eine vage Vorstellung, obwohl ihre Kultur beinahe 1.000 Jahre dominierend in unseren Breiten, in Mitteleuropa, war. Und das, was vielen von uns in den Sinn kommt, wenn wir an sie denken – Wilde in Felle gekleidet, kleine Dörfer von Palisaden umgeben – ist im besten Fall ein winziger Ausschnitt der Wirklichkeit. Die Krux ist, dass alles, was die Kelten je bauten und errichteten, aus Holz war. Holz, über die Jahrhunderte verbrannt, verfault, zerfallen und ebenso verschwunden wie unsere Vorstellung davon, wie die keltischen Stämme einst gelebt haben.

Mit dem Einsatz modernster Technologie in der Archäologie ändert sich das gerade. Aber bereits im ausgehenden 19. Jahrhundert hatten Funde darauf hingedeutet, dass die Kultur der Kelten lange Zeit unterschätzt worden war. Ein solcher Fund stammt vom sogenannten Sandberg bei

Roseldorf in Niederösterreich. Dort lag, wie wir heute wissen, ein weiträumig angelegter Tempelbezirk, der kultisches Zentrum eines mächtigen Fürstentums war. Eines Fürstentums, das auch über ein weiteres Zeichen moderner Reiche verfügte, wie ein besonderer Fund aus dem Jahr 1887 bewies. Von diesem Fund handelt unsere Geschichte.

*

Ich lief den ganzen Weg vom Friedhof hinter unserer kleinen Kirche bis hinauf auf den Sandberg in einem durch, ohne mich umzusehen. Nur einmal war ich kurz stehen geblieben, um mir die drückenden Schuhe auszuziehen, wegen denen ich beinahe auf dem alten Acker gestolpert war. Die schwarzen Strümpfe würden jetzt schmutzig werden und vielleicht zerreißen, aber das war mir egal. Ich wollte nur weg von dem stinkenden Pfaffen, von den beiden alten Ordensschwestern, vor deren Ruten mich jetzt überhaupt niemand mehr beschützen würde, und vor allem weg von dieser komischen Frau aus Hollabrunn. Ich spürte den Schweiß von ihrer Hand immer noch an meiner eigenen, an der sie mich während der Beerdigung festgehalten hatte, obwohl ich sie mir dauernd am Rock meines Kleides abwischte, während ich weiterrannte.

Endlich oben auf der Kuppe des Hügels angekommen, glaubte ich, unterwegs das Atmen vergessen zu haben. Es brannte in meiner Brust, als ich mit offenem Mund die scharfe Luft einsog. Ich musste husten, und wieder schossen mir Tränen in die Augen. Diesmal aber wegen der Zwiebeln, die den würzigen Geschmack des Windes hier oben ausmachten, den ich eigentlich so gerne im Mund mit meiner Spucke vermischte, langsam über die Zunge laufen ließ und dann schluckte, als würde ich Gulaschsuppe essen.

Ich ließ mich in das kniehohe Gras fallen und schloss die Augen. Auch das schwarze Kleid würde nun starren vor Erdkrumen und Grasflecken, wenn ich es am Abend zurückbrächte, zur Nichte des Pfarrers, die es mir für die Beerdigung geliehen hatte. Genau wie die Strümpfe, die Schuhe und die gestrickte Jacke. Ich hatte noch nie so viel Schwarzes getragen. Ich hatte überhaupt noch nie ein Kleid getragen. Ich besaß nur zwei graue Röcke, aber die waren den Schwestern nicht dunkel genug gewesen. Selbst schuld, wenn die Sachen nun schmutzig waren. Ich hatte ja nicht um sie gebeten. Trotzdem würde ich die Tracht Prügel meines Lebens bekommen. Soviel war sicher. Schon, weil ich fortgerannt war.

Nach einiger Zeit beruhigte sich mein Atem wieder, und das Brennen in meiner Brust verging. Im Liegen wurschtelte ich mich aus der kratzenden Strickjacke, rollte sie zusammen und stopfte sie mir unter den Kopf. Ich streckte die Arme nach links und rechts aus und legte meine Hände flach auf den Boden. Ich machte den Rücken breit und meine Beine lang. Wie ein Stern lag ich im Gras und spürte der Wärme entgegen, die sich langsam aus der sandigen Erde in meinem ganzen Körper ausbreitete. Ein Schauer durchlief mich, und ich schmiegte mich so dicht ich nur konnte in den weichen Untergrund.

Deswegen nannten sie ihn Sandberg, auch wenn es eigentlich nur ein großer Hügel war. Aber immerhin die höchste Erhebung weit und breit. Von hier konnte man rundum um über das Land schauen. Weit über Roseldorf hinaus auf der einen Seite und fast bis nach Hollabrunn auf der anderen.

Der Gedanke an die Bezirkshauptstadt versetzte mir einen Stich. Von dort war diese Frau gekommen, zwei Tage nach dem Tod meines Großvaters, die mich über den Rand ihrer winzigen Brille hinweg angesehen hatte wie der Schreiner, wenn er überlegte, wie viel Holz er brauchen würde, um einen der Sautröge im Stall abzudichten. Noch immer wusste ich nicht, was ein Mündel sein sollte. In Hollabrunn hatte angeblich diese unglaublich dicke Frau, mit der sie tags darauf wiedergekommen war, eine Wirtschaft. Glücklich sollte ich sein, hatte die Frau über ihre kleine Brille hinweg gelacht und albern gekichert, als der Pfarrer sie getadelt hatte, weil es ja kein Zufall sein könne, dass die Frau Wirtin gerade jetzt eine neue Magd suche. Die Wirtin hatte drei Söhne dabei gehabt. Auch deren Blicke spürte ich noch an mir kleben, wie den Gestank von Kuhmist nach der Stallarbeit.

Ein Rauschen lenkte mich ab. Eine warme Brise ließ die Halme um mich herum gleichmäßig nach ihrer säuselnden Melodie tanzen. Was, wenn ich einfach hier liegen bliebe? Die Gräser ringsum würden mich in der Nacht zudecken, der Boden unter mir würde mich wärmen. Tagsüber würde ich den Flug der Wolken verfolgen und nachts in die Sterne schauen. Hirsche und Rehe würden über mich hinweg stolzieren, vielleicht kämen ein paar Kaninchen und kuschelten sich an mich. Im Herbst würden die langen Gräser dann über mir liegen wie eine Zudecke, auf die irgendwann der Schnee fällt. Meine weißen Knochen fänden an diesem Ort allemal eine feinere Ruhestatt als mein Großvater in der hölzernen Kiste im Schatten der Kirche.

Mit einem Ruck setzte ich mich auf. Tastend fasste ich unter den Saum des Kleides und fand die schmale, eingenähte Tasche, die ich beim Anziehen dort entdeckt hatte. Vorsichtig fingerte ich einen Umschlag heraus. Er war ungeöffnet, obwohl ihn mir mein Großvater schon gegeben hatte, als er mit Mühe gerade noch sprechen konnte. Ich rieb das zerknitterte Papier zwischen den Fingern, erfühlte den kleinen darin verborgenen Gegenstand, von dem ich keine Ahnung hatte, was es sein könnte. Trotz meiner Neugier hatte ich nicht gewagt, den Umschlag zu öffnen. Den Brief von meinem Vater. Jetzt riss ich ihn auf.

> *Slawonisches Grenzgebiet, den 10. August 1878*
> *Meine liebe Elisabeth.*
> *Meine geliebte Tochter, ich schreibe Dir diese Zeilen, da ich nicht sicher davon ausgehen kann, dass ich von diesem »Spaziergang mit einer Blasmusikkapelle«, wie es unser verehrter Herr Außenminister in der Feldpost benannte, lebend werde zurückkehren können.*
> *Demütig schreibe ich Dir und voller Scham.*

Erschöpft ließ ich das Papier in meinen Schoß sinken. Die Schrift war krakelig, viele Buchstaben sahen ganz anders aus als in unserem Lesebuch in der Kirchschule oder im Gesangsbuch. Manche waren verwischt, und dass ich den Brief schon so oft gefaltet und unter meinem Kopfkissen verborgen hatte, machte es nicht besser. Wo ich mich mit dem Entziffern von Worten doch ohnehin so schwertat, dass kaum eine Stunde in der Schule vergangen war, in der ich nicht in die Ecke gemusst hatte. Aber selbst, als ich mir die Zeilen schließlich zusammengereimt und ein paarmal halblaut vor mich hingesprochen hatte, verstand ich kaum etwas von deren Inhalt.

Ratlos blickte ich in die Ferne.

Meine Hände zittern. Ich atme tief aus und wieder ein. Niemand darf das bemerken. Es ist mein erstes Mal, und ich habe nur diese eine Chance, mich zu beweisen. Ich muss beweisen, was ich bereits gelernt habe, beweisen, dass ich würdig bin, beweisen, dass ich ein Sohn unseres Druiden bin. Sein möglicher Erbe.

Die elf anderen Jungen und Männer, die mit mir hier im großen Kreis um den Opferplatz knien, sind alle meine Brüder. Halbbrüder. Und sie hassen mich. Denn nur einer von uns kann, wenn seine Zeit gekommen ist, den Platz unseres Vaters, unseres Druiden einnehmen. Die anderen werden bis dahin sterben oder verstoßen. Darum hasse auch ich meine Brüder, obwohl ich nicht sicher bin, wie sich das anfühlt. Jetzt dürfen sie auf keinen Fall mitbekommen, dass meine Hände zittern. Wir sind den Lebensjahren nach aufgereiht. Ich bin der letzte in der Kette. Der Bruder rechts neben mir hat schon 13 Winter erlebt, und er sieht beinahe schon aus wie ein Mann. Sogar einen feinen Bart kann man in seinem Gesicht erkennen. Mein Kinn dagegen ist noch so blank wie das eines Mädchens.

Ein Druide zeugt nur männliche Nachkommen, heißt es. Obwohl ich meine Mutter und ihre Schwestern hab tuscheln hören, dass das gar nicht stimme. Doch was wissen Weiber schon. Andererseits, sie sind es ja, die uns zur Welt bringen. Die Mutter eines älteren Bruders soll eine Tochter geboren haben, aber sie ist im Tagbett gestorben, und daher muss der Vater wohl ein anderer gewesen sein. Früher sind wir Jüngeren oft um die Wette den Hügel zu den heiligen Stätten hinaufgelaufen. Obwohl ich der Kleinste war, konnte ich gut mithalten. Das war, bevor wir uns hassten.

Die Fackel in meiner rechten Hand wird immer schwerer. Trotzdem muss ich sie ruhig halten, damit der Teer nicht heruntertropft und meine Finger verbrennt. Wenn das passiert und ich aufschreie, dann ist es vorbei, bevor es noch überhaupt losging. Ich darf die Sätze nicht vergessen und die Worte nicht durcheinanderbringen, die wir wieder und wieder aufsagen müssen. Obwohl wir uns hassen, erzeugen meine elf Brüder und ich mit unseren Stimmen gemeinsam einen Zauber. Es ist eine Wand, durch die Türen nur in eine Richtung führen. Geister können den Opferplatz verlassen, jedoch können sie nicht hineingelangen. Auf keinen Fall darf ein böser Geist die Opfer erreichen.

Unser Vater, unser Druide, hat sie gerade in unsere Mitte geführt. Er singt dabei Worte, die ich nicht verstehe. Aber seine Stimme ist so mächtig, dass ich sie bis tief in meinem Bauch spüren kann. Seine Stimme erfüllt mich, wie ein Becher heißer Milch. Mir haben meine Knie wehgetan, doch als ich seinen Gesang gehört habe, waren die Schmerzen vergessen. So hat er die Opfer an uns vorbeigeführt, immer kleinere Kreise hat er sie gehen lassen, und jetzt sind sie in der Mitte des Platzes angekommen.

Unser Vater, der Druide, hat sie alle selbst ausgewählt unter den Gefangenen, die unsere Männer in der Nacht, sieben Tage nach dem Mittsommerfest, gemacht hatten. Die Horde aus dem Osten war schon erwartet worden. Unsere Späher sind gute und schnelle Reiter, und die Angreifer sind offenbar sehr dumme Wilde. Sie haben die Gebäude am Fluss Richtung Morgen angegriffen, dabei gibt es dort gar nichts zu holen. Es sind keine Ställe und auch keine Kornlager. Ich weiß eigentlich nicht, was in diesen Gebäuden überhaupt ist und warum sie bewacht werden. Aber es ist nicht schlau, etwas anzugreifen, wo es nichts zu holen gibt. Und jetzt sind die meisten tot und alle anderen gefangen. Und von denen hat unser Vater, der Druide, zwölf ausgewählt für das Opferfest heute zum Neumond. Mein erstes Opferfest. Ich muss unbedingt alles richtig machen.

Nun hat der Gesang gestoppt, auch meine Brüder und ich schweigen. Es ist vollkommen still plötzlich. Nur das leise Rauschen des Windes in den Gräsern und den Wipfeln des Waldes hinter uns kann ich hören. Wir warten. Keine Regung. Ich beiße die Zähne zusammen, weil die Fackel in meiner Hand so furchtbar schwer ist.

Von fern erklingt das Horn, das mich erlösen wird. Genau hinter meinen Brüdern im Kreis gegenüber sehe ich oben auf dem sandigen Berg eine Flamme auflodern. Ich weiß, dass dort der Opfergraben um die heilige Stätte führt und dass diese Flamme in einem tönernen Becken bis zum nächsten Vollmond brennen muss. Im flackernden Schein kann ich das mächtige Tor zum großen Tempel erkennen. Aus der Ferne sieht er aus wie ein einziger, schwerer Klotz, wie eines der langen Häuser hinter dem Schutzwall, in dem die Ernte gewogen und die Anteile für den Fürsten und die Krieger bestimmt werden. Aber ich weiß, dass die heilige Stätte aus der Nähe besehen so ganz anders ausgeschmückt ist. Jedes Stück Holz, jeder Balken ist mit feiner Schnitzerei versehen, und all die Figuren und Verzierungen sind so bunt bemalt, dass sie bei Sonnenschein wirken wie eine große Wiese voll Feldblumen, durch die der Wind weht.

Die laute Druidenrassel befiehlt mir und meinen Brüdern, uns zu erheben. Ich schaffe es, ohne mich abstützen zu müssen, ohne mit der Fackel zu schlenkern. Kein

Tropfen Teer spritzt auf meine Finger. Dann ertönt die Trommel. Mit jedem Schlag setzen wir einen Schritt vor den anderen, bis wir fast Schulter an Schulter stehen. Der Kreis ist geschlossen. Kein Geist kann nun mehr hinein oder hinaus. Die Gelegenheit für die Opfer, sich all ihrer bösen Dämonen zu entledigen, ist vorüber.

Im Licht unserer Fackeln sehe ich sie zum ersten Mal aus der Nähe. Sie scheinen jünger zu sein, als ich erwartet hatte. Kaum Männer, Burschen eher. Nicht älter als meine Brüder. Sie wirken harmlos mit ihren kahlgeschnittenen Köpfen und in den grauen Leinentüchern, in die sie gewickelt sind. Ihre Blicke haben sie zu Boden gerichtet. Regungslos stieren sie auf das ausgestreute Heu auf dem Platz, als würden sie uns gar nicht wahrnehmen, dabei müssten sie jetzt die Hitze der Fackeln spüren. Mir rinnt eine Träne Schweiß über die Stirn und die Wange bis zum Hals hinunter. Ich würde sie gerne wegwischen, aber ich darf mich nicht rühren. Vorsichtig ziehe ich Luft durch die Nase ein.

Die Trommel hat gestoppt, und ein tiefer Ton durchschauert meine Knochen. Ich kann mir nicht vorstellen, wie unser Vater, unser Druide, einen solchen Klang hervorbringen kann, noch dazu ohne zu unterbrechen, offenbar ohne zu atmen, aber eines Tages werde ich selbst das lernen. Mit einer kleinen silbrig glänzenden Sichel durchtrennt er die Seile, mit denen die Opfer an den Händen zusammengebunden sind. Für einen Augenblick fürchte ich, dass sie ausbrechen könnten, aber der Bann, den unser Vater, unser Druide, über sie gelegt hat, ist viel zu stark, als dass sie sich aus eigenem Willen auch nur rühren könnten.

Er ist das Zentrum, das sie gefangen hält, während jedem von uns Brüdern nun einer der ihren gegenübersteht. Plötzlich eine blitzschnelle Bewegung, schon hat er die Knoten durchtrennt, mit welchen die Leinen der Opfer auf ihren Schultern zusammengehalten wurden. Auf ein Nicken hin greifen wir mit unseren freien Händen in den Stoff und reißen ihn unserem Gegenüber vom Körper. Wir werfen die grauen Bündel vor uns auf den Boden und stecken unsere Fackeln hinein. Endlich kann ich den Arm etwas bewegen. Die Leinentücher fangen schnell Feuer, es beißt heiß in meine Haut. Ich halte die Luft an und lehne mich etwas zurück, damit mein eigenes Gewand sich nicht auch entzündet. So schnell, wie sie entflammten, so schnell verglimmen die dünnen Tuche. Wie Glühwürmer winden sich rot leuchtende Flechten, dann sind es nur noch verkohlte Klümpchen, die vor uns liegen. Ein weiteres Nicken, die Trommel ertönt erneut, und gleichmäßig rechtsherum drehend trampeln meine Brüder und ich die Reste in die Streu und die Erde, damit nichts davon übrigbleibt.

Ich unterdrücke einen Schrei, als mich ein glühender Tropfen an der Hand trifft. Einer meiner Brüder, die mit mir im Kreis stehen, muss mit seiner Fackel zu wild gefuchtelt haben. Absichtlich vielleicht? Ich bin stolz, dass ich mir nichts habe anmerken lassen. Die Trommel stoppt, und schwer atmend kommen wir zum Stillstand.

Unser Vater, unser Druide, beginnt einen Ruf an den Gott Cernunnos, der oben in der heiligen Stätte wohnt und von dort über Sommer, Herbst, Winter und Frühling wacht. Die Ältesten haben entschieden, dass wir ihm dieses Opfer bringen, da ein warmer Sommer dieses Jahr wichtig sei. Die Ernte letztes Jahr war mager ausgefallen und wir hatten im Winter häufig gehungert. Wir Brüder beginnen zu summen, um die Worte des Gottesanrufes zu unterstützen, obwohl wir sie nicht verstehen. Währenddessen wandert mein Blick, ohne Absicht, über den nackten Körper vor mir. Schweißüberströmt glänzt er im Schein meiner Fackel. Er ist kaum größer als ich selbst, aber seine Arme sind bald so kräftig wie meine Schenkel. Auch seine Beine sind fest und seine Waden breit und wulstig. Sein Bauch ist schmal und an seinem Brustkorb kann man die Rippen sehen. Mir fällt auf, dass er kein einziges Haar am ganzen Körper hat. Vorsichtig blinzele ich nach rechts, dann nach links, um einen Blick auf die anderen zu erhaschen. Die, die ich sehen kann, sind deutlich größer und der Schweiß glänzt in ihrem dichten Brusthaar.

Plötzlich bemerke ich, dass der Junge vor mir die rechte Hand krampfhaft zur Faust geballt hält. Hat er etwas darin verborgen? Eine Waffe vielleicht?

In diesem Moment bringt ein lautes, langanhaltendes Pfeifen uns alle zum Schweigen. Das Horn aus der Ferne erklingt erneut und mischt sich mit dem schrillen Ton. Auch das tiefe Brummen unseres Vaters, unseres Druiden, schwillt wieder an. Die Flammen meiner Fackeln brennen mit einem Mal heißer in meinem Gesicht. Die Trommel beginnt zu rasen und zerrt mein Herz mit, das von innen wild gegen meine Brust schlägt. Ein Sausen dröhnt durch meine Ohren. Ich zittere, ich will gegen den Lärm anschreien, aber ich lasse es nicht zu, ich beiße fest die Zähne zusammen und plötzlich wird alles ganz langsam. Ich beobachte, wie unser Vater, unser Druide, hinter dem Opfer vor mir auftaucht, ihm eine kleine, hell blitzende Klinge an den Hals anlegt und sie Fingerbreite um Fingerbreite durch die glänzende Haut zieht. Wie eine überreife Zwetschge platzt das Fleisch auf und, einem Sturzbach gleich, ergießt sich das Blut den Hals hinunter über den zuckenden Körper. Einige Wimpernschläge lang steht er noch, ich sehe seine Augen erlöschen, dann sackt er in sich zusammen, während unser Vater, unser Druide, sich bereits dem Nächsten zugewandt hat. Ich betrachte den Körper vor mir auf dem Boden, sehe, dass der Brustkorb aufgehört hat, sich zu heben und zu senken. Mein Blick folgt der Bahn, die das Blut nimmt, ich beobachte, wie es sich mit Asche und Erde vermengt, über Strohhalme hinwegfließt. Ich halte den Atem an, als es meinen Zehen näherkommt, und lasse ihn wieder aus, als es knapp an meinen Füßen vorbeisickert. Nicht auszudenken, was geschehen wäre, wenn das Opferblut mich berührt hätte.

Derweil hat unser Vater, unser Druide, den Letzten erreicht. Ich nehme gerade noch wahr, wie auch dieser Körper in sich zusammensinkt. Sofort verstummen alle Klänge. Ein leises Röcheln verebbt, dann ist es still. Wir verharren, warten, bis links neben mir mein ältester Bruder seine Fackel fallen lässt. Mit den Füßen walzt er sie durch das gerinnende Blut, bis sie erlischt, mein zweitältester Bruder tut es ihm gleich, dann der dritte, der vierte und schließlich bringe ich ebenfalls meine Fackel auf diese Art um ihr Licht. Es ist jetzt stockdunkel.

Durch meine geschlossenen Augenlider hindurch nahm ich wahr, dass die Sonne noch immer hoch am Himmel stand. Vor einer blutroten Wand glaubte ich die Halme der Wiese hin und her tanzen zu sehen, beinahe meinte ich, Figuren in ihnen zu erkennen. Paare, die sich auf dem Dorffest im Takt der Musikkapelle drehten.

Mein Großvater war ein Geschichtenerzähler. Sicher, ein Bauer und ein Säufer war er auch. Einer, der nicht selten am Sonntagmittag vom Wirtshaus hatte heimgetragen werden müssen. Aber an den Abenden, wenn er von der Feldarbeit nicht zu müde war, und an den seltenen Feiertagsmorgen, wenn er die Kirche ausließ und mit mir hierher auf den Sandberg zog, dann konnte er mich auf Reisen mitnehmen in vergangene Zeiten und zu fremden Menschen, die mir längst wie Freunde erschienen. Dann erzählte er mir von französischen Soldaten, von Türken, Hunnen, Goten, Römern und Kelten, und ich sah bunte Heerscharen an mir vorüberziehen, wie die Wolken im warmen Westwind. Wenn ich ihn fragte, woher er das alles wisse, dann sagte er stets, ich müsse nur lernen zuzuhören. Die Brise, die über den Sandberg streift, kenne viele Geschichten, und auch im Boden könne ich die vergangenen Zeiten ertasten, wenn ich ruhig und geduldig genug sei. Und wenn im Herbst ein Schwarm Gänse über uns hinwegflog, dann zeigte er hinauf und erklärte mir, dass die Gänse am allermeisten wüssten. Schon immer würden sie über unser Land und weit nach Süden fliegen. Ihnen sei es egal, wer gerade Bürgermeister, Pfarrer oder König sei. Sie ließen sich in ihrem Flug von nichts aufhalten, und so beobachteten sie uns Menschen. Die Gänse, erklärte mir mein Großvater, waren die Archivare unserer Geschichte.

Ich lag weiter flach im Gras, horchte auf das Flüstern der Halme, ließ meine Finger langsam über die Krümel des Bodens streichen. Ich seufzte, denn für einen Zug Gänse war es viel zu früh im Jahr. Dafür klang jetzt vom Dorf das Mittagsläuten zu mir herauf. Obwohl die harten Betbänke, der beißende Weihrauch, die säuselnden Schwestern und vor allem der Pfaffe zu den Dingen zählte, die ich am wenigsten leiden konnte, mochte ich den Klang unserer Glocken. Vor allem aus der Ferne, wie jetzt, schienen sie mir ein Lied zu singen, wie es vielleicht eine Mutter getan hätte.

Eine Windböe, ein Rascheln, gerade noch konnte ich den Brief fassen, bevor er mir beinahe vom Schoß davonwehte. Ich setzte mich auf und rieb mir die Augen. Es dauerte ein wenig, bis ich in dem Gekritzel die Zeile wiederfand, die ich zuletzt gelesen hatte.

Meine kleine Elisabeth, es betrübt mich zutiefst, dass dir kein Bruder vergönnt war, der für dich nun Sorge tragen könnte. Leider war deine Mutter – der Herr weiß warum – nicht in der Lage, mir einen Sohn zu schenken. Trotzdem vermisse ich sie jeden Tag, genauso wie Dich, meine Tochter.

Ich schloss die Augen und versuchte, mich an meinen Vater zu erinnern, aber mir fiel nur das Bild ein, das mein Großvater von ihm gezeichnet hatte. In jungen Jahren, als seine Hände noch nicht so zittrig waren, muss mein Großvater ein recht guter Künstler gewesen sein. Etliche Bilder von ihm zierten die Wände in unserer Stube. Landschaften, Bäume, auch das römische Tor von Carnuntum, von dem er mir oft erzählt hatte. Das Bild, das meinen Vater zeigte, hing allerdings nicht an der Wand. Es lehnte in der Küche am Ende der Anrichte, meist stand ein Obstkorb davor.

Der Hunger ist am zweiten Tag am schlimmsten. Das haben sie mir vorher gesagt und damit wohl recht behalten. Gestern, am ersten Tag unserer Wache, hatte ich eigentlich gar keinen Hunger gehabt, aber jetzt höre ich es aus meinem Bauch so laut knurren, dass ich mich erschrocken umschaue und mich sorge, das Grollen könnte die Tiere vertreiben. Dabei ist der Hunger gar nicht das Ärgste. Viel mehr quält mich der Durst, und dabei steht die Sonne kaum im Zenit. Es dauert also noch, bis unsere Mütter zum Sonnenuntergang wiederkommen und uns einen Trinkschlauch mit Wasser bringen dürfen. Vorsichtig lecke ich mir über die trockenen Lippen. Das Unerträglichste aber sind die Fliegen. Kaum hatte die Sonne am Ende der Opfernacht die ersten Strahlen links neben dem sandigen Hügel vorbeigeschickt, da waren sie schon über uns hergefallen. Noch nie hatte ich so ein Summen gehört, noch nicht mal in den Ställen der Kühe und Schafe. Nicht mal bei den Schweinen. Dabei sind die Fliegen natürlich nicht unseretwegen da. Angezogen von den ausgebluteten Opfern, die im großen Kreis meiner Brüder in einem kleinen Kreis ausgelegt sind, machen die brummenden Quälgeister auf unseren Köpfen und Schultern und auf den Händen und Füßen lediglich Rast, bevor sie sich wieder auf die stinkenden Körper stürzen. Ja, der Gestank ist auch furchtbar. Ich bin froh, dass heute Morgen der Wind gedreht hat. Jetzt weht jede neue Brise zu meinen mittleren Brüdern gegenüber. Wenn ich genau hinschaue, meine ich, sehen zu können, wie sie die Gesichter verziehen und die Luft anhalten. Das zu beobachten, lenkt mich etwas vom Durst und von den Fliegen ab.

Wer sich von dem summenden Biestern gar nicht stören lässt, sind die Krähen. Es sind inzwischen so viele, viel mehr als ich Finger an den Händen habe, man sieht die Körper der Toten kaum noch unter all dem krächzenden und schnarrenden Federvieh. Es muss ein Festmahl für sie sein, aber auch sehr anstrengend. Denn kaum hat einer der schwarzen Vögel ein Stück Fleisch aus einem der Körper gerissen und hüpft damit ein paar Sätze zur Seite, um es zu verzehren, stürzt sich ein anderer schon auf ihn und will ihm den Fetzen streitig machen. Um jeden Bissen müssen sich die Viecher streiten. So ist es ein Flattern und Schreien, eine Schlacht großer Krieger könnte kaum toller sein.

Doch mit einem Mal stieben sie alle auseinander. Erheben sich laut in die Luft. Gerade noch nehme ich einen Schatten über mir wahr, schon stürzt ein riesiger, nein es sind zwei gewaltige Vögel aus dem Himmel auf die zerrupften Opfer. Adler. Mit Schwingen, so lang wie meine Arme, ihre weißen Köpfe hell leuchtend auf den von schwarzen Krähenfedern übersäten Resten unserer Feinde. Ihre gelben Schnäbel hacken wie Äxte in das Fleisch, dessen fauliger Gestank sie von weit her angelockt haben muss, wahrscheinlich vom großen Fluss Richtung Morgen. Für einige Augenblicke haben die beiden die üppige Mahlzeit für sich allein, dann aber schwindet der Respekt der Krähen, ihre Gier siegt und wie auf ein Signal hin stürzen sie gesammelt zu Boden. Beinahe werden die großen Raubvögel unter den schwarzen Federn begraben. Wenn der Tumult zuvor schon einer Schlacht glich, dann sehen wir jetzt einem Krieg zu, einem Krieg der Vögel.

Plötzlich steht meine Mutter neben mir. Meinen Hunger, den Durst und sogar die Fliegen hatte ich völlig vergessen. Rasch greife ich nach dem Wasserschlauch, ohne den Blick von der Wolke aus Federn, Staub, Stroh und zerrissenem Fleisch abzuwenden. Sprechen darf ich nicht, und meine Mutter darf mich nicht einmal berühren. So unvermittelt wie sie aufgetaucht war, ist sie wieder verschwunden. Genauso wie die Mütter meiner Brüder.

Die beiden Adler sind schneller gesättigt, als ich erwartet hätte. Sie erheben sich wieder in die Luft, an ihren

Schatten sehe ich, dass sie einige Runden über uns kreisen, bevor sie davonfliegen. Ich überlege, ob sich der lange Weg für so ein rasches Mahl überhaupt gelohnt hat. Wie gerne wäre ich ihnen gefolgt, hätte die Wälder am mächtigen Fluss gesehen, von dem so oft erzählt wird. Vielleicht kann ich auf der Wanderschaft, wenn ich lerne, ein Druide zu werden, diese Auen einmal erleben.

Unsere Schatten strecken sich, die Sonne berührt schon die Wipfel des langen Waldes, als ich das erste Heulen höre. Fern noch, aber es jagt mir einen Schauer über den Rücken. Ich werfe einen Blick auf den Haufen aus Armen, Beinen, halb abgefressenen Köpfen, auf denen noch immer Krähen und inzwischen auch ein paar kleinere Bussarde und Falken herumspringen. Wird genug übrig sein? Solange dort ausreichend Fleisch einfach zu reißen ist, haben wir nichts zu befürchten. Was aber, wenn es für ihren Hunger nicht mehr ausreicht? Wenn ihr Blutdurst zu groß wird? Wir müssen auf unseren Zauber vertrauen. Meine Brüder und ich müssen unseren Hass zügeln und uns in unseren Gebeten vereinen. Je näher die Rufe kommen, umso inniger summen wir unsere Verse.

Als der erste große Wolf kaum zwei Armlängen entfernt an mir vorbeistreift, versagt mir beinahe die Stimme, aber ich zwinge mich weiterzubeten. Mir gegenüber tauchen zwischen den langen Schatten, die meine Brüder werfen, zwei weitere Paare glühender Augen auf. Der Platz füllt sich. Es sind jetzt mehr als eine Handvoll großer Grauer. Mit tiefem Grollen und gefletschten Zähnen verscheuchen sie die gefräßigen Vögel, die nur unwillig ein wenig zur Seite hüpfen. Das Rudel verteilt sich. Nach und nach lassen sich die Tiere nieder, hauen ihre Fänge in die nächstliegenden Körperteile und beginnen gemächlich und voller Ruhe ihr Nachtmahl.

Der Hunger weckte mich. Ich musste eingenickt sein. Die Sonne stand bereits rechts über dem Kirchturm von Haugsdorf, den ich von meinem Platz aus gut erkennen konnte. Ich war noch nie in Haugsdorf, aber mein Großvater hatte mir gesagt, dass es die Kirche von Haugsdorf sei, und er musste es wissen. Er war häufig dort hinmarschiert. Meistens dann, wenn er bei unserem Wirt nicht mehr anschreiben lassen konnte. Ich ließ meinen Blick langsam über die Felder gleiten, die nun mit jenem goldenen Glanz überzogen waren, an dem ich mich schon früher, wenn ich mit Großvater hier gewesen war, nie hatte sattsehen können. In den Senken zogen die ersten Nebelschwaden auf. Bei manchen der verstreuten Gehöfte, die von meiner Position aus alle winzig aussahen, quoll dunkler Rauch aus den Schornsteinen. Wahrscheinlich wurde dort bereits das Nachtmahl gekocht. Ich raffte meinen Rock und tastete nach der zweiten kleinen Tasche, in die ich mir rasch einen Apfel gestopft hatte, bevor ich aus dem Ort gerannt war. Gierig biss ich in die rotgelbe Schale, die beinahe so glänzte wie die Felder zu meinen Füßen.

Ich streckte mich und fuhr mit einer Hand langsam über die Gräser um mich herum. Ich schloss die Augen und versuchte, die Dichte des Bodens zu spüren.

Ich konnte es mir nie recht vorstellen, wie es sich anfühlen sollte, aber mein Großvater hatte stets davon gesprochen, dass man so merken würde, ob an einer Stelle zum Beispiel einmal ein Baum gestanden hatte oder ob ein Wasserlauf unter der Erdkrume entlanglief. Hier auf dem Sandberg, das hatte er immer wieder erzählt, hätten vor langer Zeit Gebäude gestanden. Große Häuser, größer als unser Hof. Er sagte, dass es hier vor vielen Generationen eine Burg gegeben haben könnte oder einen Tempel. Ich wusste nicht, was ein Tempel sein sollte, und danach zu fragen, hatte ich mich nie getraut, weil doch alle Leute jedes Mal gelacht haben, wenn mein Großvater davon gesprochen hatte. Also versuchte ich immer wieder, etwas zu fühlen. Dann müsste ich ja verstehen, was er gemeint hat. Nur leider spürte ich nur das Kitzeln der Gräser an meinen Fingern. Vielleicht war ich auch einfach noch zu jung, oder war es, weil ich ein Mädchen war?

Der Brief fiel mir ein. Bald würde es zu dunkel sein, um weiter darin zu lesen. Erneut zog ich das Papier hervor und strich es ein wenig glatt.

Ich schäme mich, meine liebe Elisabeth, Dir nichts hinterlassen zu können, dass Dein Leben künftig leichter machen würde. Dein Großvater ist ein kluger Mann. Er hat mich viel gelehrt und er hätte viele andere lehren können. Aber die Zeiten waren nicht dafür. Wäre ich nicht so stolz gewesen, wir hätten den Hof vielleicht besser geführt. Wäre ich zurückgekehrt, hätte ich mit meinem Sold zumindest dafür gesorgt, dass uns der Hof nicht genommen wird. Auch wenn er alt und baufällig ist, mit dem Grund als Mitgift hätten wir wohl einen braven Mann für dich finden können.

Wieder ließ ich das Stück Papier in meinen Schoß sinken und rieb mir die Augen. Ich musste an meine Kammer denken, an den großen Esstisch in der Küche, an den Stall und an Berta und Becca, unsere Kühe. Was würde aus ihnen werden, wenn ich nach Hollabrunn musste? Ich wandte mich um und starrte in die Ferne. In die Richtung, in der ich glaubte, dass die Bezirkshauptstadt lag. In diesem Moment ging genau dort hinter dem Eichwald der Mond auf. Stück für Stück schob sich die hellrot leuchtende Scheibe hinter den Baumwipfeln hervor.

Ich kann stehen. Ich muss stehen können und ich muss gehen können. Die Sonne steigt auf, zum letzten Mal vor dem Vollmond, und meine Brüder und ich haben an diesem Tag die wichtigste Aufgabe noch vor uns. Aber meine Beine schmerzen vom langen Knien, sie scheinen mir kaum zu gehorchen. Jeder Schritt ist, als würde ich einen Felsen hinaufsteigen. Ich sehe meine Brüder sich im Morgendunst ebenfalls erheben. Ich erschrecke, als ich ihre Arme und Beine wie Schatten von Spinnen im matten Licht erkenne. Was war mit uns geschehen? Langsam bewegen wir uns aufeinander zu. Tränen füllen meine Augen, ich möchte schreien, so sehr schmerzt mich jede Bewegung. Aber ich schweige. Ein Tag noch. Eine Aufgabe, dann gehöre ich zu den Kandidaten. Ein Fuchs trollt sich zwischen mir und meinem ältesten Bruder hindurch. Noch ein paar andere, kleinere Tiere bemerke ich, die gemächlich im Wald verschwinden.

Plötzlich steht unser Vater, unser Druide, vor uns. Ich habe ihn nicht kommen gesehen. Es scheint, als sei er mitten aus den Resten der Opfer erschienen. Er dreht sich um sich selbst und lässt ein weißes Pulver aus einer Hand herabrieseln. Ich blicke zu Boden.

Die langen Knochen, jene, die zuvor Schenkel und Arme gewesen waren, sind blank, beinahe wie poliert. Kaum einen Rest Fleisch oder Haut haben die Tiere daran gelassen. Auch die Rippenbögen sind fein säuberlich abgenagt. Das Rückgrat der meisten Männer ist vielfach zerbissen. Wie die Spielwürfel der Alten liegen die einzelnen Stücke davon umher. Vor allem die Wölfe lieben das Mark daraus, das kenne ich von unseren Hunden. An den Schädeln kleben noch Haarstoppeln, ein paar sind zerborsten. Die Augenhöhlen sind alle dunkel und leer. Am meisten Hautfetzen hängen zwischen den Knochen der Hände und Füße. Und an allen Enden zittern die Reste der zerrissenen Sehnen im leichten Morgenwind, wie die Fäden, die im Spätsommer die Felder überziehen. Sicher hätte man gut Bögen damit bespannen können, wenn sie nicht zerbissen worden wären. Von den Gedärmen und Innereien ist nicht das Geringste mehr übrig. Schon in den ersten Nächten hatten wir beobachtet, wie sich darum gebalgt worden war.

Unser Vater, unser Druide, hat nun alles mit seinem Pulver bestreut. Jetzt kommt er direkt auf mich zu. Er beugt sich zu mir, murmelt ein paar Worte, die ich nicht verstehe, dann greift er in seinen großen Beutel und reicht mir daraus drei Gegenstände. Eine blank polierte Platte aus schwarzem Fels. Sie ist so groß wie meine beiden Handteller und so schwer, dass ich mich anstrengen muss, sie nicht fallen zu lassen. Einen roh behauenen Keil aus grauem Kiesel und als Drittes ein zierliches Messer mit einer blitzenden Klinge, so lang wie mein mittlerer Finger. Ich senke den Kopf und halte meine neuen Werkzeuge auf beiden Handflächen vor mir. Unser Vater, unser Druide, geht weiter und übergibt meinem Bruder zur Rechten drei ganz ähnliche Dinge.

Am Tag vor dem Opferfest war uns gesagt worden, wir sollten in diesem Moment die Augen schließen, die

Verse sprechen, die wir für Cernunnos gelernt hatten, und er würde uns zeigen, welche Gebeine wir zu ihm bringen sollten. Aber ich hatte mich längst entschieden. Ich habe die Knochen des Jungen sofort erkannt, der vor mir gestanden hatte, als er geopfert worden war. Jetzt höre ich mein Herz bald lauter schlagen als die Beschwörungen, die ich aufsage. Ich halte ein Auge einen Spalt weit offen und warte ungeduldig auf das Zeichen. Da ist es. Wie meine Brüder sinke ich auf die Knie und bahne mir den Weg durch die knirschenden Knochen. Ich habe mein Ziel fest im Blick und erreiche es unbehelligt. Ich bin erleichtert, dass Cernunnos keinem der anderen dasselbe gezeigt hat. Ich sehe mich nicht um, schaue nicht, nach welchen Körperteilen meine Brüder gegriffen haben, obwohl ich rings um mich herum sogleich ihre Klingen über die Gebeine schaben höre, die noch weich sind und klebrig. Wie Äste, die tagelang in einem Bach schwammen. Ich höre sie Bänder abtrennen und rasch ächzen und stöhnen dabei. Auch sie sind geschwächt, so wie ich, und ich weiß, dass es für mich besonders anstrengend und furchtbar viel Arbeit wird, all die winzigen Sehnen sauber zu entfernen, und auch Haut ist recht viel übrig. Aber ich habe meine Wahl getroffen. Es war nur ein kleiner Klumpen aus winzigen Knochen, umwickelt mit Resten ihrer leergepickten Hülle. Aber für mich sieht die kleine Hand noch immer aus wie zur Faust geballt, fast als wäre sie lebendig. Ich kann es kaum erwarten zu sehen, was sie verborgen hält.

Ich blickte über die Schulter hinab auf mein Dorf. Ob sie mich überhaupt vermissten? Die Nichte des Pfarrers bestimmt. Sie wartete sicher längst ungeduldig auf ihr Kleid. Aber sonst? Ich sah flackernde Lichter in einigen

Fenstern. Aber auch die unbeleuchteten Häuser erkannte ich gut, so hell schien inzwischen der Mond hinter mir über dem Wald. Ein Hund bellte. Vielleicht der neue auf dem Mayerhof. Wie gut, dass Berta und Becca schon so alt waren und ohnehin kaum mehr Milch gaben. Es machte ihnen nichts aus, einmal einen Abend später gemolken zu werden. Oder gar nicht.

Ich stand auf und suchte nach den Schuhen, die ich achtlos in die Wiese geworfen hatte. Meine Zehen waren klamm, jetzt erst merkte ich, wie kühl es geworden war. Ich ging ein paarmal im Kreis, bis ich das Leder schimmern sah. Ich schlüpfte hinein, und obwohl es sofort wieder drückte, zog ich weitere Kreise um die Stelle, an der ich so lange gelegen hatte. Ich bückte mich nach der Strickjacke, um sie mir wieder überzuziehen, dabei fiel der Umschlag mit dem Brief meines Vaters zu Boden. Erschrocken hob ich ihn auf und tastete ihn ab. Zum Glück, der kleine Gegenstand darin war noch da. Vorsichtig zog ich die beschriebene Seite heraus und drehte mich so zum Mond, dass sein Licht die Buchstaben hell genug anstrahlte.

Dass Du diesen Brief liest, liebste Elisabeth, bedeutet, dass ich nicht von der Schlacht zurückgekehrt bin. Es schmerzt mich unendlich, daran zu denken, dass ich Dich nicht mehr in die Arme schließen konnte, dass ich Dich nicht zur Firmung begleiten und nicht zum Altar führen werde. Trotzdem danke ich dem Herrn, dass Dein Großvater für Dich sorgen wird, so gut er es nur vermag. Mir bleibt allein, Dir das Einzige von Wert zu senden, das ich besitze. Wie viele Gulden Du dafür bekommen könntest, vermag ich nicht zu sagen. Aber für mich ist es das Wertvollste auf der Welt. Ich fand es einst auf dem Sandberg, als ich noch ein Knabe war. Großvater sagte, es sei von unermesslichem Wert, aber er ließ es mich behalten. Ganz gleich, was der Rest der Welt sagt, für mich war es der Beweis, dass Dein Großvater recht hatte.

Da hielt ich es nicht länger aus. Ich stopfte den Brief in einen Ärmel der Strickjacke, tastete nach dem kleinen Gegenstand in dem Umschlag und fingerte ihn heraus, ohne Atem zu holen.

Ein letztes Mal lasse ich den steinernen Keil auf die Felsplatte sausen. Das letzte Glied der kleinen Finger zerbirst zu unzähligen winzigen Krumen, die sich wie Sterne im Nachthimmel über die schwarze Fläche verteilen. Mit einer Hand schiebe ich sie in den ledernen Beutel, der vor mir steht und in dem ich schon die übrigen Teile gesammelt habe. Nichts ist mehr übrig von der kleinen Hand außer Knochenspäne, zerstoßenen Bröckchen und Staub.

Singend erhebe ich mich. Ich stehe neben meinen Brüdern vor dem Opfergraben rund um die heilige Stätte des Cernunnos. Vor deren Portal auf der anderen Seite des Grabens erblicke ich unseren Vater, unseren Druiden, hinter der Schale mit dem geweihten Feuer. Er schlägt die Trommel und sendet den tiefen Druidenton in unsere Körper und in unseren Geist. Wir sind gebadet und tragen frische Gewänder. Wir haben gespeist, geruht und nun noch die Opfergaben, die uns gewählt hatten, zerteilt, zerstoßen und zerstört. Denn nichts darf so geopfert werden, dass es noch einmal in dieser Welt Verwendung finden könnte.

Ich weiß, dass ich auch meinen Fund hätte zerstören müssen. Zerkratzen zumindest mit der eisernen Klinge und mit dem Keil darauf einschlagen. Aber ich konnte es nicht. Ich bin mir sicher, dass Cernunnos es so haben wollte. In der vollkommenen glänzenden Pracht, wie ich sie zuvor noch nie gesehen hatte. Niemandem habe ich es gezeigt.

Jetzt ist es so weit. Unser Vater, der Druide, streckt seine Arme in den Himmel, der Klang aus seiner Kehle tönt, als würden alle Wesen des Waldes gleichzeitig den Mond anheulen. Ich greife den ledernen Beutel, genau wie meine Brüder links und rechts neben mir. Ich warte, wir warten, und plötzlich weiß ich, dass es der richtige Moment ist. Ich reiße die Hände hoch, leere die zerstoßenen Opferknochen aus und im gleichen Augenblick lasse ich auch meinen Fund los.

Funkelnd fliegt sie durch die Luft, sie fängt das Licht des geweihten Feuers ein und nimmt es mit in die Dunkelheit des Opfergrabens. Bis sie darin verschwunden ist, verfolge ich den Flug der rot glänzenden, schweren, wunderschönen Münze auf ihrem Weg zum Gott der Jahreszeiten, den ich nun gleichzeitig betrogen und doch so reich beschenkt habe, wie ich es mir nicht hätte erträumen können.

Die ganze Nacht hindurch marschierte ich. Über die Felder erst, dann den Fuhrmannsweg entlang, der Richtung Hollabrunn führte. Aber dort würde ich nicht bleiben. Ich wollte in die Auen an der Donau und dort weiter flussaufwärts. Als ich den Sandberg hinuntergelaufen war und feststellte, dass ich nicht in Richtung Roseldorf rannte, da wusste ich, dass ich keine Magd werden würde. Ich wusste, dass ich nicht darauf warten wollte, dass ich der dicken Wirtin Enkel zur Welt brächte. Ich wusste nicht, was mich in der Stadt erwartete, ich wusste nicht, wohin ich dort gehen sollte. So wenig, wie ich wusste, was das Erbe meines Vaters wert sein mochte. Aber ich wusste, dass mein Großvater gewollt hätte, dass ich alles darüber herausfinde. Und ich wusste, dass es mir Glück bringen würde. Und so hielt ich die rot glänzende, schwere, wunderschöne Münze fest in meiner kleinen Hand. Ich wollte sie nie wieder loslassen.

*

Im Jahr 1887 wurde der K&K Münzsammlung in Wien eine Münze verkauft, die, wie man erst später erkannte, eine Sensation darstellte. Es war die erste in Österreich und wohl auch in Kontinentaleuropa gefundene Münze eigener keltischer Prägung. Sie bewies, dass es auf österreichischem Boden ein echtes keltisches Staatswesen gegeben hatte, mit eigener Münzprägung und mit einem Fürstensitz, der sich im heutigen Weinviertel nahe dem Örtchen Roseldorf befunden hatte.

JASMIN UND DER PAKT MIT DEM TEUFEL

VON ANDREA NAGELE

In der Frauenkirche von Pernegg gab es an einer der Wände eine zugespachtelte Stelle, deren Kontur an eine Tür erinnerte. Als man nachforschte, fand man tatsächlich dahinter einen Ausgang, der zugemauert worden war.

1

Ich war noch nie in meinem ganzen Leben so richtig verliebt gewesen.

Klar, ich war schon oft verknallt gewesen. In der Hauptschule konnte ich mich vor Verehrern kaum retten. Sehr zum Ärgernis meiner besten Freundinnen. Denn kaum hatte eine von ihnen sich in einen der Buben verschaut, bekam ich von demjenigen kleine Briefchen zugesteckt. In denen Unterschiedliches stand, zum Beispiel: »Kommst du nach dem Unterricht zum Apfelbaum auf der großen

Wiese?« oder »Lust auf ein Zitroneneis? Ich zahle.« Oder zur Belustigung aller: »Am Abend um 19 Uhr vor dem Kino. Es läuft ›Bergkristall‹.«

Was haben wir gelacht und die zusammengefalteten Papierchen zerrissen und durch die Luft gejagt. Einmal habe ich einen Flieger gebastelt und einem der Tollkühnen auf die Nase geschossen. Manchmal haben wir kunstvolle Boote aus den Botschaften mit dem linierten Schulheftpapier gebaut und die Mur hinabgeschickt.

Richtig zerstritten haben wir Mädels uns wegen der Burschen nie. Hin und wieder kam es zu Kabbeleien, die jedoch immer mit einer herzlichen Versöhnung endeten. Meine Freundinnen wussten, dass ich mit keinem ihrer Auserwählten geflirtet hätte. Das war nicht mein Stil. Und ich konnte schließlich nichts dafür, lange blonde Locken, unzählige Sommersprossen auf der Nase und blitzend grüne Augen zu haben.

Lotte war unsere Klassenbeste und stammte aus ärmlichen Verhältnissen. Sie besaß eine hässliche Zahnspange, hatte aber einen gutmütigen Charakter, und wir alle mochten sie und waren nett zu ihr, weil sie ein herzensgutes, pummeliges Ding war. Außerdem ließ Lotte uns von ihren Hausarbeiten abschreiben oder gab uns Nachhilfeunterricht in den unterschiedlichsten Fächern. Während der Schularbeiten steckte sie uns stets verschämt die Lösungen zu, sobald sie merkte, dass eine von uns zwischen den Zahlen oder Worten hing. Ihr war es wichtig, Teil unserer Clique zu sein, und sie passte wegen ihrer Schrulligkeit perfekt in die Gruppe.

Irgendeine von uns hatte immer Leckereien für sie.

Lilis Vater rauchte und achtete nicht auf seinen Zigarettenvorrat. Oder vielmehr traute er seiner braven Tochter keinen Diebstahl zu. Mein alter Herr besaß einen gut bestückten Weinkeller. Was kein Wunder war, denn am Ende verdiente er als alteingesessener Winzer mit dem Rebensaft einen Batzen Geld. Gabys Mutter arbeitete in einer Konditorei und wunderte sich kaum, wenn eines der Marzipantortenstückchen, eine Kokoskuppel oder ein Punschkrapferl verschwand. Sie war zu beschäftigt mit ihrer heimlichen Liebschaft. Der Bäcker und sie hatten es einander eben angetan.

Babsis Tante arbeitete in einem Kaufhaus und litt unter einer seltsamen Krankheit. Ihr fiel nie auf, wenn T-Shirts, Kettchen oder bunte Socken fehlten. Babsi erklärte uns, dass die Tante als Kind mit dem Rodel gegen einen Baum gerast sei und danach in der Hilfsschule ihren Abschluss gemacht und durch die Beziehungen von Babsis Vater einen Integrationsarbeitsplatz erhalten hatte. Wir kapierten kein Wort davon, wussten bloß, dass die Tante leicht zu beklauen war.

Wie gesagt, wir entlohnten unsere Lotte reichlich für ihre großmütigen Taten, die es uns ermöglichten, stets in die nächste Klasse versetzt zu werden. Unsere Lehrer wussten natürlich Bescheid, drückten aber fortwährend ein Auge zu.

Lotte wurde aufgrund unserer liebevollen Gaben schon mit dreizehn zur Kettenraucherin und trank am liebsten Apfelschorle mit einem ordentlichen Schuss vom Roten aus dem Weinkeller meines Vaters. Sie wurde rundlicher als wir alle zusammen, das lag natürlich ebenfalls an unseren kleinen, köstlich süßen Geschenken.

Doch wir verstanden uns, es war, wie wir uns damals versicherten, alles in reinster Butter. Wir lungerten vor den Eisdielen, ließen unsere Füße in die kalte Mur baumeln, rauchten hinter Gebüsch und Sträuchern und gaben uns so manchem Rausch hin.

Im Winter flitzten wir über die zugefrorenen Teiche oder rutschten auf Nylonsäckchen die Hügel hinunter. Keine von uns prallte jemals gegen einen Baum.

Lotte war uns allen bald eine Spur voraus, eine Eigenschaft, die sie zum Zentrum unserer eingeschworenen Mädelsbande machte. Es dauerte nicht lange, bis sie allein den Ton angab.

Sie stürzte mich gewissermaßen vom Thron.

Bisher waren Lotte, Babsi, Sissi, Gaby, Lili und Susi stets meinen Worten gefolgt.

Das hatte sich nun geändert.

Ein wenig weh tat es schon.

2

»Jasmin«, die Stimme meiner Mutter klang scharf, fast schneidend.

»Waaaaas denn?«, fragte ich und zog das A absichtlich in die Länge.

Sollte sie sich doch ärgern.

»Hör auf, so pampig zu sein. Ich habe dir was zu erzählen. Es kommt ein neuer Schüler in eure Klasse. Ich habe es gerade erfahren. Halt dich bitte fern von dem Burschen. Der Umgang mit ihm bedeutet nichts Gutes. Sein schlechter Ruf eilt ihm voraus. Sein Vater ist Anwalt und hat ihn schon aus so einigen Schwierigkeiten herausgeboxt.«

»Na und, Mutter?« Manchmal reizte die Alte mich bis aufs Blut.

»Pass einfach auf dich auf, Schatz.«

»Tu ich doch. Geh du lieber in den Weinkeller runter und ziehe den Papa aus einem Fass heraus. Nicht nur kleine Kinder können in so einer gefüllten Tonne absaufen.« Jetzt hatte ich es ihr gegeben.

Mama verdrehte genervt die Augen. »Bist du fertig mit dem Blödsinn? Papa arbeitet am Feld bei den Reben. Ich fahre dich heute noch mit dem Auto, weil es dein erster Schultag ist, ab morgen nimmst du das Rad oder den Bus.«

»Soll das eine Drohung sein, Mutter?«

Mama schwieg in weiser Voraussicht. Wenig später hielten wir vor einem hellgelben Gebäude mit bröckeligem Mauerwerk, das wir Freundinnen insgeheim »Gefängnis« nannten.

Ich war so froh, meine Clique wiederzusehen. Lili, Babsi, Gaby, Sissi, Susi und Lotte. Nichts anderes zählte.

»Jassi!«, hörte ich meine Mädels brüllen, kaum, dass ich aus Mamas Auto sprang.

»Vergiss deinen Schulrucksack bitte nicht.«

Was dachte die sich denn? Darin waren all unsere Schätze verborgen. Tschicks, Sweetys, T-Shirts, zwei Flaschen aus Papas Keller und ein sehr cooles Shirt für unsere Lotte.

Alle umringten und küssten mich stürmisch. Es war, als hätten wir uns Jahre nicht gesehen, dabei waren wir fast die gesamten Ferien über zusammen gewesen bis auf die letzten beiden Wochen, was uns noch mehr zusammengeschweißt hatte.

»Wo ist Lotte?«, fragte ich und schwenkte ihr T-Shirt, das mir Babsi ein paar Tage vorher zugesteckt hatte, fröhlich durch die Luft.

»Lotte?« Lili, Susi, Gaby, Babsi und Sissi betrachten einander betreten. »Weißt du das noch nicht? Die ist mit Charly unterwegs.«

»Charly?« Ich stand auf der Leitung. Keine Ahnung, wer das sein könnte. »Welche Charly? Die kenne ich nicht. Eine der Neuen?«

Meine Freundinnen kicherten.

»Jassi«, ergriff Lili das Wort. »Es ist keine Sie, Charly ist ein Typ. Er ist der neue Schüler in unsrer Klasse. Ein ziemlich heißer Feger.«

»Ach«, jetzt fiel es mir wieder ein. »Mama hat vorhin so etwas erwähnt. Na und, soll sie doch ihr Vergnügen haben. Hat ja sonst nicht viel im Leben außer uns.«

»Warte mal ab. Du wirst staunen.«

Und dann bogen die beiden um die Ecke. Eng ineinander verschlungen.

Lotte erkannte ich kaum wieder.

Sie war die Einzige aus unserer Clique, die wir in den Ferien nur selten gesehen hatten, da sie im Nebendorf als Kellnerin ihr Geld verdient hatte.

Mir hatte das den Vorteil gebracht, erneut das große Wort zu führen. War gar kein so ein übles Gefühl gewesen.

Lotte.

Ich musste zweimal hinschauen und meinen Blick scharf stellen. Sie war fast so dünn wie ich und ihr Haar war kinnlang und blau gefärbt.

Charly war, ich musste es zugeben, ein heißer Typ. Unter seinen langen Wimpern funkelten seine dunklen Augen unternehmungslustig. Dass der einiges auf dem Kerbholz hatte, konnte ich mir gut vorstellen.

Sissi legte den Arm um mich und flüsterte in mein Ohr: »Lotte hat es darauf angelegt, uns alle auszustechen. Dabei waren wir immer lieb zu ihr und haben sie unterstützt, so gut wir konnten.«

»Sie uns doch auch beim Schwindeln«, antwortete ich und schlupfte unter ihrem Arm weg.

3

Schon sehr bald hatte Lotte das Kommando unserer Truppe wieder komplett übernommen. Zu meinem Missfallen, denn den anderen Mädels bereiteten die Veränderungen, die Lotte vorgenommen hatte, uneingeschränkte Freude. Bestand das Biest doch glatt darauf, Charly und dessen besten Freund Louis in unsere, vormals MEINE Bande aufzunehmen. Zudem fand ich Louis sonderbar, irgendwie seltsam auf eine bedrohliche Art, warum das so war, konnte ich mir selbst nicht erklären. Vielleicht gefiel mir der stechende Blick aus seinen seelenlosen Augen nicht. Sie erinnerten mich an Glasmurmeln.

»Jassi.« Lili zog mich sanft beiseite. »Mach bitte kein Theater. Lotte hat halt das große Los gezogen. Es sei ihr gegönnt.«

Bevor ich Lili eine entsprechende Antwort geben konnte, packte Sissi mich unter dem Arm.

»Sei nicht so abweisend zu ihr. Wir sind doch immer auf deiner Seite. Auch wenn Lotte jetzt so toll aussieht und diesen coolen Kerl an der Angel hat.«

Natürlich blieb ich ihr eine Antwort schuldig. Immerhin war ich der Star und keine der anderen, egal, ob die nun blaue Haare und einen Freund hatte oder nicht.

Lotte pirschte sich geradezu mit Liebenswürdigkeit an

mich heran. »Jassi, gefällt dir mein Freund? Gibst du mir deine Zustimmung zu unserer Beziehung?«

Und genau an diesem Punkt wusste ich, dass ich das nicht tat und niemals tun würde.

»Aber klar doch, Lottchen«, log ich sie unverblümt an. »Eine bessere Wahl hätte selbst ich nicht treffen können.«

Wir klatschten einander fünfmal ab.

Wenig später fand das große Lagerfeuer statt, wie jedes Jahr zu Ostern auf der großen Wiese mit den Apfelbäumen.

Ich brezelte mich so auf, dass sogar meine Mutter stutzig wurde.

»Jasmin«, fuhr sie mich an, »das ist mein bester Lippenstift von Chanel. Brich den bloß in deiner ungestümen Art nicht ab. Verstanden?«

»Ja, Mama«, gab ich zurück.

Ich hatte »Rouge Noir« zwar nicht zerstört, dafür aber alles andere, was mir lieb war. Das wusste sie noch nicht, als ich meine Lippen anmalte. Kurz darauf machte ich mich auf den Weg.

Unter einem der Obstbäume saß Charly allein und träumte vor sich hin. Von seiner Freundin war weit und breit nichts zu sehen.

»Darf ich?«, fragte ich schüchtern.

»Nichts lieber als das.«

Damit war unser aller Schicksal besiegelt.

Im Nachhinein weiß ich nicht, welcher böse Geist in mich hineingefahren war und mich dazu getrieben hatte. Wir liebten uns, ohne an Verhütung zu denken, rein aus der Freude des Augenblicks. Keiner von uns dachte an Lotte oder die Konsequenzen unseres Handelns.

Es roch nach Frühsommer und über allem lag der unwiderstehliche Duft von Heu.

4

»Mama«, klagte ich ein paar Wochen später, »meine Magen-Darm-Beschwerden werde ich einfach nicht los. Ich kotze jeden Morgen, kaum dass ich aufwache, und in der Schule muss ich dauernd deswegen aufs Klo.«

Meine Mutter sah mich argwöhnisch an und kam am Nachmittag mit einem Päckchen aus der Apotheke am Platz, in der ihre beste Freundin arbeitete, zurück.

»Angie meint«, begann Mama zaghaft, »du solltest einen Schwangerschaftstest machen.«

»Mutter!«, empörte ich mich. »Was unterstellst du mir denn da?«

»Kind, wir alle waren mal jung. Ich werfe dir nichts vor. Was glaubst du, warum du auf der Welt bist? Damals mussten wir halt heiraten. Aber heutzutage finden wir eine bessere Lösung, abgemacht? Außer du liebst den Idioten, der dich geschwängert hat. Denn, wenn das so ist ...«

»Mama«, erwiderte ich kleinlaut, »es ist doch noch nicht mal sicher. Und ich steh nicht auf den Typen. Ich wollte nur nicht, dass Lotte das große Wort führt. Der Typ, Charly, ist viel zu cool für sie. Und sie hat mir meinen Platz als Bandenchefin streitig gemacht.«

»Das klingt nicht gut. Lotte?«, wiederholte meine Mutter nachdenklich. »Ist das nicht das arme Mädchen, das seine Eltern verloren hat? Ich meine«, verbesserte sie sich schnell, als sie meinen Blick sah, »das blaugefärbte Mädchen, das in unterschiedlichen Pflegefamilien aufwächst?«

»Ja, die.« Ich stampfte zornig auf.

»Erzähl niemandem etwas von unserem Gespräch, nicht mal deinem Papa. Und schon gar nicht den Mädels aus deiner Clique. Versprochen? Ich denke in aller Ruhe über eine Lösung nach. Dieser Charly und diese Lotte werden dein Leben nicht zerstören. Glaube ein einziges Mal deiner Mutter.«

Und ich vertraute ihr und glaubte ihr.

5

Meine Mutter verfügte über eine Art von Macht, die ich nur von den alten Griechen kannte. Sie war eine Herrscherin des Olymps, wahrscheinlich eine der Frauen von Zeus.

Es gelang ihr das Unmögliche.

Sie bestand darauf, dass Lotte und ich das erste Semester des Schuljahres in Graz verbringen würden, um eine weitere Sprache zu erlernen.

Meine Freundinnen waren nicht erfreut, und Charly wusste nicht, wem er nachtrauern sollte. Lotte war die meiste Zeit über in Tränen aufgelöst. Ihr allein war klar, was sie erwartete.

Das Baby kam auf die Welt, wie halt alle Babys. Natürlich mochte ich das schrumpelige, hilflose Wesen. Doch als ich es Lotte übergab, erkannte ich erst, was wahre Hingabe war.

Sie liebte das Kind vom ersten Moment an und stammelte unaufhörlich: »Danke, danke, liebe Jasmin, für dieses wunderbare Geschenk.«

Meine Mutter hatte sie reich entlohnt, sodass sie mit dem Kind – ich wusste nicht mal seinen Namen, nur dass es weiblichen Geschlechts war – ein Leben in einem abgeschiedenen kleinen Dorf in der Steiermark führen konnte.

Vielleicht hatte ich einen Empathiedefekt?

Keine Ahnung. Damals war es mir einfach nur wichtig, dass Lotte mit dem Gör aus meinem Leben verschwand und Mama alles Finanzielle geregelt hatte.

Ich ging zurück auf meine alte Schule und hatte meine Bande wieder.

Mit Charly sprach ich nie mehr ein Wort.

Auf die Frage nach Lotte erzählte ich, dass sie in Graz eine neue Pflegefamilie gefunden hatte und dortbleiben würde. Sie wolle ein ganz neues Leben beginnen, in dem es keinen Charly gab. Auf weitere Fragen reagierte ich mit einem Schulterzucken. Meine Freundinnen rümpften zwar die Nase, aber meine Lüge flog nie auf.

6

Eines Tages fiel mein Vater wirklich in eines seiner Weinfässer und ertrank.

Die Nachbarn meinten einstimmig: »Was für ein schöner Tod.«

Mama und ich fanden das nicht.

Ich war die alte Chefin in meiner Bande, aber durch Papas Tod hatten wir nicht mehr so viel Kohle wie zuvor. Mama war als Winzerin ungeeignet. Das hieß, ich musste arbeiten gehen.

Oben im Schloss gab es tatsächlich eine offene Stelle – als Kellnerin.

Kellnerin?

Das war nichts für mich. Wirklich nicht. Normalerweise wurde ich bedient.

Dennoch zwang Mama mich wegen unseres Lebensunterhalts hinaufzugehen. Ich stapfte den blöden Berg hoch zur Burg, die um 1100 von Ritter Bero erbaut worden war und der unser Dorf Pernegg seinen Namen verdankte.

Einige schaurige Geschichten umwoben das hässliche Anwesen, in dem ich nun servieren sollte.

Doch ich wurde eines Besseren belehrt. Gleich zu Beginn empfing mich der Adelsherr, eine durchaus ansehnliche Gestalt, etwa zehn Jahre älter als ich.

»Herzlich willkommen, junge Frau. Sie passen perfekt zu uns«, sagte er und reichte mir seine feingliedrige Hand. »Darf ich mich Ihnen vorstellen? Ich bin Leonard, der zwölfte Graf von Bereneck.«

Na, wer sonst, dachte ich, hielt aber vorsichtshalber mein freches Mundwerk. Ich musste den Job unter allen Umständen bekommen und dann auch noch behalten. Und ich schaffte es. Meine Tätigkeit bestand darin, das Catering zu beschaffen, und es gelang mir ziemlich gut, die richtigen Anbieter für die jeweils entsprechende Feier ausfindig zu machen.

Bald gehörte ich gewissermaßen zum Inventar des Schlosses, schlief aber weiterhin zu Hause.

Dann besuchte eines Tages meine Großmutter Mama und mich. Oma tat sehr geheimnisvoll und berichtete uns von einer der vielen Legenden, die sich um das Schloss rankten. Sie handelte vom Satan und einer zugemauerten »Teufelstür« in der Frauenkirche.

Wie üblich quatschte ich in Omas Erzählung hinein. »Was ist daran so besonders? Verstehe ich nicht.«

»Lass deine Großmutter doch weiterreden. Jasmin, du bist einfach unmöglich. Leider liegt das daran, dass ich dich schlecht erzogen habe.«

»Mach dir nichts draus«, beruhigte Oma meine Mutter. »Mit 16 sind sie halt so. Unsere Jasmin ist da nicht die Einzige.«

Anschließend fuhr sie mit ihrer Erzählung fort. Ein herziges Mädel aus der Oststeiermark hatte ein Gspusi mit einem der Bauernburschen in ihrem Heimatort und wurde von ihm schwanger. Das Mädel verließ mit seiner Mutter fluchtartig das Dorf, gebar ihre Tochter weit entfernt von zu Hause und überließ die Kleine ihrer Mutter, die treu für das Baby sorgte. Die junge Frau zog in eine Gegend, in der sie unbekannt war und niemand von dem unehelichen Kind wusste. Sie landete in Pernegg, wo sie bei einem der Bauern als Magd unterkam. Das Kind blieb ihr wohlgehütetes Geheimnis. Bald verliebte sich der Sohn des Bauern in sie und bot ihr die Ehe an. Sie willigte gern ein, denn so erfüllte sich ihr Traum, Bäuerin zu werden. Allerdings verschwieg sie ihm das uneheliche Kind.

Am Tag der Hochzeit kam jedoch die Großmutter mit dem inzwischen dreijährigen Mädchen in die Kirche und nahm dort Platz. Als die schöne junge Braut in ihrem weißen Kleid mit ihrem Bräutigam vor dem Altar stand, riss das Kind sich von seiner Oma los und lief nach vorne, wo die beiden Eheleute standen.

»Mama, Mama!«, rief die Kleine und streckte die Arme nach ihr aus. Die Braut war verstört, ihr Lebenstraum drohte zu platzen, daher wies sie ihre Tochter, die sie seit der Geburt nicht mehr gesehen hatte, schroff ab.

»Kind, wenn ich deine Mutter bin, dann komm' der Teufel und führ' mich hin!«

Der Satan kam unmittelbar und laut polternd, Schwefelgestank versprühend, durch jenes, mittlerweile zugemauerte Seitentor in den Gottesraum, schnappte sich die

Braut und schleppte sie durch eben diese Tür ins Freie. Die Hochzeitsgäste waren Zeugen dieser grausigen Szene. Sie verfielen in Schockstarre, und als sie sich endlich hinauswagten, war von der geraubten Braut und vom Satan nichts mehr zu sehen. Versengte Teile des Brautkleides lagen verkohlt riechend auf der Straße. Die Braut blieb verschwunden.

Besagte Seitentür, durch die der Teufel in den Kirchraum gestürmt war, ließ sich aus unerfindlichen Gründen nicht mehr schließen. Der Pfarrer gab daher den Auftrag, die Tür zuzumauern und die Stelle ordentlich zu verputzen, aber man kann die Konturen der ehemaligen »Teufelstür« heute noch deutlich erkennen.

»Danke, Oma. Das ist wirklich eine nette Episode. Wer daran glaubt, wird selig und kommt in den Himmel.«

Mama warf mir einen eigenartigen Blick zu, und in meinem Bauch zogen sich die Gedärme schmerzhaft zusammen.

Lotte war zum Glück weit weg und das Kind bei ihr.

Zu Charly hatte ich nach dem Aufenthalt in Graz den Kontakt abgebrochen beziehungsweise er zu mir, und Louis hatte auf eine andere Schule gewechselt. Meine Mädels büffelten für ihre Prüfungen, denn Lotte war ja nicht mehr da, um ihnen aus der Patsche zu helfen.

Wir hatten leider nicht mehr viel miteinander zu tun, denn ich arbeitete oben am Schloss.

Ich war keine Mitschülerin mehr, sondern eine Arbeitnehmerin, die mitten im Leben stand.

Dumm gelaufen.

Aber zumindest wusste niemand von meinem unehelichen Kind.

Hatte ich einen Pakt mit dem Teufel geschlossen?

7

Manchmal änderten sich die Zeichen, ohne dass es einem selbst bewusst wurde.

Der zwölfte der Grafen suchte immer häufiger meine Nähe. Nach einem gelungenen Catering bot er mir das Du an.

»Leonard. Erinnerst du dich? So heiße ich. Und du bist die Jasmin. Ich verehre dich schon seit Langem. Möchtest du mich demnächst zu einer Soiree begleiten?«

»Hm«, machte ich verlegen.

»Deine schönen blonden Locken und dieser Blick aus deinen grünen Augen bringen mein Herz jedes Mal aufs Neue zum Rasen. Und ich schmelze nur so dahin, kaum dass ich dich sehe.«

So eine banale Anmache, dachte ich, und erzählte Mama kichernd davon.

»Jasmin, du wirst dir diesen fetten Fisch doch nicht entgehen lassen? Weißt du eigentlich, wie viele Mädels um ihn buhlen? Und du, meine Kleine hast ihn an der Angel. Gut gemacht.« Sie klopfte mir anerkennend auf die Schulter.

»Der gräfliche Spross, Mutter, ist zehn Jahre älter als ich und pflegt eine solch geschraubte Sprache, dass sogar mir das Wort im Hals stecken bleibt. Und was andere wollen, war mir immer schon schnuppe. Er mag ja ganz nett aussehen, aber der ist nichts für mich.«

»Jasmin, hör mir mal ernsthaft zu. Wir haben Lotte reichlich entgolten, damit sie dein Kind als ihres ausgibt. Zu dem Zeitpunkt war noch viel Geld auf unserem Konto. Aber ich muss monatlich einen Betrag überweisen und seit Papas Tod … Du hättest ausgesorgt, wir könnten den Weinhandel wieder in Schwung bringen. Also, was willst du mehr? Lotte ist sehr weit weg. Die kommt uns nicht in die Quere, wenn sie ihr Geld rechtzeitig erhält. Was glaubst du denn, warum ich mich in der Apotheke abrackere? Ich bin meiner Freundin dafür im Übrigen sehr dankbar. Also nimm gefälligst den zwölften Adelsherren.«

Und so tat ich, was meine Mutter mir riet.

Ihr Spruch war stets: »Ein Mann muss tun, was ein Mann tun muss.«

Abgesehen davon, dass ich eine noch sehr junge Frau war und leichtgläubig, fühlte ich mich, wenn ich ehrlich war, durch des Grafen Zuwendung auch ein wenig geschmeichelt.

»Leonard«, hauchte ich nach dem vierten Glas Wein bei jener Soiree, die sich als üppiges Abendessen in einer der besseren Dorfkneipen herausgestellt hatte, »wie viel bedeutet dir meine Gunst?« Seine gestelzte Sprache hatte ich mir so schnell angeeignet, dass mir selbst schwindlig wurde, wenn ich mich so reden hörte.

»Alles, meine Auserwählte, alles bist du für mich. Möchtest du meine Gräfin werden?«

Ich wollte nicht.

Doch was antwortete ich?

»Ja, ich will deine Gräfin werden, Leonard.«

Damit war unser Bund besiegelt.

Drei Wochen später standen wir in der Schlosskirche einander gegenüber, bereit, uns das Jawort zu geben.

Weiße und rosa Rosen schmückten die Bänke, die Leute aus dem Dorf harrten erwartungsvoll ihrer neuen Gräfin.

Und ich?

Ich war so was von angepisst.

Worauf hatte ich mich da bloß eingelassen?

Auf einen degenerierten, alten Dudelsack!

Meine Mutter blinzelte mir verschwörerisch zu. »Mach es, Jasmin. Denk nicht nach. Das ist unsere Zukunft. Unsere gemeinsame.«

Mein Kleid war von der besten Schneiderin der Steiermark genäht worden, und über die Schuhe bewahrte ich, schon aus Gründen der Bescheidenheit, Stillschweigen. Nicht jede Frau hatte welche mit roter Sohle.

Dann kam der Priester, ein stark alkoholisierter Kirchendiener. Leonard und ich standen einander bestens gewandet gegenüber. Und wie aus dem Nichts erscholl ein gellender Schrei.

»Mama! Du bist meine echte Mama. Tante Lotte hat es mir verraten. Bin ich jetzt auch eine Gräfin?«

Meine gesamte ehemalige Bande, meine Mädelsclique, war zugegen. Sogar der unheimliche Louis.

Woher kam der denn?

Was hatte dieser Kerl hier zu suchen?

Alle gafften mich an.

Es lag an mir zu handeln.

Natürlich, ich war schließlich kein Unmensch, fing ich das rotzige Ding, das mir entgegenrannte, auf und warf Lotte vernichtende Blicke zu.

Diese elende Verräterin.

Diese dumme Schlampe.

All das Geld, für das wir hart gekämpft hatten, schien plötzlich unerreichbar.

Genau in der Situation, die für mich wichtig war und mein weiteres Leben bestimmte, kam dieses Ungeheuer, um mir eine mir nicht bekannte Rechnung zu präsentieren.

Plötzlich wurde gegen die zugemauerte Tür gedroschen. Der Lärm war unerträglich. Louis lief hin und schlug ebenfalls auf das Mauerwerk ein. Mit einem Hammer war der Verrückte zu meiner Hochzeit gekommen. Ich hatte schon zu Schulzeiten gewusst, dass bei ihm eine Schraube locker war. Es krachte und polterte.

Und auf einmal stand Charly im Kirchenraum.

»Ist die Kleine die meine?«, fragte er.

Lotte warf Mama und mir einen so hasserfüllten Blick zu, dass ich dachte, im Boden versinken zu müssen.

»Jasmin?«, fragte Leonard mich sanft. »Wenn das wahr ist, ändert sich dadurch nichts zwischen uns. Du wirst für immer und ewig meine Gräfin sein. Ich bleibe treu an deiner Seite, bis dass der Tod uns scheidet.«

»Leonard, danke für deine Liebe. Du hast mich zum glücklichsten Menschen gemacht«, stammelte ich, nahm das Kind in die Arme, drückte und küsste es.

Wie dumm war ich gewesen!

Ohne meine Antwort abzuwarten, packte Charly die süße Kleine, starrte mich aus zornig glühenden Augen an, entriss das Kind meinen Armen und trug es fort. Louis folgte ihm, ganz der treu ergebene Diener.

Bevor Leonard und ich etwas tun konnten, schloss sich die Teufelstür hinter ihnen mit einem lauten Knall.

Verzweifelt sah ich Leonard an und fiel jammernd und heulend auf die Knie. Zum ersten Mal hatte ich für wenige Sekunden wirkliche Liebe gespürt, und ebenso schnell hatte sie ihr Ende gefunden.

Und ich verachtete mich zutiefst.

SCHERBEN BRINGEN
KEIN GLÜCK

VON SIGRID NEUREITER

Die Burg Hasegg in Hall in Tirol geht in ihren Anfängen auf das 13. Jahrhundert zurück. Ihre Blütezeit erlebte sie unter dem Habsburger Kaiser Maximilian I., der Tirol zu seiner Wahlheimat erkoren hatte. Die Haller Burg nahe der Hauptstadt Innsbruck diente ihm als Ort für Verhandlungen, Empfänge und Feste. Auch die Hochzeitsnacht mit seiner zweiten Frau, der mailändischen Prinzessin Bianca Maria Sforza, wurde dort zelebriert. Der 9. März 1494 ging als Datum des Ehevollzugs in die Geschichte ein. In Wahrheit fand der staatstragende Akt erst am darauffolgenden Tag statt ...

*

Sieglinde legte ihren Stift beiseite und lauschte den Klängen, die vom Hofratsgarten der Burg Hasegg zu ihr drangen. Einmal im Jahr fand dort der BurgSommer Hall statt, ein Open-Air-Festival mit Musik, Tanz, Schauspiel und Akrobatik. An diesem Abend war der Wiener Liedermacher Ernst Molden mit seinen Hawara – Künstlerinnen und Künstler aus seinem Freundeskreis – zu Gast. Der Auftritt war dem Gedenken des wenige Monate zuvor verstorbenen Kollegen Willi Resetarits alias Ostbahn-Kurti gewidmet. Er, der Menschenfreund mit dem großen Herz für die vom Schicksal weniger Begünstigten, hätte heute selbst auf der Bühne stehen sollen. Nun waren es die Hawara, die den Song »Awarakadawara« zum Besten gaben. Der Text handelte von einem, der ein schweres Pinkerl zu tragen hat, im Straßengraben seinen Rausch ausschläft und vergebens auf seine Freunde wartet.

Einer, der am Rande der Gesellschaft lebt, ein Schattendasein führt, so wie ich, dachte Sieglinde. Auch wenn sie ein Dach über dem Kopf hatte und niemals betrunken war.

Obwohl sie wusste, dass sie die Bühne von ihrem Zimmer aus nicht sehen konnte, trat sie zum Fenster und blickte hinaus. Unter ihr lag der Burghof im Licht der letzten Sonnenstrahlen verlassen da. Ein Mann trat durch das Burgtor. Er trug ein zerschlissenes T-Shirt und eine ausgebeulte Hose, deren Schritt ihm fast bis zu den Knien hing. Die Kleidung und die ausgetretenen Schuhe wiesen deutliche Schmutzspuren auf. Langsam, als hätte er eine schwere Last zu tragen, schlurfte er über das Kopfsteinpflaster. Plötzlich hielt er inne und sah sich suchend um. Jetzt wandte er sich dem Museum zu, das in der Burg untergebracht war und wertvolle Münzen sowie Werkzeuge zu deren Prägung enthielt.

Sieglinde beugte sich ein wenig weiter aus dem Fenster und erhaschte einen Blick auf die Eingangstür. Normalerweise war sie um diese Uhrzeit längst verschlossen. Heute aber stand ein Flügel offen. Hatte etwa ein Praktikant vergessen zuzusperren?

Neugierig beobachtete Sieglinde, wie sich die müde Gestalt die wenigen Stufen zum Eingang hinaufschleppte, einen verstohlenen Blick über die Schulter warf und im Inneren des Museums verschwand.

*

Beppo Strasser sah sich in dem düsteren Raum um. Das war einfach gewesen. Er hatte vorgehabt, die Gäste des Konzerts um Münzen für Tschick und Schnaps anzubetteln. Die Ordner hatten ihm jedoch auf gutmütige Art zu verstehen gegeben, dass er an diesem Abend nicht erwünscht war. Einer hatte ihm zum Trost eine Zweieuromünze in die Hand gedrückt. Aber damit konnte er nicht einmal eine Schachtel Billig-Zigaretten aus dem Automaten ziehen, geschweige denn sich etwas Hochprozentiges gönnen. Die offene Museumstür war ihm wie ein Fingerzeig erschienen. Da musste sich doch etwas finden lassen, das er zu Bargeld machen oder besser gleich gegen Naturalien eintauschen konnte.

Nach und nach gewöhnten sich seine Augen an das Halbdunkel. Vor ihm erhob sich die mächtige Münzprägemaschine mit ihren Walzen, die Zahnrädern gleich ineinandergriffen. Hier war der erste Taler geprägt worden, ein Vorläufer des Dollars. In den Vitrinen erinnerten zahlreiche Schaustücke daran. Was die wohl wert waren?

Beppo verwarf den Gedanken, sich daran zu vergreifen. Die Münzen befanden sich gut verwahrt hinter Glas. Wenn er es einschlug, würde mit Sicherheit ein Alarm losgehen. Ratsamer war es, den Boden abzusuchen. Vielleicht hatte jemand ein paar Euro oder gar eine Geldbörse verloren. So etwas passierte und damit war er sicher besser dran, als wenn er versuchte, an die Exponate heranzukommen.

Langsam durchquerte er den Raum, den Blick immer nach unten gerichtet. Schimmerte da nicht etwas in der Ecke? Tatsächlich, dort lag eine Münze, die aus einer an der Wand stehenden Truhe gefallen sein musste. Ächzend bückte er sich, klaubte den Silberling auf und steckte ihn ein. Er wog zwar kaum etwas, aber man konnte nie wissen ...

Beppo ging weiter und gelangte zu einer Treppe. Kurz lauschte er, um sich davon zu überzeugen, dass er alleine war. Von draußen hörte er eine Männerstimme. Im nächsten Moment wurde die Eingangstür zum Museum energisch geschlossen und ein Schlüssel umgedreht. Beppo fluchte. Das hatte ihm gerade noch gefehlt. Kaum glaubte er, ein bisschen Glück zu haben, schlug das Schicksal unbarmherzig zu. Man hatte ihn eingesperrt. Es blieb ihm nichts anderes übrig, als die Nacht in der Burg zu verbringen und sich am nächsten Morgen, wenn die ersten Besucher kamen, unauffällig davonzuschleichen. Resigniert machte er sich ins Obergeschoss auf, um sich einen Schlafplatz zu suchen.

*

Vorsichtig stieg Sieglinde die steile Wendeltreppe, die zu ihrem Turmzimmer führte, herab. Sie hatte zunächst gezögert, sich dem Unbekannten zu nähern, der die Burg durch die offene Tür betreten hatte. Doch je länger sie darüber nachdachte, desto günstiger erschien ihr die Gelegenheit. So viele Jahre war sie nun schon hier, so viele Seiten hatte sie beschrieben. Es war Zeit, ihre Erinnerungen weiterzugeben.

Den Entschluss dazu hatte sie schon vor Längerem gefasst. Doch nie schien ihr der richtige Augenblick zu sein. Jedes Mal, wenn sie unter den Besuchern einen Menschen ausfindig gemacht hatte, der ihr vertrauenswürdig erschien und an den sie herantreten wollte, tauchten Kinder oder Erwachsene auf, die das Vorhaben vereitelten. Heute aber war jemand nach Ende des Museumsbetriebs in die Burg gekommen. Ihr war bewusst, dass es sich bei dem Mann um einen Eindringling handelte. Dennoch betrachtete sie ihn als Himmelsgeschenk.

Sie hatte die 186 Stufen der Treppe beinahe bewältigt, als sie den ersten Stock des Gebäudes erreichte. Dort befand sich die Stadtarchäologie mit historischen Ausgrabungsstücken. Vor einer der Vitrinen stand der Mann, den sie im Burghof beobachtet hatte. Gierig betrachtete er einen Glaspokal. Er war um einiges größer als die anderen Trinkbecher, die ihn umgaben. Am oberen Rand war ein Stück herausgebrochen und hatte ein scharfkantiges Dreieck hinterlassen.

*

Beppo leckte sich die Lippen. Was er jetzt brauchte, war ein Drink. Er stellte sich einen gläsernen Becher, der sich in einer der Vitrinen befand, bis zum Rand vollgefüllt mit Schnaps vor. Es störte ihn nicht, dass am oberen Rand ein Stück Glas herausgebrochen war und scharfe Kanten hinterlassen hatte. Er würde das Trinkgefäß eben an einer intakten Stelle an die Lippen führen.

Mit einem frustrierten Grunzen verscheuchte er seine Fantasie. Der Becher war unerreichbar und zudem leer. Es würde ihm nichts anderes übrig bleiben, als sich hungrig und durstig in einen Winkel der Burg zu verkriechen und den nächsten Tag abzuwarten. Dabei hätte er die heutige laue Sommernacht viel lieber unter freiem Himmel verbracht. So wie er es schon seit Jahren tat, seit er obdachlos geworden war.

Plötzlich spürte er eine Veränderung im Raum. Er konnte nicht sagen, was es war, kein Geräusch, ein Lufthauch vielleicht. Er löste seinen Blick von der Vitrine und drehte sich vorsichtig um. Vor ihm stand eine Frau, die nicht von dieser Welt oder jedenfalls nicht aus diesem Jahrhundert sein konnte. Die kleine Gestalt war in ein weißes Hemd gehüllt, das bis zum Boden reichte. Darüber trug sie eine Art Mantel aus grobem grünem Stoff. Der Überwurf war an der Vorderseite offen und wurde über der Brust und an der Taille durch Bänder zusammengehalten. An den Innenkanten und am Ausschnitt war das seltsame Gewand mit einer bestickten Bordüre verziert. Die langen Ärmel öffneten sich nach unten hin wie eine Trompete. Auf dem Kopf trug die Unbekannte eine gehäkelte Haube, die den Blick auf graues Haar freigab, das im Nacken zu einem Knoten gebunden war.

Beppo kniff die Augen zusammen und öffnete sie wieder. Die Erscheinung befand sich immer noch da. Träumte er? Oder befand er sich im Delirium und sah ein Gespenst? Ein paarmal fuhr er sich mit der Hand übers Gesicht, um das Trugbild zu verscheuchen. Doch die Gestalt verharrte an der Stelle, wo sie aufgetaucht war.

»Mein Herr, habe ich Sie erschreckt? Bitte verzeihen Sie meine Unverfrorenheit, aber Sie sind meine letzte Chance«, sagte die Unbekannte nun mit sanfter und zugleich flehender Stimme.

»Jesus und Maria, Mutter Gottes, Vater, der du bist im Himmel, Herr erbarme dich …« Mit letzter Kraft stieß

Beppo sämtliche Gebetsfetzen hervor, an die er sich erinnerte. Das war also die Strafe dafür, dass er sich dem Suff hingegeben hatte. Trotz seiner Beschwörungsversuche zeigte der Herrgott offensichtlich kein Einsehen, denn die Frau sprach weiter.

»Sie müssen sich nicht vor mir fürchten«, versuchte sie, ihn zu beschwichtigen. »Ich möchte Sie lediglich um einen Gefallen bitten«, fügte sie hinzu.

Ihn um einen Gefallen bitten. Was konnte er schon tun? Normalerweise war er es, der die Leute anbettelte.

»W… w… wer sind Sie und w… w… was wollen Sie?«, brachte er stammelnd hervor.

»So ist es schon besser«, lobte sie ihn. »Wir können doch ins Gespräch kommen. Mein Name ist Sieglinde, ich bin das Burgfräulein. Und was Sie für mich tun können, ist einfach erklärt. Sie brauchen mir lediglich zuzuhören.« Mit einem listigen Lächeln fügte sie hinzu: »Soviel ich weiß, haben Sie die ganze Nacht Zeit.«

*

Bianca Maria Sforza stand am Bug des Schiffes, das sie von Innsbruck nach Hall brachte. Nach langen Winterwochen, die sie beim Erzherzogspaar Siegmund und Katharina von Österreich in der Hofburg der Tiroler Landeshauptstadt verbracht hatte, ging es nun, am 9. März des Jahres 1494, endlich zum Ziel ihrer Reise.

Während die Auen des Inns an ihr vorüberzogen, ließ die Braut von Maximilian I., römisch-deutscher König und proklamierter Kaiser, die Stationen Revue passieren, die sie hierher geführt hatten. Ihr Onkel, der Mailänder Regent Ludovico Sforza, hatte die Heirat eingefädelt, die

Bianca Maria in den Rang der Königin eines mächtigen Reiches erhob.

Die Stellvertreterhochzeit hatte bereits am 30. November des Vorjahres im Mailänder Dom stattgefunden. Anstatt ihres Bräutigams hatte ihr Markgraf Christoph von Baden in der Kirche den Ring überreicht und sie zum anschließenden prunkvollen Fest auf dem Castello Sforzesco begleitet. Eine solche Hochzeit per procurationem war in Herrscherhäusern durchaus üblich, galt es doch sicherzustellen, dass zwischen der Abreise der Braut und der eigentlichen Vermählung in der neuen Heimat der versprochene Ehemann nicht etwa durch die Änderung von Machtkonstellationen einen Rückzieher machte.

Nach einer langen und anstrengenden Tour über die schneebedeckten Alpen war Bianca mit ihrem Tross aus Gesandten, Bediensteten, Pferden und Maultieren kurz vor dem Heiligen Abend in Innsbruck angelangt. Das Erzherzogspaar hatte sie mit einem Ball willkommen geheißen und ihr das Warten auf den Ehemann so angenehm wie möglich gemacht. König Maximilian hatte sie bisher nicht aufgesucht. Regierungsgeschäfte hielten ihn fern, war ihr gesagt worden.

Bianca zog den mit Hermelin gefütterten Umhang enger um ihre Schultern. Seit die Sonne hinter einem der hohen Berggipfel verschwunden war, die ihre Fahrt begleiteten, war es frisch geworden.

»Freust du dich schon auf deinen Gemahl?« Erzherzogin Katharina, die Bianca begleitete, war zu ihr getreten. Die junge Frau zögerte mit der Antwort. Nur allzu deutlich war ihr bewusst, dass der römisch-deutsche König nicht aus Liebe, sondern aus machtpolitischen Gründen um ihre Hand angehalten hatte. Die größte Rolle spielte dabei wohl die üppige Mitgift, die ihr Onkel dem Habsburger in Aussicht gestellt hatte und deren erste Rate von 100.000 Dukaten bereits bei Unterzeichnung des Ehevertrages ausbezahlt worden war. Die zweite Rate würde nach der heutigen Hochzeitsnacht fällig werden. Er hatte sie also vor allem des Geldes wegen genommen, dachte Bianca betrübt.

Andererseits gab es da die Münze mit dem Porträt des Königs, die ihr der zukünftige Gatte zusammen mit einem höchst liebenswürdigen Schreiben geschickt hatte. Ob er ihr, der jungen, hübschen Braut, insgeheim doch zugetan war?

Hoffnung keimte in Bianca auf. Sie wandte sich Katharina zu, die sie prüfend ansah. »Ja«, sagte sie schließlich. »Ja, ich freue mich auf Maximilian.«

In diesem Augenblick tat sich eine Lücke zwischen den Berggipfeln auf. Die Sonne lugte hervor und tauchte die Häuser der Stadt Hall in ein warmes Licht. Schon kamen der Münzerturm und die Burg Hasegg in Sicht. Dort, in einem der Gemächer, würde sie heute ihre Hochzeitsnacht verbringen.

Die künftige Königin nahm ihren Pelz von den Schultern und reichte ihn ihrer Zofe. Bianca trug ein prächtiges rotes Seidenkleid, das mit Purpurfäden durchzogen war. So sollte ihr Bräutigam sie sehen, wenn sie einander zum ersten Mal begegneten. Suchend hielt sie nach ihm Ausschau. Würde sie ihn an der Spitze der Delegation entdecken, die sie am Flussufer erwartete?

*

In ihrem Nachtgewand aus edlem Leinen saß Bianca vor dem Spiegel ihres Brautgemachs. Nervös zupfte sie an den zarten Spitzen, die den Ausschnitt des bodenlangen weißen Hemdes zierten, während die Zofe ihr das Haar bürstete. Nun drapierte die Dienerin die Locken so, dass sie Biancas Gesicht umrahmten und ihr über Schultern und Brüste flossen.

»Wunderschön seht Ihr aus, Majestät«, flüsterte die Dienerin so ehrfürchtig, dass es Bianca beinahe peinlich war. Seit ihrem Aufenthalt in der Innsbrucker Hofburg stand ihr die Frau aus dem Gefolge der Erzherzogin zur Seite und war ihr in der Fremde zur engsten Vertrauten geworden. Sanft nahm die Zofe sie bei der Hand und geleitete sie zu dem Himmelbett, das die Haller Bürger eigens für die Hochzeitsnacht in die Burg gebracht hatten. Nachdem die Kissen so drapiert waren, dass Bianca eine bequeme Sitzposition einnehmen konnte, half die Dienerin ihr auf die Lagerstatt und deckte sie bis zur Taille zu.

»Einen Schlummertrunk werdet Ihr heute wohl nicht benötigen«, sagte sie nun und zwinkerte verschwörerisch.

Lachend schüttelte Bianca den Kopf. »Nein, wo denkst du hin? Bald kommt mein Gemahl und …« Die junge Königin errötete und schlug sich die Hand vor den Mund. Sie hatte keine Geheimnisse vor ihrer Zofe. Aber offen auszusprechen, was bald unter dem Baldachin des Himmelbettes geschehen würde, ginge zu weit.

»Dann bringe ich Euch stattdessen noch etwas Würzwein zur Stärkung«, sagte die Dienerin, verschwand und kam gleich darauf mit einem Becher aus geschliffenem Glas zurück, durch das die rote Flüssigkeit verheißungsvoll schimmerte.

Bianca erkannte das Gefäß als eines der Geschenke, das die Haller ihr anlässlich ihrer Hochzeit überreicht hatten. Das Behältnis war um einiges größer als die üblichen

Trinkgläser, und es galt als Privileg von König und Königin, es zu benutzen.

Die Frau stellte die kostbare Gabe auf das Tischchen neben dem Bett, knickste und wünschte eine gute Nacht. Bianca lehnte sich in die Kissen zurück. Bald würde ihr Gemahl kommen.

Mit einem wohligen Seufzer rief sie sich die Ereignisse des Abends ins Gedächtnis. Zunächst hatten sie die Menschen am Ufer des Inns willkommen geheißen und sie zur Burg geleitet. Ein wenig enttäuscht war sie gewesen, als sie feststellte, dass ihr Gatte nicht zu dem Empfangskomitee gehörte. Als sie jedoch in ihre Räumlichkeiten gebracht wurde, war ihr Unmut bald verflogen. Zwar konnte die Einrichtung nicht mit dem Prunk mithalten, den sie aus Mailand gewohnt war, und auch die Innsbrucker Hofburg war wesentlich besser ausgestattet. Aber im Vergleich zu den Quartieren, mit denen sie auf ihrer langen Reise hatte vorliebnehmen müssen, wirkte hier alles gediegen und heimelig. Es war offensichtlich, dass die Haller sich größte Mühe gegeben hatten, es dem Königspaar so angenehm wie möglich zu machen.

Nachdem ihre Dienerin das prachtvolle Kleid, das sie eigens für ihre erste Begegnung mit Maximilian gewählt hatte, ausgebürstet und ihr Haar noch einmal frisiert hatte, wurde sie in den Festsaal geführt. An der reich gedeckten Tafel hatten schon Erzherzogin Katharina, Gesandte aus Biancas Gefolgschaft und weitere edel gekleidete Männer und Frauen Platz genommen. Bei ihrem Erscheinen verstummten die Gespräche, sämtliche Köpfe wandten sich ihr zu.

Ganz oben am Tisch erhob sich ein Mann, der prächtiger gekleidet war als alle anderen im Raum. Er war von großer Gestalt, das glatte Haar trug er kinnlang und die kühne, gebogene Nase machte ihn unverkennbar: Es war der König, der sich ihr nun näherte. Bianca ging ein paar Schritte auf ihn zu, hielt inne und beugte das Knie zu einem Hofknicks. Schon war Maximilian bei ihr, fasste sie an beiden Händen und zog sie empor. Prüfend blickte er ihr in die Augen. Bianca stockte der Atem. Obwohl sie sich ihre erste Begegnung wieder und wieder in Gedanken ausgemalt hatte, obwohl sie sich ihrer Schönheit und ihrer reichen Mitgift bewusst war, kam sie sich mit einem Mal klein und unwürdig vor angesichts der Macht, die dieser Mann ausstrahlte. Ein Zittern überlief sie, rasch senkte sie die Lider.

»Aber, aber, warum so schüchtern?«, fragte ihr Gemahl mit dröhnender Stimme, fasste ihr unters Kinn und zwang sie auf diese Weise, ihm ins Gesicht zu sehen. Ein Lächeln verwandelte seine strengen Züge. Mit einer herzlichen Umarmung hieß er sie willkommen, küsste sie vor den versammelten Gästen auf den Mund und führte sie ans Ende der Tafel, wo sie endlich erleichtert den Platz an seiner Seite einnahm.

Der Abend war wie im Flug an ihr vorübergezogen. Wohlriechende, aber ziemlich deftig schmeckende Speisen wurden aufgetragen und wieder abgeräumt, der Wein floss in Strömen und es wurden zahlreiche Trinksprüche auf das Brautpaar ausgebracht. Bianca, deren Muttersprache Italienisch war, tat sich mit dem Verstehen des kernigen Tiroler Dialekts schwer. Ihr entging allerdings nicht, dass die launig vorgebrachten Gratulationen die eine oder andere Schlüpfrigkeit enthielten und man es in dieser Haller Burg mit der höfischen Etikette offenbar nicht so genau nahm.

Der König ließ alles lachend geschehen, gab die eine oder andere schlagfertige Antwort und wandte sich immer wieder seiner Braut zu. Neckisch kniff er sie in die Wange, legte ihr die Hand auf den Arm und begann unterm Tisch sogar im bauschigen Stoff ihres Kleides zu wühlen. Bianca erschrak zunächst, versuchte, sich ihm zu entziehen, doch als die Hand seiner Majestät zunehmend drängender wurde, ließ sie ihn gewähren. Schließlich forderte er sie mit verschwörerischer Miene auf, in ihr Gemach zu gehen und dort auf ihn zu warten. »Ich habe noch Staatsgeschäfte zu erledigen, dann komme ich nach«, fügte er hinzu. Bianca machte Anstalten, sich zu erheben, da erfasste er noch einmal ihre Hand und flüsterte ihr zu: »Halte mir das Bett schön warm, mein Herz.«

Damit war sie entlassen. Die Erzherzogin und einige Hofdamen geleiteten Bianca in ihre Kammer, wo die Zofe bereits auf sie wartete, um ihr aus ihrem Kleid und ins Nachtgewand zu helfen.

Bianca schreckte hoch. Sie musste eingenickt sein. Wo ihr Gemahl so lange blieb? Er hatte doch den Eindruck erweckt, als könne er es kaum erwarten, sie vollständig zu seiner Frau zu machen. Inzwischen aber mussten Stunden vergangen sein, und Maximilian war immer noch nicht erschienen.

Ob er schon hier gewesen war, sie schlafend vorgefunden und sich zurückgezogen hatte? Wenn das der Fall war, dann durfte dies kein zweites Mal passieren. Sie musste sich unbedingt wachhalten, um bereit zu sein, wenn der König kam. Sollte sie nach ihrer Zofe rufen, damit die ihr die Zeit vertrieb?

Bianca entschied sich dagegen. Die treue Seele hatte sich nach diesem anstrengenden Tag ein wenig Ruhe verdient. Stattdessen schlüpfte sie aus ihrem Bett und öffnete die Reisetruhe, die im Zimmer stand. Ganz zuoberst befand sich eine Kassette, deren Deckel Bianca nun aufklappte. Auf ein Samtkissen gebettet schimmerte der kostbare Brautschmuck, den sie in wenigen Tagen bei der Vermählung in der Innsbrucker Hofkirche tragen würde.

Ehrfürchtig strich die junge Frau über die glatten Edelsteine, die Kette, Gürtel und Diadem zierten. Sie malte sich aus, wie sie am Arm ihres Gatten zum Altar schritt, die Augen aller Anwesenden auf sie gerichtet, die stolze Königin, die bis vor Kurzem nichts weiter als eine Adelige aus einer unbedeutenden Nebenlinie gewesen war.

Mit einem Mal wurden Stimmen laut, Schritte näherten sich. »Jetzt werden wir sehen, ob die Nichte des Mailänders hält, was er versprochen hat. Schön ist sie ja.« Das war eindeutig der König.

Im nächsten Moment wurde die Tür geöffnet und Maximilian trat ein. Bianca fuhr hoch. Es war wohl nichts Verwerfliches daran, dass sie nach ihrem Brautschmuck gesehen hatte. Dennoch fühlte sie sich ertappt. Denn anstatt ihren Gatten sittsam zugedeckt im Bett zu erwarten, stand sie barfuß im Nachtgewand vor ihm.

»M... M... Majestät...«, stammelte sie und wollte wieder in einen Hofknicks sinken. Da war der König bereits bei ihr, umfing sie und küsste sie zärtlich. Ehe sie es sich versah, hob er sie hoch und trug sie zum Bett. Behutsam legte er sie auf die weichen Laken, setze sich und begann, die Bänder, die das Nachthemd über der Brust zusammenhielten, aufzuschnüren. Schon hatte er ihre Schultern entblößt. Nun schob er den Stoff weiter nach unten. Biancas

Brüste lagen frei und schienen ihm zu gefallen. Er beugte sich darüber, streichelte sie und machte Anstalten, sie mit seinen Lippen zu berühren.

Bianca hatte ihren Schreck überwunden. Willig bog sie sich ihrem Gemahl entgegen. Endlich würde er sie zur Frau machen, zu seiner Königin.

»Gemach, gemach«, sagte Maximilian in dem Augenblick. »Gedulde dich noch ein wenig, mein Lieb. Ich habe zuvor wichtige Pflichten zu erledigen.« Mit diesen Worten erhob er sich und wandte sich zum Gehen. Sein Blick fiel auf das Trinkglas, das neben dem Bett stand. Er ergriff es, hob es empor und prostete Bianca zu. »Auf dich, meine schöne Gemahlin«, sprach er einen Trinkspruch aus und leerte das Glas in einem Zug. Anschließend stellte er es wieder auf den Nachttisch und entfernte sich mit energischen Schritten.

*

Mit einem bedauernden Seufzen hielt Sieglinde in ihrem Bericht inne. Beppo betrachtete sie skeptisch. Noch immer war er sich nicht sicher, ob er wachte oder träumte. Aber spannend war die Geschichte schon. »Und hat er sie dann ge…?«, begann er.

Das Burgfräulein setzte eine strenge Miene auf. Mit erhobener Hand gebot sie ihm zu schweigen. »Bianca war außer sich. So hatte sie sich ihre Hochzeitsnacht nicht vorgestellt«, fuhr Sieglinde fort. »Auf einmal wurde die junge Frau von der erwartungsvollen Braut zur Furie. Sie sprang aus dem Bett, ergriff das Trinkglas und schleuderte es an die Wand.«

Als könne sie es selbst nicht glauben, schüttelte Sieglinde den Kopf. »Der Becher zersprang, klirrend fielen die Scherben zu Boden. Als sich Bianca ihrer Tat bewusst wurde, überkam sie große Angst. Nie und nimmer durfte der König erfahren, dass sie das wertvolle Geschenk zerstört hatte. Sie flehte ihre Zofe an, die Scherben zu beseitigen. Diese sammelte die Glasstücke ein, versteckte sie in den Falten ihres Gewandes und entsorgte sie in der Latrine. Dort wurden sie vor wenigen Jahren bei einer Ausgrabung gefunden und wieder zusammengesetzt. Das fehlende Stück muss irgendwo abhandengekommen sein.«

»Und hat der König dann …?« Beppo unterbrach sich. »Hat die Hochzeitsnacht stattgefunden, mein ich?«

Sieglinde nickte mit verächtlich herabgezogenen Mundwinkeln. »Lange noch hat er mit den Gesandten Karten gespielt. Das waren die wichtigen Pflichten, von denen er gesprochen hatte. Gegen halb fünf in der Früh kam er endlich ins Brautgemach und machte Bianca zu seiner Frau. Tags darauf erhielt er 100.000 Dukaten, das zweite Viertel der Mitgift, wenig später den Rest. Insgesamt 400.000 Dukaten hatte sich Biancas Onkel die Eheschließung kosten lassen. Doch Maximilian hatte Schulden. Das Geld war rasch durchgebracht und die Ehe verlief so unglücklich, wie sie begonnen hatte. Bianca gebar dem König keine Kinder, was dazu führte, dass er sie bald vollkommen vernachlässigte. Auch bei seiner Kaiserkrönung im Dom von Trient war Bianca nicht dabei. Am 31. Dezember 1510 starb sie einsam und schwermütig mit nur 38 Jahren in Innsbruck. Nicht einmal an ihrem Begräbnis hat Maximilian teilgenommen.«

Mit wachsendem Interesse hatte Beppo zugehört. Bei der Erwähnung von 400.000 Dukaten war ihm ganz schwindlig geworden. Er hatte keine Ahnung, wie viel ein Dukat wert war. Doch allein die genannte Summe klang nach sehr viel Geld. Für einen solchen Betrag hätte er sich wohl zusammengerissen und die ihm Angetraute besser behandelt. Aber wer wusste schon, was in den Köpfen dieser hochgestellten Persönlichkeiten vorgegangen war.

Verlegen kratzte er sich an der Stirn. »Und wie kann ich Ihnen jetzt behilflich sein, Fräulein Sieglinde?«, fragte er schließlich.

»Sie müssen die Geschichte der Nachwelt erzählen. So, wie sie sich wirklich zugetragen hat. Denn das, was kolportiert wird, ist nur die halbe Wahrheit. Immer heißt es, Bianca sei ein verwöhntes Gör gewesen, nicht besonders klug und dem König und Kaiser keine angemessene Gemahlin. Doch das stimmt nicht. Anfangs und auch später noch hat sie sich große Mühe gegeben, seinen Ansprüchen gerecht zu werden. Aber was war nach so einer Hochzeitsnacht zu erwarten? Da hat das Unglück seinen Anfang genommen.«

Das Burgfräulein, das bisher eher sanft gewirkt hatte, war in Rage geraten. Wieder wandte es sich beschwörend an Beppo. »Bitte, Sie sind meine letzte Hoffnung!«, flehte die Frau ihn an. Sie fasste in die Falten ihres Kleides, förderte einen Stapel Papier zutage und hielt ihn Beppo hin.

»Na gut, dann geben S' halt her«, knurrte er und streckte die Hand aus. Mit einem Mal wurde Sieglindes Miene traurig. Beinahe widerwillig reichte sie ihm das Konvolut. Beppo nahm es an sich, betrachtete die erste Seite, blätterte um, blätterte erneut um. Verständnislos hob er den Blick und starrte Sieglinde an. »Die Seiten sind leer«, murmelte er.

»Genau deshalb brauche ich Ihre Hilfe«, antwortete das Fräulein verlegen. »Immer, wenn ich die Geschichte zu Ende geschrieben habe, verblasst die Tinte. Daher müssen

Sie dafür sorgen, dass die Nachwelt davon erfährt. Gehen Sie hinaus und erzählen Sie, was sich in der Hochzeitsnacht tatsächlich zugetragen hat.«

»Und woher weiß ich, dass Sie mir keinen Bären aufbinden?«, warf Beppo misstrauisch ein.

Das Fräulein lächelte. »Haben Sie es nicht erraten?«, fragte sie.

Irritiert sah Beppo sie an. Was sollte er erraten haben? Schon fuhr sie fort: »Ich war die Zofe der Königin. Ich habe sie in jener Nacht und danach begleitet, habe mit ihr gehofft, gelitten und saß schließlich an ihrem Sterbebett.« Sieglinde machte eine Pause, ehe sie fortfuhr: »Auch für mich wird es Zeit, mich von dieser Welt zu verabschieden. Zuvor muss ich jedoch sicher sein, dass die wahre Geschichte ans Licht kommt. Bitte, geben Sie mir Ihr Wort.«

Beppo dachte nach. Wenn er diesem Spuk ein Ende bereiten wollte, blieb ihm nichts anderes übrig, als Sieglinde das gewünschte Versprechen zu geben. Eine Belohnung sollte es ihr allerdings wert sein. »Und was springt für mich dabei heraus?«, fragte er listig.

»Ich zeige Ihnen, wie Sie wieder ins Freie gelangen«, antwortete das Fräulein, nahm ihn bei der Hand und führte ihn die Treppe hinunter.

*

Sternklar wölbte sich der Himmel über dem Burghof. Neben den Stufen, die zum Museum führten, bewegte sich ein Kleiderbündel. Beppo Strasser rappelte sich mühsam vom Pflaster hoch. Er rieb sich die Augen und blickte zum Münzerturm hinauf. Im Schein des Mondes vermeinte er, eine Gestalt am Fenster zu erkennen. Etwas an ihr erinnerte ihn an das Burgfräulein, dem er im Inneren des Gebäudes begegnet war.

Aber wie konnte das sein, wo er doch hier draußen gelegen hatte? War das alles nur ein Traum gewesen? Ein kostbares Trinkglas war darin vorgekommen und eine adelige Dame, deren Bräutigam laut dem Bericht ihrer Zofe in der Hochzeitsnacht Karten gespielt hatte. Er selbst hatte ein Versprechen gegeben. Wenn er bloß wüsste, welches.

Unwillkürlich griff er in seine Hosentasche und spürte Metall. Die Zweieuromünze fiel ihm ein, die ihm einer der Ordner zugesteckt hatte. Beppo klaubte das Geldstück heraus und betrachtete es. Im Dunkeln konnte er die Oberfläche nur undeutlich erkennen, aber einer Sache war er sich sicher: Eine solche Prägung hatte er noch nie gesehen. Verwirrt steckte Beppo die Münze wieder ein.

»Awarakadawara«, klang es aus dem Hofratsgarten. Die Künstler beendeten ihr Konzert mit dem Kultsong als Zugabe. Würde es sich lohnen zu warten, bis die Zuschauer herauskamen, um zumindest eine Tschick zu erbetteln? Bedächtig schüttelte Beppo den Kopf und wandte sich dem Ausgang zu. Für heute hatte er genug Hokuspokus erlebt.

IM HAUS DER BLUTGRÄFIN

VON EDITH KNEIFL

1

Wien im März 1905. Heftiges Poltern und Krachen dröhnte durch das Haus in der Augustinerstraße 12. Martha Bernstein fiel vor Schreck beinahe aus dem Bett.

In ihrem Zimmer war es stockfinster. Außer leisem Pfeifen und Rascheln vernahm sie keinen Ton mehr. Hatte sie sich den Lärm nur eingebildet?

Angestrengt lauschte sie in die Dunkelheit. Stille. Selbst die Mäuse hatten sich wieder unter die Dielenbretter verzogen.

Sie machte das Petroleumlämpchen auf ihrem Nachtkästchen an. In diesem Augenblick begann das Pendel der großen Standuhr im Nebenraum zu schlagen. Die Wolfsstunde war angebrochen. Wenn die Nacht langsam in den kommenden Tag hinübergleitet, werden viele Menschen wach. Schwermütige Stimmungen machen sich breit. Ängste und Sorgen erscheinen einem übermächtig groß. Sie fragte sich nicht zum ersten Mal, was diese Stunde mit

Wölfen zu tun hatte. Vielleicht heulten sie um diese Zeit immer den Mond an? Doch Vollmond war erst morgen.

Martha schlüpfte in ihre Pantoffeln, schlich auf Zehenspitzen zur Tür und öffnete sie einen Spalt. Das schwache Licht der kleinen Lampe reichte gerade aus, um nicht über die Stellagen und die daneben liegenden Schuhe im Flur zu stolpern. Die Baronin legte großen Wert darauf, dass ihre Untermieterinnen die Straßenschuhe vor ihren Zimmern ließen, und daran hielt sie sich.

Nicht zum ersten Mal hatten merkwürdige Geräusche Marthas Nachtruhe gestört. Entsetzliches Rumoren, gefolgt von dumpf klingenden Schreien und leisem Weinen … Woher diese furchteinflößenden Laute kamen, hatte sie bisher nicht ausmachen können.

Vor Kurzem hatte sie sogar mitten in der Nacht eine weiß gekleidete Gestalt im Hof gesehen. Die Frau war tiefverschleiert gewesen und hatte einen altmodischen Reifrock unter ihrem weißen Kleid getragen. Obwohl Martha viel zu vernünftig war, um an Gespenster zu glauben, war sie damals sehr erschrocken. Zuerst hatte sie die Baronin verdächtigt schlafzuwandeln, doch das weiße Wesen war viel schlanker und größer gewesen als die gnädige Frau. Als die unheimliche Gestalt heftig zu husten begonnen hatte, war Martha vollends überzeugt gewesen, dass es sich nicht um eine Geistererscheinung handelte. Nach dem Hustenanfall war die weiße Frau rasch verschwunden.

Plötzlich vernahm Martha schlurfende Schritte. Sie duckte sich unter einen Fenstersims. Die Schritte kamen näher. Seltsames Ächzen und Stöhnen drang an ihre Ohren. Rasch hob sie den Kopf und warf einen Blick hinaus auf die Pawlatschen.

Kein Gespenst, sondern eine rundliche Gestalt mit einem länglichen Ding auf dem Rücken, das aussah wie ein schmaler Kasten oder ein Sarg, stolperte an den Fenstern vorbei. Das Gesicht konnte sie nicht sehen. Sie erkannte Otto jedoch an seiner etwas unglücklichen Figur. Der alte Hausmeister war mehr breit als hoch.

Sie überlegte, ob sie ihn fragen sollte, warum er zu dieser nachtschlafenden Zeit Möbel herumschleppte. Doch es hätte keinen Sinn. Sie würde keine Antwort erhalten. Der arme Otto konnte zwar hören, war aber stumm.

Martha ging wieder zu Bett. Obwohl sie sich für eine furchtlose Person hielt, hatte sie plötzlich Angst und kam sich ziemlich verloren vor in diesem großen, düsteren Haus. Sie sehnte sich nach ihrer Familie, nach ihrer schönen Heimat Galizien. Geplagt von Heimweh wälzte sie sich bis zum Morgengrauen unruhig im Bett.

Ihr Vater betrieb eine Apotheke in Lemberg. Ihre Mutter war vor langer Zeit gestorben. Seit zweieinhalb Jahren studierte Martha nun Medizin in Wien. Seither hatte sie ihre Familie zweimal besucht. Ihre ältere Schwester Margarete, die dem Vater den Haushalt führte, schrieb ihr zwar hin und wieder, meistens beklagte sie sich in ihren Briefen jedoch über ihr langweiliges Dasein. Die beiden Schwestern waren einander sehr zugetan, doch die ältere beneidete die jüngere um ihre Freiheit, ihr aufregendes Leben in Wien. Der Vater schickte Martha monatlich Geld, schrieb aber nur zu allen heiligen Zeiten.

Bis letzten Herbst hatte Martha in einem katholischen Heim gewohnt. Da sie dort das Zimmer mit zwei anderen Mädchen vom Land hatte teilen müssen, hatte sie keine Ruhe zum Lernen gehabt.

Letzten Sommer hatte sie über eine Annonce dieses

Untermietzimmer in der Augustinerstraße gefunden. Freudigen Herzens war sie umgezogen.

Allerdings musste sie sich eingestehen, dass sie das Ungarische Haus, wie es von den Wienern genannt wurde, inzwischen etwas gruselig fand. Als sie im Herbst hier eingezogen war, hatte sie nicht gewusst, dass sich dieses Gebäude einst im Besitz der berüchtigten Blutgräfin Erzsébet Báthory befunden hatte.

Im Halbschlaf ließ sie die grauenhafte Geschichte der ungarischen Gräfin vor ihrem inneren Auge Revue passieren.

*

Erzsébet Báthory, eine Nichte des polnischen Königs, wuchs im 16. Jahrhundert umgeben von psychopathischen Verwandten in Transsylvanien auf. Ihre Familie war durch Inzest völlig degeneriert. Ihr Bruder Stephan galt als Alkoholiker und Wüstling. Ihre Tante war für ihre sexuelle Freizügigkeit berüchtigt.

Mit 15 wurde Erzsébet mit Graf Nádasdy verheiratet, der wegen seiner außerordentlichen Brutalität gegenüber den vorrückenden Osmanen auch »Der schwarze Ritter« genannt wurde.

Als ihr Bruder 1600 kinderlos verstarb, erbte Erzsébet ein riesiges Vermögen. Ihr Mann segnete vier Jahre später das Zeitliche. Durch seinen Tod wurde sie zu einer der reichsten Frauen Ungarns.

Sie galt als sehr intelligent, sprach sechs Sprachen und war eine geachtete und gleichzeitig gefürchtete Persönlichkeit.

Die kalte Jahreszeit verbrachte die grausam veranlagte

Gräfin meist in ihrem Haus in der Wiener Augustinerstraße. Durch die neugewonnene Freiheit war es Erzsébet nun möglich, ihre sadistische Neigung auszuleben. Von ihren Dienern ließ sie Mädchen in ihre Stammburg Čachtice und in ihr Stadtpalais in Wien bringen, misshandelte diese schwer und folterte die jungen Frauen stundenlang. Beim Prozess sagte die Dienerschaft aus, dass Erzsébet den Mädchen Nadeln in die Augen steckte, ihnen den Mund zunähte und wenn eines zu laut schrie, ihm mit einer Schere die Stimmbänder durchschnitt. Einige Mädchen wurden ausgepeitscht bis zum Tode oder im Winter nackt im Hof festgebunden und mit Wasser überschüttet, bis sie zu Eissäulen erstarrten.

Vor allem Erzsébets Hausmeister János Ujvári, genannt Ficzkó, ein Zwerg, der stets eine tadellose Livree trug und über immense Körperkraft verfügte, die er oft auf den Wiener Märkten demonstrierte, stand ihr treu zur Seite. Auch weibliche Bedienstete beteiligten sich an den Folterungen und Morden.

Ficzkó, der für seine Herrin auf den Märkten die Einkäufe erledigte, sprach dort junge Mädchen an und engagierte sie für seine Herrin als Küchenmägde oder Zofen. Da Erzsébet überdurchschnittlich hohe Löhne bezahlte, herrschte nie ein Mangel an Dienstboten.

Im Haus der Gräfin angekommen mussten sich die Mädchen splitternackt ausziehen und wurden von Erzsébet und ihrer Kammerzofe Ilona Jó genauestens inspiziert. Erzsébet legte großen Wert darauf, dass die Mädchen Jungfrauen waren.

Sie hatte sich im Keller ihres Stadtpalais extra ein Schlafzimmer und ein Bad einrichten lassen. Gerüchte, dass die Gräfin eine Vampirin sei, die im Blut der Mädchen badete und dieses auch trank, um sich ewige Jugend und Schönheit zu sichern, machten bald die Runde. Um ihre verwelkende Schönheit zu retten, brauchte sie angeblich ständig frisches Blut. Dafür soll sie zehn Jungfrauen pro Monat geopfert haben.

Aus dem Ungarischen Haus war in den Wintermonaten häufig Poltern und Rumpeln sowie Schreien und Weinen zu vernehmen. Die Mönche des gegenüberliegenden Augustinerklosters warfen öfter aus Wut über die Störung die Fensterscheiben des Palais mit Tongefäßen ein und forderten Ruhe.

Im Frühsommer pflegte die Gräfin, nach Čachtice in ihr Schloss zu reisen. Als sie schließlich auch Mädchen aus dem niederen Adel Ungarns umbrachte, darunter die Sängerin Helene Harczy, die sie in Wien kennengelernt hatte, beauftragte König Matthias II. von Ungarn Graf Georg Thurzó, einen Vetter der Gräfin, mit der Untersuchung dieses Falles.

Manche vermuteten eine politische Intrige hinter allem. Denn das ungarische Königreich war bei der reichen Adelsfamilie Báthory wegen des Krieges gegen die Türken hoch verschuldet. Außerdem waren das katholische Haus Habsburg und die evangelischen Báthorys schon seit Langem verfeindet. Nach Erzsébets Gefangennahme ging ihr Vermögen an Graf Thurzó, und der König war schuldenfrei.

Die Gräfin wurde ohne Urteil in ihrem Schlafgemach in der Burg Čachtice eingemauert. Zuvor waren aus dem Zimmer alle Spiegel entfernt worden, um Erzsébet für ihre Eitelkeit zu bestrafen.

Fiszkó wurde enthauptet und auf dem Scheiterhaufen verbrannt. Auch einige weibliche Bedienstete der Gräfin wurden hingerichtet, nachdem man ihnen die frevelhaften Finger abgerissen hatte.

*

Schweißgebadet richtete sich Martha im Bett auf. Plötzlich war das Gesicht der verschwundenen Fanny vor ihrem inneren Auge aufgetaucht.

Abgemagert, totenbleich und mit weit aufgerissenen Augen in tiefen dunklen Höhlen flehte die junge Tänzerin sie an, ihr zu helfen.

Kurz nach Marthas Einzug war Fanny, eine der anderen Untermieterinnen der Baronin, spurlos verschwunden. Sie war mit der Miete zwei Monate im Rückstand gewesen. Außer ihren Papieren hatte sie nur wenige Sachen mitgenommen.

Die gnädige Frau hatte sich damals fürchterlich über die Undankbarkeit der Tänzerin aufgeregt.

Die Witwe vermietete die Vierzimmerwohnung im zweiten Stock ausschließlich an jüngere alleinstehende Frauen. Außer Martha wohnte derzeit nur die Schauspielerin und Sängerin Rosalie dort. Die restlichen Räume standen leer.

Martha glaubte nicht, dass Fanny wegen ihrer Schulden weggelaufen war. Entweder war ein Unfall passiert oder Schlimmeres.

Rosalie, die Fanny besser kannte, war überzeugt, dass sich die Tänzerin einfach aus dem Staub gemacht hatte. »Fanny hat ständig aus dem letzten Loch gepfiffen. Als sie dann im Ronacher rausgeschmissen wurde, was sie der Alten natürlich nicht gesagt hat, ist ihr eben nichts anderes übrig geblieben, als unterzutauchen. Bestimmt tingelt sie jetzt mit irgendeiner Truppe durch die Provinz«, hatte sie Martha zu beruhigen versucht.

Rosalie war eine fröhliche, hübsche Blondine. Lebenslustig und leichtsinnig war sie das genaue Gegenteil der besonnenen und strebsamen Martha. In ihrer Gesellschaft kam sich Martha oft wie ein unansehnlicher Bücherwurm vor. Manchmal ließ sie sich von Rosalie dazu überreden, mit ihr in ein Tanzlokal zu gehen. Da auch Rosalie ständig knapp bei Kasse war, musste Martha meistens die Zeche für sie mitbezahlen.

Bevor Martha in das Haus in der Augustinerstraße übersiedelt war, waren bereits zwei andere Mädchen verschwunden.

Das Dienstmädchen der Baronin war von heute auf morgen abgehauen. Angeblich hatte sie Schmuck gestohlen. Die Baronin hatte jedoch keine Anzeige erstattet, da sie kein Aufsehen erregen wollte.

Der Fall einer jungen Hutmacherin, die einige Hüte zum Probieren gebracht hatte und nicht mehr in das Geschäft am Graben zurückgekehrt war, hatte dann doch ziemliches Aufsehen verursacht. Die Ladenbesitzerin hatte die Polizei alarmiert. Und diese hatte damals im Ungarischen Haus alles auf den Kopf gestellt. Die Ermittlungen waren allerdings bald im Sand verlaufen.

2

Als Martha Bernstein an der Alma Mater Rudolphina, der ehrwürdigen Universität der Haupt- und Residenzstadt Wien, vorbeischlenderte, bekam sie einen Vorgeschmack auf den Frühling. Der Föhn hatte die Temperaturen in die Höhe schnellen lassen. Doch sie konnte den sonnigen Tag nicht genießen. Die schlaflose Nacht hatte Spuren hinterlassen. Sie litt unter Kopfschmerzen und hing trüben Gedanken nach.

In der Nase hatte sie noch den Geruch von Formalin und anderen Chemikalien. Die Sezierübungen an Organpräparaten im Anatomischen Institut in der Währinger Straße hatten sie ziemlich mitgenommen.

Leichte Übelkeit plagte sie. Zum Frühstück hatte sie vor lauter Nervosität kaum einen Bissen von dem vertrockneten Kipferl zum Malzkaffee hinuntergebracht. Der Malzkaffee drohte jetzt hochzukommen. Sie sehnte sich nach einem starken Mocca, der ihre Kopfschmerzen vertreiben würde.

Martha hatte zum ersten Mal an einer echten Leiche gearbeitet. Sie hatte zwar nicht zum ersten Mal einen Toten gesehen, da sie dabei gewesen war, als ihre Mutter gestorben war. Aber es war natürlich etwas anderes, einen toten Menschen in seine Einzelteile zerlegen zu müssen.

Nachdenklich spazierte sie die Ringstraße entlang bis zum Rathaus. Die Bäume am Rand der breiten Allee standen in Reih und Glied wie Soldaten. Auf dem schmalen Rasenstreifen wagten sich die ersten Gräser und Krokusse hervor. Sie schenkte weder den letzten Schneeglöckchen unter den Bäumen Beachtung noch den Forsythien, die im Rathauspark zu blühen begannen.

Es roch nicht nach Frühling. Der Gestank von Pferdeäpfeln und Benzin verpestete die Luft. Heftiger Wind wirbelte den Staub und Dreck von den zahlreichen Baustellen auf. Feuchte Stoff- und Papierfetzen flogen ihr um die Ohren.

Sie klemmte ihre Bücher und Skripten unter den rechten Arm. Mit der anderen Hand hielt sie ihr Hütchen fest und versuchte, die Straßenseite zu wechseln. Das Überqueren der Ringstraße erwies sich als höchst gefährliches Unterfangen. Vorsichtig schlängelte sie sich zwischen unzähligen Fiakern, Lastenfuhrwerken, Automobilen und Tramways durch.

Grelles Gebimmel, kreischende Bremsen, lautes Hupen. Der fürchterliche Lärm verschlimmerte ihre Kopfschmerzen.

Schnellen Schrittes tauchte sie ein in das Gewirr enger Gassen hinter dem Burgtheater, eilte vorbei an prächtigen Palais und der Minoritenkirche bis zur Herrengasse und dann geradeaus zur Augustinerstraße.

Das Ungarische Haus befand sich unweit der Albertina, genau gegenüber der gotischen Augustinerkirche. Sonntags besuchte Martha gerne die Messe in dieser k.k. Hofpfarrkirche.

Das massige viergeschossige Gebäude wirkte bedrückend und strahlte eine gewisse Unheimlichkeit aus. Die schlichten Renaissance-Gesimse an der sonst schmucklosen Fassade machten es auch nicht einladender. Das große dunkelgrün gestrichene Eingangstor war verschlossen. Sie sperrte auf und betrat zögernd den düsteren Innenhof.

Letzte Woche war ein Wäschermädel, das die Weißwäsche der Baronin abgeholt hatte, in der Dämmerung hier im Hof überfallen worden. Die Kleine hatte nicht gesehen, wer sie angegriffen hatte. Sie hatte einen Schrei ausgestoßen, als sie jemand von hinten gepackt und ihr, wie sich später herausstellte, ein in Chloroform getränktes Taschentuch aufs Gesicht gedrückt hatte. Ohnmächtig war sie zusammengebrochen. Zum Glück waren in diesem

Augenblick Rosalie und Friedrich, der Neffe der Baronin, der im Parterre wohnte, herbeigeeilt. Den Angreifer hatten sie leider nicht gesehen. Seither wurde das Eingangstor, auf Geheiß der Baronin, auch tagsüber zugesperrt.

Die Pawlatschen im Innenhof stammten aus neuerer Zeit. Obwohl hübsch anzusehen, verstärkten sie bei Martha das Gefühl der Unsicherheit. Ein jeder konnte dadurch in den Räumen im zweiten Stock einsteigen.

Rosalie nahm die ganze Sache nicht so ernst. »Der schöne Friedrich wird schon auf dich achtgeben. Mir scheint, er hat ein Aug auf dich geworfen«, hatte sie gescherzt, als Martha ihr von ihren Ängsten erzählt hatte.

»Er interessiert sich nur für mein Studium«, hatte Martha diese Anspielung zu entkräften versucht.

Auch an diesem herrlichen Frühlingstag kam Friedrich sogleich aus seiner Wohnung, nachdem er Martha durchs Fenster erblickt hatte.

Der junge Herr war gutaussehend, falls man für zart gebaute Männer etwas übrig hatte. Er war sehr schlank, fast dünn und mittelgroß, hatte volles schwarzes Haar und ebenmäßige Züge. Seine vornehme Blässe verdankte er wohl einer Anämie und die dunklen Ringe unter seinen großen braunen Augen deuteten auf eine Herzschwäche hin. Martha hatte manchmal den Eindruck, dass er mit seinen schönen Augen durch sie hindurchsah, wenn sie mit ihm sprach. Es schien, als lebte er in einer anderen Welt. Rosalie hielt ihn schlicht und einfach für schüchtern und verträumt.

Martha überlegte, ihn zu fragen, ob er des Nachts auch hin und wieder eigenartige Geräusche hörte oder eine weiße Gestalt im Hof lustwandeln sah. Sie wagte es nicht. Der Neffe der Baronin war ein Privatgelehrter und würde sie womöglich für verrückt halten. Er glaubte sicher nicht an Geister. Nächtelang saß er über seinen Büchern. Der Schein seiner Petroleumlampe drang oft bis in die frühen Morgenstunden in den Innenhof.

Friedrich erkundigte sich, wie es ihr in ihrem ersten Sezierkurs ergangen war.

»Es war halb so schlimm«, sagte Martha und wollte weitergehen.

»Möchten Sie nicht auf einen Sprung zu mir reinschauen? In meinem Besitz befinden sich mehrere Anatomiebücher, die Sie sich gerne von mir ausborgen können.«

Martha zögerte. Es gehörte nicht zu ihren Gepflogenheiten, die Wohnungen von Junggesellen zu betreten. Doch der wohlerzogene Friedrich würde sie sicher nicht in Verlegenheit bringen. Er benahm sich ihr gegenüber immer sehr freundlich und zuvorkommend.

»Ich kann Ihnen die Bücher auch herausbringen«, sagte er, als er ihr Zögern bemerkte.

Martha gab sich einen Ruck. »Nein danke. Ich würde mir sehr gerne Ihre Bibliothek anschauen.«

Seine Räume im Erdgeschoss befanden sich in einem alten Renaissancegewölbe. Er führte sie sogleich in seine Bibliothek. Die Tür ließ er einen Spalt offen.

Der Raum war ringsum mit bis an die Decke reichenden Regalen ausgestattet. In der Mitte standen ein bequem aussehender Ohrensessel und ein dazu passender Hocker, auf dem sich Bücher stapelten. Mehrere Kandelaber und zwei Petroleumlampen bildeten den Rest des Interieurs.

Friedrich bat sie, im Sessel Platz zu nehmen, und deutete auf die Bücher am Hocker. »Ich habe mir erlaubt, einige Werke für Sie zurechtzulegen. Bitte bedienen Sie sich.«

»Oh mein Gott«, seufzte Martha als sie einen funkelnagelneuen Anatomieatlas und das »Wörterbuch der klinischen Kunstausdrücke« in dem Stapel entdeckte. Diese teuren Bände waren in der Universitätsbibliothek ständig vergriffen.

Auf ein drittes Werk warf sie nur einen flüchtigen Blick.

»Die ›Psychopathia sexualis‹ von Krafft-Ebing ist wahrscheinlich keine geeignete Lektüre für eine junge Dame. Aber ich dachte, Sie als angehende Ärztin sollten es sich vielleicht auch zu Gemüte führen«, sagte Friedrich.

Errötend und mit leiser Stimme fragte sie: »Darf ich mir die wirklich ausleihen?«

»Selbstverständlich. Ich freue mich, Ihnen zu Diensten sein zu dürfen, Fräulein Bernstein. Doch jetzt bitte ich Sie, mir alles über Ihre erste Sezierübung zu erzählen.«

Sein Interesse schien aufrichtig zu sein. Er fragte, welche Gerätschaften ihr zur Verfügung gestanden hatten, wo sie beim Öffnen des Brustbeins die Säge angesetzt hatte … Er wollte jedes Detail wissen.

Inzwischen hatte er die anderen Bücher vom Hocker entfernt und ihr gegenüber Platz genommen. Mit beinahe verzücktem Gesichtsausdruck hing er an ihren Lippen.

Marthas Wangen glühten. Seine Fragen und vor allem die körperliche Nähe zwischen ihnen machten sie ein bisschen schwindlig.

Als er noch mehr über die Konservierung von Leichen erfahren wollte und sie fragte, wie viel Prozent Formaldehyd die Lösung enthielt, begannen ihre Finger zu zittern.

Beruhigend legte er seine schmale weiße Hand mit den durchscheinenden blauen Adern auf ihre und sah ihr tief in die Augen.

»Ich muss gehen«, stammelte Martha und erhob sich hastig.

»Ich fürchte, ich habe Sie mit meinen neugierigen Fragen zu sehr gequält«, sagte er reumütig und brachte sie sogleich zur Tür.

»Darf ich auf eine Fortsetzung unseres anregenden Gesprächs hoffen?«, fragte er, als sie bereits im Hof standen.

Martha murmelte etwas, das man als Zustimmung deuten konnte, und eilte hinauf in den zweiten Stock.

Kaum hatte sie ihr Zimmer betreten, klopfte jemand an ihre Tür. Sie hatte sich ein bisschen hinlegen wollen. Ihr Herz raste und ihre Kopfschmerzen waren schlimmer geworden. Außerdem war sie verwirrt. Wie sollte sie Friedrichs Benehmen deuten? Ihr Gespräch, aber vor allem seine Blicke und die zärtliche Berührung beschäftigten sie mehr, als ihr lieb war.

Vor ihrer Tür stand das Dienstmädchen der Baronin. Sie überreichte Martha eine elfenbeinfarbene Karte, auf der sich eine kurze Nachricht befand.

Überrascht las Martha den Satz noch einmal. »Baronin Bernadette von Dobros bittet um Punkt 16 Uhr zum Kaffee.«

In diesem Moment schlug das Pendel viermal.

»Ich komme gleich«, sagte Martha und schlüpfte in ein sauberes Paar Schuhe. »Hätten Sie vielleicht ein Pulver gegen Kopfschmerzen für mich«, fragte sie das Dienstmädchen, als sie ihr die Treppe hinunter in die Beletage folgte.

Das ungarische Mädchen zuckte mit den Achseln. Wahrscheinlich verstand es kaum Deutsch.

Martha betrat zum ersten Mal die Gemächer der Baronin in der Beletage. Auf dem Weg in den kleinen Teesalon musste sie mehrere Räume durchqueren, die völlig überladen waren mit Antiquitäten aus den verschiedensten Stilepochen. Martha kam sich vor wie in einem Kuriositätenkabinett. Der kleine Teesalon hingegen war in modernem japanischem Stil eingerichtet.

Während das Dienstmädchen Kaffee statt Tee einschenkte, klagte die Baronin über den schrecklichen Föhnsturm, der ihr unerträgliche Migräne verursachte.

»Auch ich habe Kopfschmerzen«, warf Martha leise ein.

Daraufhin drängte ihr die Baronin ihr Schmerzpulver auf und bestand darauf, dass Martha es vor ihren Augen schluckte.

Erst nachdem sie den Kaffee getrunken hatten, kam die Baronin auf den Grund für ihre Einladung zu sprechen. Sie ermahnte Martha, ihren Neffen nicht zu ermutigen. »Ich wünsche keine Zusammenkünfte zwischen meinem Neffen und den jungen Damen, die bei mir zur Untermiete wohnen. Sein Interesse an Ihnen ist selbstverständlich rein wissenschaftlicher Natur. Leider ist Friedrich nach einem längeren Krankenhausaufenthalt wegen seines schwachen Herzens nicht imstande, sich den Strapazen eines Universitätsstudiums zu unterziehen. Deshalb muss er sich mit Privatstudien begnügen. Er interessiert sich sehr für Medizin, beschäftigt sich nicht nur mit dem menschlichen Körper, sondern auch mit unserer verletzlichen Seele. Aber das wird Ihnen ja nicht entgangen sein.«

Martha spürte, wie sie errötete, dieses Mal vor Wut. Ehe sie beteuern konnte, keinerlei Absichten auf eine nähere Bekanntschaft mit dem jungen Herrn zu haben, fuhr die Baronin fort zu monologisieren. Sie schien ein enormes Redebedürfnis zu haben, kam vom Hundertsten ins Tausendste und landete schließlich bei ihrem längst verstorbenen Mann, der sie angeblich fast mittellos zurückgelassen hatte.

»Mir bleibt gar nichts anderes übrig, als die Räume im zweiten Stock zu vermieten. Zum Glück habe ich nur einen der vier Häuserteile geerbt. Aber auch die Instandhaltung dieses Teils kostet mich ein Vermögen. Ich werde es nicht mehr lange schaffen, alles in Schuss zu halten. Auf jeden Fall muss ich mir neue Mieterinnen suchen. Vielleicht werde ich sogar gezwungen sein, die Räume unterm Dach zu einem günstigen Preis zu vermieten. Dort befinden sich momentan die Kammern der Dienstboten. Außer Otto sind mir nur mehr diese dumme ungarische Gans und die alte Köchin geblieben. Sogar meine Kammerzofe musste ich entlassen. Es gäbe also genügend Platz für neue Mieterinnen.«

Martha befürchtete, die Baronin wollte sie mit ihrem Gejammere darauf vorbereiten, dass sie demnächst die Miete erhöhen würde.

Eine höhere Miete könnte sie sich nicht leisten. Und bei dem Gedanken, in eine der schäbigen Kammern unterm Dach ziehen zu müssen, graute ihr.

Gemeinsam mit Rosalie hatte sie die zusammenhängenden Dachböden der vier Häuserteile, die rund um den Innenhof angelegt waren, einmal inspizieren wollen. Allerdings waren sie von dem stummen Otto dabei erwischt worden und hatten die Flucht ergriffen, bevor sie in den riesigen Räumlichkeiten, in denen die Überbleibsel von Jahrhunderten lagerten, hatten herumschnüffeln können.

Mit ängstlicher Miene betrachtete sie die Baronin.

Ihr Alter war schwer zu schätzen. Martha hielt sie für Anfang 50. Die gnädige Frau war stark übergewichtig und hatte ein hübsches, rundliches Gesicht. Ihre Haut war auffallend glatt und ihr Haar noch dicht und dunkelbraun.

Rosalie hatte sie unlängst als verwelkte Schönheit bezeichnet, die mit den Jahren aus dem Leim gegangen war. Die Zeit hat eben keinen Respekt vor Schönheit, dachte Martha.

Außerdem schien die Baronin dem Alkohol sehr zugeneigt zu sein. Während sie auf Martha einredete, nippte sie ständig an einem süßen Likör, den Martha verweigert hatte, als auch ihr ein Stamperl angeboten worden war. Der Alkoholkonsum war der Gnädigen jedoch kaum anzumerken. Ihre Aussprache war klar und deutlich. Eine geeichte Trinkerin, lautete daher Marthas Diagnose.

3

Am selben Abend wurde Martha von Rosalie zum Essen im Gasthaus Zur Stadt Brünn eingeladen. Die Schauspielerin hatte ihre erste Gage im Apollo Theater erhalten und war gewillt, sie gleich auf den Putz zu hauen.

Martha wäre es lieber gewesen, Rosalie hätte ihre Schulden bei ihr bezahlt, doch Sie wollte keine Spielverderberin sein.

Bei einem Geselchten mit Sauerkraut und Knödel erzählte Martha ihrer Freundin, dass sie in der Nacht oft furchteinflößende Geräusche im Haus hörte, und fragte sie, ob sie auch schon mal eine verhüllte Gestalt im Innenhof herumwandeln gesehen hatte.

»Sie sah aus wie ein Gespenst«, flüsterte Martha.

»Das sind die armen Seelen der getöteten Mädchen«, machte sich Rosalie lustig über Marthas Ängste. »Du kennst die Geschichte dieses Hauses. Angeblich hat diese wahnsinnige Mörderin 600 Jungfrauen umgebracht. In den Wäldern rund um die Burg Čachtice wurden jedenfalls unzählige Frauenleichen gefunden. Wahrscheinlich liegen auch unten in den Kellern unseres Hauses noch viele Opfer dieser blutrünstigen Bestie.«

»Pst! Sei still«, zischte Martha.

Friedrich von Dobros saß am Nebentisch. Er pflegte, mehrmals in der Woche im Gasthaus Zur Stadt Brünn zu essen.

Martha war es sehr unangenehm, dass er jedes ihrer Worte mitanhören konnte. Denn in der Gaststube war nicht viel los und Rosalie sprach sehr laut.

»Soll ich ihn fragen, ob er uns Gesellschaft leisten möchte?«, fragte Rosalie und zwinkerte Martha zu.

Am liebsten wäre Martha unter den Tisch gekrochen. Sie begnügte sich jedoch damit, ihrer Freundin einen Tritt gegen ihr Schienbein zu verpassen.

»Aua! Spinnst du? Warum trittst du mich? Möchtest du nicht, dass er sich zu uns setzt?«

Ausgerechnet der Wirt, den Martha äußerst unsympathisch fand, rettete sie aus ihrer Verlegenheit, indem er sich mit drei Gläschen Schnaps zu ihnen gesellte.

»Prost, meine Damen! Auf Ihr Wohl!«

Angewidert nippte Martha an ihrem Glas.

»Bei uns kommt es zu merkwürdigen Vorkommnissen, vor allem in Vollmondnächten. Bisher sind zwei Mädchen bei Vollmond verschwunden. Heute haben wir wieder Vollmond, und Martha hat Angst, dass sie oder ich das nächste Opfer sein könnte«, sagte Rosalie zu dem blöd grinsenden Wirt.

»Ich fürchte mich nicht wirklich«, sagte Martha verlegen. »Meine Freundin übertreibt ein bisschen.«

»Soeben hast du noch behauptet, dass es spukt. Vielleicht geistert des Nachts die Blutgräfin durchs Haus. Falls sie tatsächlich eine Vampirin war, ist sie nicht tot, sondern nachtaktiv. Nicht wahr, Herr Karl?«

Aus den Augenwinkeln beobachtete Martha ängstlich Herrn Friedrich, der sich erhob und ohne sich zu verabschieden oder sie auch nur eines Blickes zu würdigen zur Tür ging.

»Ist dieser feine Herr nicht ein Nachfahre der schrecklichen Gräfin?«, fragte Rosalie lachend.

»Jetzt hör auf, Rosalie!«, sagte Martha wütend.

»Keine Angst, mein Fräulein, das Geschlecht der Báthory ist im 17. Jahrhundert ausgestorben«, beruhigte sie der Wirt und grinste sie lüstern an. »Dieser feine Herr ist ein harmloser Spinner. Angeblich war er schon mal in der Irrenanstalt am Brünnlfeld. Die Baronin hat anscheinend einen Narren an ihm gefressen und ihn wieder rausgeholt und bei sich aufgenommen.«

»Das ist nicht wahr!«, empörte sich Martha. »Er war wegen seiner Herzschwäche in einem ganz normalen Spital.«

»Reg dich ab! Herr Karl hat doch nur gescherzt«, sagte Rosalie.

Martha schenkte dem Wirt einen bösen Blick.

Bald erfüllten Herrn Karls tiefe Stimme und Rosalies herzliches Lachen die Gaststube.

Martha schwieg, während sie den stattlichen Wirt weiterhin misstrauisch musterte.

Er war ein recht ansehnliches Mannsbild, hatte volles blondes Haar und schöne blaue Augen. Sein Bierbauch und seine rötliche Gesichtsfarbe sowie die vielen geplatzten Äderchen auf seiner Nase und seinen Wangen verrieten, dass er selbst wahrscheinlich sein bester Gast war. Vielleicht hatte er etwas mit dem Verschwinden der Mädchen zu tun? Womöglich war er einer dieser Mädchenhändler, die die k.k. Haupt- und Residenzstadt in den letzten Jahren zu einem Zentrum des internationalen Menschenschmuggels gemacht hatten? Junge naive Dinger aus den Kronländern wurden mit allerlei verführerischen Versprechungen nach Wien gelockt. Aber anstatt die versprochenen Posten zu bekommen oder gute Partien zu machen, wurden sie in Bordelle in Nordafrika und im Nahen Osten verfrachtet. Martha schauderte bei dem Gedanken.

Sie gab vor, müde zu sein. »Es war ein langer Tag«, sagte sie.

»Sei nicht so fad. Herr Karl hat uns noch auf einen G'spritzten eingeladen«, versuchte Rosalie, ihre Freundin zum Bleiben zu überreden.

Martha ließ Rosalie ungern allein zurück. Doch sie fühlte sich unwohl, hatte das Gefühl, erbrechen zu müssen. Sie schob es auf das fette Geselchte. Im Wirtshaus wollte sie keinesfalls das Klo benützen. Es befand sich im Freien in einem Verschlag. Bei Nordwestwind drang der Gestank von diesem Plumpsklo bis zu ihrem Zimmer hinauf.

In der kühlen Nachtluft besserte sich ihr Zustand. Der Himmel war sternenklar. Im hellen Licht des Mondes gelang es ihr ohne Probleme, das Tor aufzusperren. Als sie den Innenhof betrat, fiel ihr Blick sofort auf die Fenster von Herrn Friedrichs Wohnung. Kein Lichtschimmer. Bestimmt war er bereits zu Bett gegangen.

Plötzlich vernahm sie ein leises Geräusch. Eine Katze oder gar eine Ratte? Sie zuckte zusammen. Im nächsten Augenblick spürte sie heißen Atem im Nacken. Eine Hand legte sich auf ihren Mund. Ehe sie noch einen Schrei ausstoßen konnte, begannen ihre Knie nachzugeben und sie sank zu Boden.

Als sie erwachte, war sie von Dunkelheit umgeben. Sie war völlig benommen, wusste nicht, wo sie sich befand. Anscheinend lag sie auf einem Sofa oder irgendeinem schmalen Bett in einem fensterlosen Raum. Ihre Hände und Füße waren mit Schnüren gefesselt.

Auf einmal hatte sie das Gefühl, nicht allein zu sein.

»Ist da jemand?«, murmelte sie.

Eine Petroleumlampe ging an. Neben ihrem Bett stand eine dunkle Gestalt und leuchtete ihr mit der Lampe ins Gesicht.

»Wo bin ich? Warum bin ich gefesselt?«

»Ruhig, mein Fräulein, wenn Sie versprechen, brav zu sein und mich anzuhören, werde ich Sie von Ihren Fesseln wieder befreien.«

»Oh mein Gott!« Sie hatte die Stimme sofort erkannt.

»Was haben Sie mit mir vor?«

»Nichts Böses, meine Liebe. Ich brauche Ihre Hilfe. Sie müssen mir bei einer kleinen Operation assistieren.«

»Um Himmels willen …!«

»Seien Sie still, sonst kann ich Sie nicht losbinden.«

Rasch beteuerte Martha, keinen Lärm zu machen.

Er stellte die Petroleumlampe auf den Boden und entfernte die Schnüre von ihren Händen und Füßen.

Als sie aufzustehen versuchte, musste er ihr helfen. Sie war sehr schwach, konnte sich kaum auf den Beinen halten.

Er drückte ihr das Lämpchen in die Hand, fasste sie um die Mitte, schleppte sie zu einem hölzernen Verschlag, öffnete ihn und half ihr über steile Steinstufen hinunter in das zweite Kellergeschoss.

Ein Labyrinth aus weiteren Stufen führte in alle Richtungen. An den unverputzten Wänden erblickte Martha Eisenauslässe, wo vielleicht einst die Opfer der Blutgräfin angekettet gewesen waren.

»In diesem Kellergewölbe befindet sich nach wie vor ein Schlafzimmer und ein Bad der Gräfin Erzsébet Báthory«, erklärte er ihr beiläufig. »Ich habe mit Ottos Hilfe diese Räume wieder instand gesetzt und mit alten Möbeln, die im Dachgeschoss lagerten, neu eingerichtet. Meine Gäste können sich über mangelnden Komfort nicht beklagen«, sagte er. Und es klang nicht ironisch oder gar zynisch.

»Ich habe diese jungen Frauen ausgewählt, weil sie sich ungehörig benommen haben. Sie haben jedem Mann schöne Augen gemacht, ja sogar mit mir zu flirten versucht. Das Verschwinden des frechen Dienstmädchens, das mit dem Schmuck meiner Tante abgehauen war, hat mich auf die Idee gebracht, dass solche erbärmlichen Kreaturen irgendwann in ihrem Leben doch noch zu etwas nütze sein sollten. Ich beschloss also, die Körper dieser vulgären Weibsbilder in den Dienst der Wissenschaft zu stellen. Zuerst schnappte ich mir die kecke Hutmacherin, danach diese aufreizende Tänzerin.«

Erst als er die Lampe auf die Betten an der Wand richtete, sah Martha die Mädchen.

Sie hätte Fanny fast nicht erkannt. Die hübsche Tänzerin war sehr bleich und hatte tiefe dunkle Augenringe.

Fanny wirkte vollkommen apathisch. Auch das zweite Mädchen rührte sich nicht, starrte nur stumpf an die Decke. Beide standen offensichtlich unter Drogen.

»Voilà! Das ist sozusagen mein Labor und OP-Saal in einem.« Er deutete auf einen Medizinschrank und einen alten OP-Tisch in der Mitte des Raumes.

»Bisher beschränkten sich meine Experimente auf diverse Medikamente. Tagsüber stelle ich meine Patientinnen immer ruhig. Sie reagieren sehr gut auf die Drogen, die ich ihnen verabreiche. Bisher zumindest. In den letzten Tagen klagt die eine ständig über Bauchschmerzen ...« Er wurde durch einen Hustenanfall der Hutmacherin unterbrochen. »Ich befürchte, die da leidet unter Tbc. Sie hustet Tag und Nacht. Ich werde die Mädels wohl besser voneinander isolieren, sonst steckt die eine womöglich die andere mit dieser Proletarierkrankheit an. Und hier kommt gleich meine erste Frage an Sie: Hat die Wissenschaft endlich ein Mittel gegen diese Volksseuche der Arbeiterschaft gefunden? Soviel ich gehört habe, hat Robert Koch versucht, seine Patienten mit Tuberkulin, einem Glycerinextrakt der Tuberkulosebazillen, zu behandeln, und ist damit nicht sehr erfolgreich gewesen.«

Martha zitterte am ganzen Körper. Sie brachte fast keinen Ton heraus. »Frische Luft ist wichtig«, stammelte sie schließlich.

»Das weiß ich. Nachts kleide ich die beiden manchmal in kostbare Gewänder aus vergangenen Zeiten, die ich auf dem Dachboden entdeckt habe. Mit Ottos Hilfe bringe ich sie dann in den Hof zum Luftschnappen.«

Sie hatte sich also die eigenartig gewandeten Gestalten im Innenhof nicht eingebildet.

»Tuberkulosekranke brauchen vor allem viel Sonne.« Ihre Stimme klang nun kräftiger, selbstbewusster.

»Sie enttäuschen mich, Fräulein Bernstein. Ihre Antworten gereichen Ihnen nicht zur Ehre.« Sein tadelnder Blick ließ sie erschaudern. »Wir wurden vorhin unterbrochen. Wo war ich stehen geblieben? Ach ja. Sie und ich werden heute gemeinsam einen chirurgischen Eingriff vornehmen. Ich muss der anderen den Blinddarm entfernen und Sie werden mir bei dieser Operation helfen.«

Martha wusste, dass sie jetzt keinen Fehler begehen durfte. Sie nahm all ihren Mut zusammen und versicherte ihm, dass sie ihn unterstützen werde, so gut sie könne.

»Es ist bereits alles für die OP vorbereitet.« Er deutete auf ein kleines Tischchen.

Als sie das Skalpell erblickte, wurde ihr ganz heiß im Gesicht. Doch ehe sie danach greifen konnte, riss er es an sich.

»Ich werde operieren. Sie dürfen die Patientin narkotisieren. Ich habe die Spritze mit dem Betäubungsmittel schon bereitgelegt. Wir müssen aber noch auf Otto warten. Er wird uns die Patientin bringen. Obwohl sie nicht sehr schwer ist, möchte ich keinen Bruch riskieren. Wo bleibt dieser Tölpel bloß?«

Als er ihr den Rücken zukehrte, um nach Otto Ausschau zu halten, schnappte sie sich die Spritze von dem kleinen Tischchen, schlich sich von hinten an ihn ran und stach sie ihm in den Nacken. Dann hastete sie die Treppe hinauf in das obere Kellergeschoss und weiter zur Tür, die in den Hof führte.

Sie rannte in Ottos Arme.

Das Letzte, was sie hörte, bevor sie das Bewusstsein verlor, war das Lachen von Rosalie und Herrn Karl, die gemeinsam den Innenhof betraten.

*

Im 16. Jahrhundert verbrachte die berüchtigte ungarische Gräfin Erzsébet Báthory die kalten Wintermonate meist in ihrem Wiener Stadtpalais. Angeblich lebte sie nicht nur auf Schloss Čachtice in der heutigen Slowakei, sondern auch in dem »Ungarischen Haus«, wie das eher unscheinbare Palais gegenüber der Augustinerkirche im Volksmund genannt wurde, ihre sadistischen Neigungen aus. Mithilfe ihrer Dienerschaft folterte sie unzählige unschuldige Mädchen, badete in ihrem Blut und trank dies auch, um sich ewige Jugend und Schönheit zu sichern.

DER KLUSHUND

VON MARLENE KILGA

Die militärische Niederlage gegen die Schweden im Jahre 1647 wollten viele Menschen in Vorarlberg nicht als selbst verschuldet hinnehmen und suchten darum einen Sündenbock. Angeblich habe ein gewisser Biggl aus Lochau, nördlich von Bregenz, dem schwedischen Heer einen geheimen Weg gezeigt, um die Befestigungswerke in der Klause zu umgehen. Der schwedische General Wrangel habe dem Verräter das Goldene Kegelspiel auf dem Schloss Hohenbregenz versprochen, das dieser selbst ausgraben sollte. Biggl begann des Nachts zu graben, sollte aber von der Schatzsuche nie mehr zurückkehren, zumindest nicht in seiner menschlichen Gestalt. Der Sage nach muss seine gequälte Seele seither als Klushund – als fast mannshoher, zotteliger schwarzer Hund mit tellergroßen, gelb leuchtenden Augen – die Wälder zwischen Bregenz und Feldkirch durchstreifen. Besonders auf der verfallenen Römerstraße bei Sankt Arbogast haben späte Wanderer das Tier angeblich in der Dunkelheit gesehen. Eine Begegnung mit dem bedrohlichen Untier bringe den Betroffenen Krankheit, Leid oder sogar den Tod.

*

»Nikolaus Kanis« stand auf dem makellos sauberen, glänzenden Messingschild über der Türklingel. Der Rest des Hauses, an dem sich das neue Namensschild befand, war im Gegensatz dazu sichtlich in die Jahre gekommen.

Was für ein armseliger Versuch, das eigene Image aufzupolieren. Er atmete entschlossen aus und drückte auf den Klingelknopf. Bald darauf ertönten die Geräusche des sich nähernden Bewohners, Licht wurde im Inneren des Hauses angeknipst. Jetzt erst fiel ihm auf, dass die Dämmerung bereits eingesetzt hatte.

»Chris, my boy!«

Im Ernst? Immer noch? Christian war 17, keine zehn mehr. Außerdem lebten sie im 21. Jahrhundert. Die Zeit, als Amerika cool gewesen war, war definitiv vorbei. Christians Vater stand breit grinsend im Türrahmen und sah so aus, als würde er sich aufrichtig über die Anwesenheit seines Sohnes freuen. Er breitete seine Arme aus, wodurch sich die Kordel seines vorgeblich seidenen Schlafrocks löste und dieser den Blick auf die üppig behaarte Brust freigab. Wenigstens trug er Hosen! Uff! Als Kind hatte ihn die Frage beschäftigt, warum das Kopfhaar seines Vaters, das trotzig in alle Richtungen abstand, glatt und borstig war, während sein Brusthaar gelockt und wesentlich weicher war. Wie dem auch sei, es nahmen überall Grau- und Weißschattierungen in der ursprünglich schwarzen Körperbehaarung sowie im Stoppelbart seines Vaters überhand.

»Du trägst gelbe Brillengläser? Um diese Jahres- und Tageszeit?«, fragte Christian in der Hoffnung, dass die Frage ihm die Begrüßungsumarmung ersparen würde.

»Gefällt dir die Brille?« Sein Vater nahm die Pilotenbrille ab, begutachtete sie und freute sich über Christians

Interesse. Der aber zwängte sich schnellstmöglich durch die Haustür und streifte seine Schuhe ab.
»Nicht echt, Klaus.«
»Klaus!« Er verdrehte die Augen. »Ich bin dein Vater. Du bist mein Sohn – nicht irgendwer.«
Rein äußerlich hatten die beiden nichts gemein. Christian hoffte zutiefst, dass sie charakterlich nicht aus demselben Holz geschnitzt waren. Er hatte seine Mutter mehrere Male eindringlich gefragt, ob Klaus wirklich sein Vater sei, ob es nicht noch einen anderen Kandidaten dafür gäbe. Bedauerlicherweise kam einzig und allein Klaus als DNA-Lieferant infrage.
»Ich sage bestimmt nicht Papi zu dir.«
»Was ist daran so falsch?«
»Siehst du überhaupt etwas mit den gelben Brillengläsern?«
»Natürlich.«
Christian ging in die Küche, hängte seine Jacke über die Lehne eines Stuhls, den er noch aus der Zeit kannte, als sein Großvater gelebt hatte, und stellte seinen Rucksack daneben. Klaus war ihm gefolgt und verharrte unschlüssig im Raum. Könnte es sein, dass er vergessen hatte, dass Christian dieses Wochenende bei ihm verbringen würde? Wirklich? Er sah seinen Vater einmal im Monat für zwei Tage. Klaus hatte nur ein Kind. War es wirklich zu viel verlangt, sich diesen einen Termin im Monat zu merken? Christian spürte, wie die altbekannte Wut in ihm hochzusteigen begann. Das konnte doch nicht wahr sein! Es konnte einfach nicht wahr sein, dass sein Vater ein so ignoranter, einzig und allein von sich selbst eingenommener ...
»Möchtest du etwas trinken?«
»Ich mache mir einen Kaffee.« Christian ging zur Kaf-

feemaschine. Sie wirkte seltsam deplatziert auf den schäbig gewordenen Küchenmöbeln. »Ich muss Hausaufgaben erledigen. Darf ich deinen Computer benutzen?«

»Sicher.« Klaus machte eine einladende Geste in Richtung des offenen Durchgangs zum ehemaligen »Gada«, wie das Elternschlafzimmer vormals in Vorarlberger Bauernhäusern genannt worden war. Dort hatte er sich eine Art Büro eingerichtet. Den kleinen, dunklen Raum dominierte ein alter, sperriger Tisch, der von einem chaotischen Sammelsurium von Papieren übersät war. Ein wuchtiger, gelblich weißer Computerbildschirm von etwa einem halben Meter Tiefe ragte aus dem Durcheinander wie das Periskop eines U-Boots hervor.

»Wie läuft's in der Schule?«

»Super.«

Heulend und rasselnd wurde der Kaffee im Inneren des Gehäuses gemahlen und surrend in die Tasse hinabgelassen. Als der Teenager mit dem dampfenden Getränk zum Küchentisch gehen wollte, stand der alternde Möchtegernheld nach wie vor an derselben Stelle.

»Was?«

Wollte der Alte sich entschuldigen? Christian hob fragend beide Augenbrauen.

»Wie sieht's aus mit den Hasen?« Klaus grinste schräg.

»Hasen?«

»Du weißt schon.«

Und er hatte gedacht, dass es nicht schlimmer werden konnte. Bevor er Klaus auch nur irgendetwas über sein Liebesleben erzählen würde – egal wie spärlich dies auch sein sollte –, würde er sich lieber die Zunge abbeißen. Das einzige Thema, das noch ekelerregender gewesen wäre, wäre Klaus' Sexleben. Bitte nicht!

»Wie lange darfst du hier eigentlich weiterhin wohnen?«

»Das ist mein Elternhaus!« Empörung schwang in Klaus' Stimme mit.

Gott sei Dank. Er ließ sich ablenken.

»Wieso sollte ich ausziehen?«

»Gehört das Haus nicht Onkel Albert?«

»Mein Bruder wohnt unten im Rheintal. Der braucht das Haus heroben in Meschach nicht.«

Wer wollte auch schon in Meschach mit seinen 60 Einwohnern leben? Es war jedes Mal eine halbe Weltreise, bis Christian mit den öffentlichen Verkehrsmitteln bei seinem Vater angekommen war. Das ganze Tal war so eng, dass alle Gebäude, die sich meist einzeln entlang der kurvenreichen Straße dieses Hochtals auffädelten, zu einem einzigen Dorf zusammengefasst worden waren. Aufgrund der Topografie gab es keinen richtigen Ortskern, und er hatte es seit jeher so empfunden, als wäre man in Meschach immer auf der Durchreise und nie richtig angekommen.

Man befand sich irgendwie dazwischen, weder im Hochgebirge noch im belebten Rheintal, das nur wenige Kilometer entfernt, aber aufgrund der Berge nicht sichtbar war. Christian hatte bei jedem Besuch im Haus seiner Großeltern das Gefühl, er tauche in eine andere, irreale Welt ein.

»Nein, Onkel Albert braucht das Haus vermutlich nicht, aber es gehört ihm. Ich dachte, er will es verkaufen. Schließlich zahlst du nur die Hälfte der Miete, die er verlangen könnte.«

»So? Dann weißt du mehr als ich.« Klaus wurde schnippisch.

»Warum? Das hast du mir letztes Jahr erzählt.«

»Mach dich nicht lächerlich.« Offensichtlich hatte er auch das vergessen – oder wahrscheinlich vergessen wollen. Der Vater warf seinem Sohn einen herablassenden Blick zu, drehte sich auf dem Absatz um und verschwand im Wohnzimmer.

Die Wut packte ihn jetzt schlagartig und erbittert bei der Kehle. Sein Körper schlug Christian vor, dass es befreiend wäre, sich zu übergeben. Leider war dies keine realistische Option. Er stellte seine Tasse auf den Tisch, setzte sich hin und beschloss, dem alten Mann noch eine einzige Chance zu geben. Sollte er diese vermasseln, würde er heute nicht in diesem abgenutzten, muffigen Haus übernachten, in dem Bett, in dem sein verstorbener Großvater geschlafen hatte und das irgendwie nach feuchter Erde roch.

Mit einem tiefen Seufzer öffnete er seinen Rucksack, nahm Bücher und Mappen heraus und wandte sich dem düsteren Loch, dem sogenannten Büro, zu. Mit seinem GSM-Tastentelefon unternahm er den Versuch, Empfang zu bekommen, von dem er aber von vornherein wusste, dass er zum Scheitern verurteilt war. Na ja, immerhin ließ sich der Computer widerstandslos einschalten und somit gab es überhaupt eine Verbindung zur Außenwelt beziehungsweise in die Gegenwart. Während der Rechner pfeifend hochfuhr, fand er die Tastatur unter dem Papierberg.

Mittlerweile war es draußen schon fast dunkel geworden. Bevor er sich an den Schreibtisch setzte, betätigte Christian den Lichtschalter neben der Türöffnung, woraufhin sich eine altersschwache Glühbirne an der Zimmerdecke redlich bemühte, ein wenig gelbes Licht im Raum zu verteilen.

Passt perfekt zu allem anderen in diesem verfluchten Haus! Es blieb ihm nichts anderes übrig, als sich trotz des schlechten Lichtes auf seine Schulaufgaben zu konzentrieren. Er musste ein Referat für das Fach Geschichte vorbereiten. Sein Thema war »Der Schwedisch-Französische Krieg im Bodenseeraum zwischen 1635 und 1648«. Super! Auf was für stumpfsinnige Ideen manche Lehrpersonen kamen! Wen interessierte der 30-jährige Krieg? Warum musste man unschuldige Jugendliche mit diesem Humbug quälen? Die Leute waren doch sowieso alle seit Jahrhunderten tot.

Matt starrte er auf die Unordnung seines Vaters rund um den Computermonitor. Dann zwang er sich, den entsprechenden Suchbegriff einzutippen. Während er auf das Ende des Ladevorgangs wartete, blätterte er in seinem Schulbuch und begann zu lesen.

Die protestantischen Schweden kämpften zusammen mit ihren Verbündeten, den Franzosen und den Württembergern, seit Jahren um die Vorherrschaft im Bodenseeraum. Es kam immer wieder zu Seeschlachten und anderen Kampfhandlungen mit der katholischen Kaiserlichen Armee. Carl Gustaf Wrangel, ein schwedischer Feldmarschall und Staatsherr, unternahm am 4. Jänner 1647 einen Überraschungsangriff auf Bregenz. Es gelang General Wrangel, durch die Bregenzer Klause vorzudringen und Bregenz einzunehmen und zu plündern.

Der Begriff »Klause« leitet sich vom lateinischen »claudere« ab, was so viel wie »schließen« heißt, und bezeichnet eine geografische Engstelle zwischen dem Bodensee und dem Klausberg. Dort war eine militärische Abwehrstellung errichtet worden, die die Eindringlinge hätte aufhalten sollen. Aufgrund mangelhafter Ausrüstung und fehlender Motivation der verantwortlichen Verteidiger konnten die Befestigungswerke von den Schweden umgangen und die Stadt erobert werden.

Biep!

Oh Wunder! Eine Website hatte es tatsächlich bis auf Klaus' Computer geschafft. Schließlich konnte Christian nicht einfach eine Zusammenfassung des Textes im Schulbuch bei seinem Referat vortragen. Er brauchte weitere Quellen.

Das Internet hatte ihm aber keine »seriöse Quelle« geliefert, wie es die Lehrpersonen nannten und dabei in zermürbender Wiederholung immer und immer wieder darauf hinwiesen, dass nur solche verwendet werden durften. Egal. Wenn die Website es geschafft hatte, bis zu ihm nach Meschach vorzudringen, dann würde er zumindest nachsehen, was sie zu bieten hatte. »Die Schweden in Vorarlberg und die Klushundsage im Rheintal«, las er.

»Wie geht das Lernen voran?«

Christian zuckte zusammen. Sein Vater war urplötzlich neben seinem Stuhl aufgetaucht. »Ich habe gar nicht gehört, wie du hereingekommen bist.«

Klaus lächelte. Gönnerhaft beugte er sich zu seinem Sohn herunter, um den Text auf dem Computerbildschirm zu lesen. Dadurch klaffte der Stoff seines Morgenrocks auf, und zum zweiten Mal an diesem Tag kam Christian in das zweifelhafte Vergnügen, die auffällig dichte Körperbehaarung seines Vaters aus nächster Nähe zu betrachten. Trogen ihn seine Augen, oder setzte sich die Behaarung ohne Unterbrechung über die Oberarme und die Schultern fort? Wahrscheinlich lag es an den schlechten Lichtverhältnissen.

Irgendwie roch Klaus befremdlich. Es war nicht so, dass er sich nicht gewaschen oder nach altem Schweiß gestunken hätte. Der Geruch war schwer zu beschreiben, irgendwie fehl am Platz, so als hätte Klaus die letzte

Stunde draußen im Wald verbracht, zwischen nasser Erde und Nadelbäumen. Vielleicht war es ein besonders ausgefallenes Shampoo oder ein Rasierwasser, das ihn interessanter machen sollte. Zusammen mit dem Whiskey, den er immer trank, könnte dieser holzig-lehmige Moschusgeruch entstanden sein.

»Ah, die Klushundsage«, bemerkte sein Vater. Christian kannte diesen Tonfall. Gleich würde Klaus in seinen Vortragsmodus verfallen, so als wäre er ein allseits bekannter Experte zu dem Thema, das soeben angeschnitten worden war.

»Kennst du die Geschichte?«

»Sag bloß, Chris, du kennst sie nicht? Die kennt doch jeder!«

»Normalerweise erzählen Eltern ihren Kindern alle gängigen Geschichten. Wenn du das getan hättest, hätte ich sie schon vor dem heutigen Tag gekannt.«

Klaus ignorierte die Kritik. Wie üblich. Dann begann er, verschiedenste Episoden wiederzugeben, wie Leute bei abendlichen oder nächtlichen Gängen durch die Wälder von Meschach, Sankt Arbogast oder den Gemeinden namens Klaus und Rankweil dem Untier begegnet waren. Einer war angeblich am nächsten Tag vor Schreck krank geworden, ein anderer sogar gestorben. Eine Frau hatte den Klushund mit einem Kruzifix abwehren können. Und wieder ein anderer Mann hatte den Hund zwar nicht gesehen, aber im Gestrüpp Geräusche gehört, dann habe er seine Beine nicht mehr bewegen können, woraufhin er laut zu beten begonnen habe, was das Untier und auch die Lähmung vertrieben habe.

Christian hörte ihm stumm zu. Ob er das Vorgetragene aufnahm oder nicht, war einerlei. Hauptsache, Klaus hörte sich selbst reden. Als er seine Darbietung beendet hatte, klopfte er seinem Sohn auf die Schulter und meinte: »Gut, dass dein Daddy in solchen Dingen bewandert ist und dir ein bisschen auf die Sprünge helfen kann.«

Klaus' letzte Chance hatte soeben Risse bekommen.

»Ach, bevor ich es vergesse«, fuhr Klaus fort, »du hast doch bestimmt nichts dagegen, wenn wir ein bisschen Gesellschaft bekommen.«

»Was bedeutet das?«

»Jorunn kommt auf einen Sprung vorbei.«

»Sollte ich den kennen, diesen Jorunn?«

Klaus grinste breit, als er seinem Sohn den peinlichen Fehler erklärte: »Kein Er, mein Lieber, sondern eine Sie. Aber es ist durchaus verständlich, dass der Name bei manchen Leuten für etwas Verwirrung sorgt. Sie stammt ursprünglich aus Skandinavien. Aus Schweden, genauer gesagt.«

Da klingelte es auch schon, und Klaus flanierte aus dem Zimmer, legte im Flur eine kurze Pause vor dem Spiegel ein und versuchte erfolglos, seine borstigen Haare ein wenig aus der Stirn zu streichen, er probierte sein erotischstes Lächeln aus und wandte sich dann der Haustür zu.

Vom Büro aus konnte Christian die Haustür nicht sehen, aber das, was er zu hören bekam, versetzte der letzten Chance, die er seinem Vater zugestanden hatte, den Todesstoß.

Glucksend und gurrend begrüßte eine Frauenstimme in einer aufdringlich hohen Tonlage seinen Vater mit Bezeichnungen wie »Hengst« und »Kuschelbär«. Deutlich waren Geräusche von Liebkosungen zu vernehmen, die von Klaus nach einigen Momenten mit wenig Überzeugung abgewehrt wurden. Er erklärte seinem »Hasilein«, dass er unerwartet Besuch von seinem Sohn bekommen habe, woraufhin die quiekende Frauenstimme mit einem Akzent, den Christian nicht in Nord- sondern in Osteuropa angesiedelt hätte, zu flüstern und leise zu kichern begann.

Christian war erstaunlich ruhig. Er wunderte sich, dass ihn seine altbekannte Wut in diesem Moment nicht heimsuchte. Stattdessen war sein Kopf völlig klar. Er stand auf, verstaute seine Sachen in seinem Rucksack, schnappte sich seine Jacke und ging zielstrebig auf die Haustür zu. Arm in Arm stand Klaus mit der falschen Schwedin im Hausflur und sah ihn erwartungsvoll lächelnd an. Ohne die beiden eines Blickes zu würdigen, zog er seine Schuhe an.

»Chris, old sport, das ist Jorunn, von der ich dir erzählt habe.«

Wortlos öffnete Christian die Haustür. Die kalte, frische Nachtluft schlug ihm ins Gesicht.

»Chris? Musst du schon gehen?«

Diese letzten Worte vernahm er, als wären sie von weither gekommen, als stünde er auf der anderen Seite des steilen, dunklen V-Tales. Ohne sich umzudrehen, schloss er die Tür hinter sich.

Vor dem alten Haus war es still. In Christian drinnen war es still. Er kannte die Antwort auf die Frage, ob Klaus ihm nachkommen würde, ob er sich nach seinem Wohlbefinden erkundigen, ob er sich entschuldigen würde. Entschuldigen? Ha! Unwillkürlich entfuhr Christian ein kurzer, hämischer Laut.

Gedämpftes, sich entfernendes, brünstiges Gelächter drang aus dem Inneren der betagten Mauern. Klaus hatte seinen Sohn bereits vergessen.

Die kalte Luft tat gut. Was nun? Seine Armbanduhr verriet ihm, dass der letzte Bus bereits abgefahren war. Zu Fuß würde es etwa zwei Stunden bis an den Rand des Rheintals dauern, was für Christian dasselbe bedeutete, wie sich am Rande der zivilisierten Welt wiederzufinden. Sein Blick fiel auf das Tenn, den Teil des alten Bauernhauses, dessen Wände nur aus Brettern bestanden und der früher als Lager für Gerätschaften und Heu gedient hatte. Er glaubte sich daran zu erinnern, dass sich darin ein Fahrrad befand.

Er brauchte nicht lange, bis er ein Rennrad hinter einigem Gerümpel ausfindig gemacht hatte. Die dünnen Reifen schienen intakt, das bisschen Rost an der Kette würde zu verkraften sein.

»Man müsste viel öfter mit dem Fahrrad fahren«, war einer der »Man müsste«-Sätze, die Klaus gerne verwendete, wenn er wieder einmal zu bequem gewesen war, ein begonnenes Projekt durchzuziehen. Dieses Fahrrad war nur eine Anschaffung von vielen, die sich Klaus von irgendwelchen lächelnden Verkäufern hatte aufschwatzen lassen mit dem leeren Versprechen, dass ihn das Gekaufte zu einem attraktiveren, interessanteren, allerseits respektierten Menschen machen würde.

Wie dem auch sei, das Fahrrad würde Christian von hier wegbringen. Vorsichtig begann er die Fahrt aus dem dunklen Tal. Es gab sogar einen Dynamo am Vorderrad, sodass er wenigstens ein paar Meter weit die nur sporadisch mit Laternen versehene einspurige Straße vor sich ausmachen konnte.

Nur einmal wurde er von einem Auto überholt. Ansonsten umgab ihn eine sternenklare Vollmondnacht. Bald würde das steile Stück entlang der Felswand beginnen, wo es keine Straßenbeleuchtung gab. Autos würden ihn dort erst sehr spät sehen. Es würde gefährlich werden. Konnte er diese Straße irgendwie vermeiden?

Er befand sich jetzt bei der Bushaltestelle im unteren Drittel der Tallänge. Hier gab es eine Abzweigung zu einer Abkürzung. Der Weg mündete in einen steil abfallenden Fußpfad zum Emmebach und somit zum Talboden. Auf der anderen Seite des Bachs würde er zuerst einen ebenso steil aufsteigenden Fußpfad hochklettern müssen, um nach einer gewissen Strecke einen autotauglichen Waldweg zu erreichen. Christian beschloss, diese Route zu nehmen. Er wollte über Sankt Arbogast bis nach Hause radeln.

Der Abstieg zum Emmebach war schwerer als gedacht. Zuerst schob er das Fahrrad, dann wurde es noch unwegsamer und er musste es schultern. Die Sicht war trotz des hell leuchtenden Vollmonds im Wald alles andere als gut.

Er fluchte und schimpfte vor sich hin, nachdem er sich beim Stolpern über eine Baumwurzel fast den Knöchel verstaucht hätte. Die Wut bahnte sich in altbekannter Manier ihren Weg durch seinen Körper. Mit seinen mittlerweile eisigen Fingern war es schmerzhaft, die kalte Metallstange des geschulterten Fahrrads ohne Handschuhe festzuhalten.

Er verfluchte seinen Vater, der unfähig war, irgendetwas Ordentliches zustande zu bringen, und deshalb in diesem Kaff am Rande der Welt lebte, aus dem er nicht herauskam. Er verfluchte sich selbst und die Tatsache, dass die Hälfte seiner Gene von diesem Menschen stammen sollte. Er hasste seine eigene Dummheit, seine Leichtgläubigkeit, seine nicht aufhören wollenden naiven Hoffnungen, dass der nächste Besuch bei Klaus anders sein würde. Und er konnte nicht glauben, dass er weder Handschuhe noch eine Mütze mitgebracht hatte.

Jetzt war er ganz unten beim Emmebach angekommen. Er hatte kein Gefühl mehr in den Händen, und seine Ohren brannten vor Kälte.

Verfluchter, verdammter Mist! Kurz vor dem Steg war der Boden so durchnässt, dass er knöcheltief im Ufermorast eingesunken war. Unbeholfen versuchte er, das Bein herauszuziehen, und spürte bald, dass sein Schuh im sumpfigen Untergrund stecken bleiben und sein nasser Fuß bald dieselbe Temperatur wie seine Hände annehmen würde.

Die Wut und der Ärger platzten förmlich aus ihm heraus. Zappelnd und herumhampelnd versuchte er, seinen Fuß samt seinem Schuh zu befreien. Als er durch seine Bewegungen noch tiefer im Schlamm versank, brüllte er seinen Unmut aus Leibeskräften heraus.

Danach musste er erst einmal Luft holen und beruhigte sich ein wenig. In dieser lächerlichen Pose gefangen, überlegte er sich, ob ihn jemand in seinem Zornesanfall beobachtet oder gehört hatte. Augenblicklich schämte er sich.

Er stellte das Rad jetzt ab. Das war im unwegsamen Gelände mit einem feststeckenden Fuß gar nicht so leicht. Schlussendlich blieb es schräg im Gestrüpp hängen. Nun hatte er beide Hände frei. Mit steifgefrorenen Fingern versuchte er, das Bein, das mittlerweile bis zur Hälfte der Wade im Morast versunken war, langsam herauszuziehen, ohne den Schuh zu verlieren. Dazu musste er seine Zehen hochziehen und die Ferse nach unten drücken, sonst würde er aus dem Schuh herausschlüpfen. Als klar wurde, dass er das nicht schaffen würde, entfuhr ihm ein erneuter Fluch: »Ah, schießa!«

Als wäre es eine Antwort auf die Verwünschung, ertönte ein langgezogenes, wehmütig klingendes Heulen aus dem Wald.

Christian horchte auf. Was war das? Das Heulen eines Hofhundes? Gab es Huskys in Meschach?

Als er versuchte, das Loch im Morast um sein Bein herum zu vergrößern, ertönte das Heulen neuerlich. Dieses Mal schien es näher und lauter zu sein.

Es gab doch keine Wölfe in Vorarlberg? Oder doch? In der benachbarten Schweiz lebte ein Wolfsrudel. Aber die blieben normalerweise im Hochgebirge. Oder etwa nicht?

Er zerrte heftiger an seinem Bein, sodass seine Muskeln schmerzten. Er hatte keine Lust, ohne seinen Schuh weiterzugehen. »Shit!«

Etwas knackste im Unterholz. Christian hielt in seiner Bewegung inne. Aus welcher Richtung war das Geräusch gekommen? War da jemand? Oder etwas? Hatte er sich das nur eingebildet?

»Hallo?«

Stille. Ein aufdringlicher, scharfer Geruch umgab ihn plötzlich.

»Ist da jemand?«

Keine Antwort. Angespannt horchte er in den Wald. Das Plätschern des Baches übertönte die Geräusche des Waldes. War da ein erneutes Rascheln gewesen?

»Verdammt, wenn da jemand ist, dann hilf mir gefälligst!«

Im nächsten Moment drang ein Laut an sein Ohr, der einen kalten Schauer über seinen Rücken laufen ließ. Ganz in seiner Nähe, irgendwo hinter ihm, hörte er ein tiefes, grollendes Knurren.

Christian spürte, wie sein Puls raste. Sein Schuh hatte auf einmal jegliche Bedeutung verloren. Er streckte seine Zehen, schlüpfte aus dem Schuh und zog sein Bein fast lautlos aus dem Schlamm. Seine Sinne schienen geschärft zu sein. Vorsichtig griff er nach dem Fahrrad, das sich leise aus seiner halb liegenden Position im Gestrüpp heben ließ.

Mit hämmerndem Herzen und wachem Blick schob er das Rad nach vorne über den Steg. Dass an seinem Fuß nur eine halb ausgezogene, schlammdurchtränkte Socke hing, nahm er kaum wahr. Seinen verlorenen Schuh hatte er bereits verdrängt.

Als er sich mitten auf dem Steg befand, war das Rauschen des Wassers so laut, dass es andere Geräusche übertönte. Er wagte es nicht, sich umzusehen. Folgte ihm etwas über den Steg? Beherrscht eilte er weiter.

Er war jetzt auf der anderen Seite des Baches und somit auf der südlichen Seite des Tales angekommen. Hier waren die Lichtverhältnisse etwas besser. Trotz der widrigen Umstände und samt dem geschulterten Fahrrad erklomm er den steilen Fußpfad bemerkenswert schnell.

Vorwärts, einfach nur vorwärtsgehen. Es konnte nicht mehr weit sein bis zum breiten Weg. Sein Herzschlag und seine Atmung waren so intensiv, dass er keine anderen Geräusche mehr wahrnahm.

Endlich! Die Waldstraße! Keuchend vom Aufstieg stellte er das Fahrrad ab und schwang sich sofort in den Sattel. Mit einem Fuß auf dem Pedal, kurz vor dem Abstoß, blickte er noch einmal zurück und horchte in den Forst hinein.

Nichts! Da war nichts außer dem vom Mondlicht durchfluteten Wald. Ein erleichtertes und etwas selbstspöttisches Schnauben entfuhr ihm. Die ganze Aufregung war umsonst gewesen. Mann, Mann, Mann! Pfff!

Er fuhr los. Auch wenn der Weg holprig und dunkel war, ging es wesentlich schneller voran als zu Fuß. Die Waldstraße verlief vorerst ohne Steigung an den südlichen Hängen des Tals entlang. Als er ein kleiner Junge gewesen war, hatten seine Eltern, und nach der Scheidung seine Mutter allein, hier mit ihm Wanderungen unternommen. Doch nun erkannte er den Weg kaum wieder.

Die Kälte kroch erneut in seine Finger und den nassen Fuß. Zu allem Überfluss bestanden die Pedale des Rennrads aus Metallteilen mit abgerundeten Zacken. Er versuchte, sich einzureden, dass dies wie eine Fußreflexzonenmassage auf seine unbeschuhte Sohle wirken würde, wofür andere Leute viel Geld bezahlten. Zumindest würde seine Mutter so etwas Ähnliches sagen.

Jetzt ging es abwärts über ein paar Haarnadelkurven. Er musste seine Bremsen benutzen und aufpassen, dass er nicht zu schnell wurde. Ein dumpf-quietschendes Geräusch ertönte jedes Mal, wenn er die Bremsen des alten Fahrrads fester drückte.

Plötzlich hatte er das Gefühl, dass er nicht mehr allein war. Hatten die Bremsgeräusche ihm etwas vorgegaukelt? Oder war da noch etwas? Etwas im Hintergrund? Das ihn verfolgte?

Er fuhr auf einem geraden Stück des Weges und horchte aufmerksam in den Wald hinein, versuchte, seinen Atem und das Knirschen der Räder auf dem Untergrund auszublenden. Mit klopfendem Herzen sprach er sich Mut zu, dass alles in Ordnung sei, dass er sich alles nur einbilde, dass es weder Wölfe in dieser Gegend noch den Klushund gebe.

Da! Da war etwas! Ein regelmäßig wiederkehrendes Geräusch. So, als würde etwas hinter ihm schwer atmen, sich bewegen, rennen. Instinktiv trat er schneller in die Pedale.

Er nahm Fahrt auf, den Blick starr auf den Weg gerichtet. Das gezackte Pedal unter seiner Socke war ihm nun egal. Er war sich sicher: Links hinter ihm war ein Hecheln zu hören. Und es holte auf!

Panisch beschleunigte er seine Fahrt.

Jetzt war das schwere Atmen neben ihm! Was auch immer es war, das Ding lief parallel zum Waldweg, auf seiner Höhe.

Er wagte einen kurzen Blick zur Seite. Da war ein großer schwarzer, hetzender Umriss zwischen den Bäumen. Und im Mondlicht, glänzend wie zwei getönte, spiegelnde Brillengläser, tanzte ein funkelndes gelbes Augenpaar, das im Galopp des schwarzen Ungetüms rhythmisch mitschwang.

»Jesus, Mutter Gottes und alle Heiligen! Helft mir!«, stammelte er.

Fast hätte er die Kurve vor sich übersehen, eine langgezogene Kurve, die sich um einen bewaldeten Hügel zog. Danach machte der Wald einer mondbeschienenen Wiese Platz. Er kannte die Stelle. Sankt Arbogast war nicht mehr weit.

Zwischen seinen heftigen Atemstößen auf seiner rasanten Fahrt presste er weitere gebetsähnliche Aussprüche zwischen seinen bebenden Lippen hervor: »Gott im Himmel. Gott und alle Heiligen!«

Da ertönte ein durch Mark und Bein dringendes schauriges Heulen.

»Lass mich in Ruhe, du verdammtes Höllenvieh!«, schrie er und begann, hemmungslos zu weinen. Erneut ertönte das Heulen. War das Tier im Schutz des Waldes stehen geblieben? Hatten die Stoßgebete geholfen – obwohl er Atheist war?

Seine Lunge brannte vor Anstrengung und die aufsteigenden Tränen erschwerten seine Sicht. Da, vor ihm! Die Kirche von Sankt Arbogast!

Die letzten 100 Meter des Forstwegs raste er auf die Stelle zu, wo der Weg eine asphaltierte Straße kreuzte, gleich hinter der Kirche, ein Parkplatz, Licht, eine Bushaltestelle. Endlich! Vielleicht würde er auf Leute treffen. Vielleicht könnte er in einen Bus einsteigen.

Mit zu viel Schwung bog er nach links in die Straße ein. Da waren sie wieder, die zwei tellergroßen gelben Augen. Ohne Vorwarnung waren sie hinter dem Kirchengebäude aufgetaucht und blendeten ihn grell. Er hörte ein Quietschen, es roch nach Gummi, dann wurde ihm schwarz vor Augen.

Und im nächsten Augenblick war er da, der Klushund. Christian lag mit dem Rücken auf dem Boden. Der Hund stand mit seinen massigen Vorderpfoten auf Christians Brust. Sein Gewicht drückte ihm beinahe die Atemluft ab. Aus seinen großen, grimmigen gelben Augen starrte er ihn an. Er verströmte einen durchdringenden Geruch, nach nasser Erde, Lehm, Moschus und ... nach Whiskey.

Der Hund konnte zwar nicht mit Worten sprechen, aber Christian wusste ganz genau, was er ihm mitzuteilen hatte. Es schien ihm, als könnte er die Gedanken des Monsters in seinem Kopf hören: »Wie einfältig von dir, zu glauben, du könntest mir entkommen. Schäm dich, kleiner Bub, einfach so vor mir davonzulaufen! Was auch immer du versuchen wirst, ich werde dir dabei jedes Mal im Nacken sitzen. Ich kann hören, was du denkst, spüren, was du fühlst. Es gibt kein Entrinnen, my boy! Ich werde dich kriegen! Und wenn du bis nach Schweden radeln solltest!«

Das Vieh fletschte genüsslich die Zähne, presste sein volles Körpergewicht auf Christians Brust und seine Augen waren nicht mehr gelb, sondern begannen, grell und gleißend weiß zu leuchten.

»Schau! Er reagiert.«

Was? Wer hatte das gesagt? War da noch jemand? Wieder erschien das grelle, schmerzende Licht. Allerdings nur in einem seiner Augen.

»Er kommt zu sich.«

Was war hier los? Das gleißende Licht verschwand. Auch der Druck auf der Brust ließ nach.

»Die Pupille hat eine eindeutige Reaktion gezeigt. Du kannst mit der Herzmassage aufhören. Schau, er atmet selbstständig.«

Christians Schädel dröhnte, seine Schulter schmerzte und das Atmen fiel ihm schwer. Er wollte sich aufrichten.

»Nein, nein. Schön liegen bleiben! Du hattest einen Unfall. Wir müssen feststellen, ob du eine Gehirnerschütterung erlitten hast, und darum nehmen wir dich mit ins Krankenhaus.«

Er war zu verwirrt, um zu protestieren. Er verstand, dass er sich in einem Krankenwagen befand. Dessen Hecktüren waren weit geöffnet. Blaulicht pulsierte draußen und durchschnitt das weiße Licht der Straßenlaternen. Er war immer noch in Sankt Arbogast, auf dem Parkplatz neben der Kirche. Allerlei Stimmen surrten durch die Nacht, manche von ihnen rauschten aus Funkgeräten heraus.

»Ist er ansprechbar?« Eine warme, angenehme Männerstimme erkundigte sich unmittelbar vor den offenen Hecktüren bei einem Mann und einer Frau in leuchtend rot-gelber Arbeitskleidung. Der Mann wurde unter dem Vorbehalt, behutsam vorzugehen, in das Wageninnere gelassen.

»Christian Schwärzler?«

Der Mann trug eine Polizeiuniform. Woher kannte er seinen Namen?

»Christian, ich bin Bezirksinspektor Heinrich Finster. Kannst du dich daran erinnern, was passiert ist?«

Was sollte er ihm sagen? Er sei dem Klushund im Wald begegnet, und wer dem begegnete, dem passierte bekanntlich ein Unglück?

Offensichtlich hatte Christian schon zu lange überlegt, denn der Polizist sprach weiter: »Man hat dich auf der Straße vor der Kirche gefunden. Dein Fahrrad lag in der Nähe mit einem komplett verbogenen Vorderrad. Ein von der Gemeinde Klaus kommendes Ehepaar hätte dich beinahe mit dem Auto überfahren, als sie um die Kirche bogen. Sie haben sofort den Notarzt verständigt.«

Christian machte Anstalten zu sprechen: »Da waren zwei grelle Lichter, tellergroße gelbe Lichter …«

Der Notarzt gab dem Polizisten zu verstehen, dass es nicht der beste Zeitpunkt für eine Vernehmung sei.

»Wir gehen von Fahrerflucht aus«, meinte der Inspektor. »Hierbei wäre jeder Hinweis nützlich.«

»Zuerst roch es nach Gummi und dann nach Erde und Whiskey«, versuchte Christian zu helfen.

»Whiskey?«, fragte der Polizist.

»Könnte es sein«, überlegte der Notarzt laut, »dass derjenige, der ihn angefahren hat, ausgestiegen ist, um nach ihm zu sehen, und sich im Zuge dessen über ihn gebeugt hat, und zwar so nahe, dass der Junge Alkohol im Atem dieser Person gerochen hat?«

»Gut möglich«, stimmte Inspektor Finster zu. »Das würde auch die Fahrerflucht erklären. Noch eins, Christian: Laut der österreichischen Straßenverkehrsordnung ist das Mitführen von Hunden an der Leine neben einem Fahrrad strafbar.«

»Ja, und?«

»Dann war das also nicht dein Hund, der neben dir an der Unfallstelle gesessen ist?«

»Da war ein Hund?« Christian merkte, wie ihm schlecht wurde.

»Das Ehepaar, das dich gefunden hat, hat ausgesagt, dass ein großer Hund bei dir auf der Straße war. Dadurch, dass das Licht ihrer Scheinwerfer von den Augen des Hundes reflektiert wurde, haben sie euch rechtzeitig bemerkt und gebremst.«

Christian musste schlucken, seine Stimme begann zu beben: »War es ein großer schwarzer Hund mit großen gelben Augen?«

Inspektor Finster und der Notarzt tauschten einen amüsierten Blick aus: »Du meinst, ob es der Klushund war?«

Christian sah keinen Grund dafür, sich darüber lustig zu machen.

»Nein, Christian, es war ein brauner Hund«, fuhr der Polizist fort. »Laut den beiden Zeugen war es ein Irish Red Setter. Der Hund schien über dich gewacht zu haben.«

»Ich habe keinen Hund. Ich bin kein Hundefreund«, stammelte Christian.

»Gut, wir werden herausfinden, ob der Hund in der Nachbarschaft entlaufen ist«, erklärte Inspektor Finster. »Möchtest du uns sonst noch etwas erzählen, Christian?«

»Was meinen Sie?«

»Zum Beispiel, aus welchem Grund du nachts auf einem alten Fahrrad mit nur einem Schuh durch den Wald fährst. Und zwar so lange, bis deine Fußsohle zerschnitten ist und das Blut sich in der Socke sammelt.«

Erst jetzt bemerkte Christian seinen einbandagierten Fuß. Sollte er dem Inspektor von seinem Vater vorjammern? Was für ein unerträgliches Arschloch er war? Das war bestimmt nicht das, was den Polizisten interessierte. Christian hätte ihm liebend gern alles erzählt, sich in allen Einzelheiten über diesen Menschen ausgelassen, dem er zu seinem Leidwesen sein Leben verdankte. Er wollte ihm erzählen, dass er sich in der Gegenwart seines Vaters ein Leben lang unsichtbar gefühlt hatte, nein noch schlimmer, er fühlte sich schuldig, schuldig am Unglück seiner Mutter, schuldig, dass er es einfach nicht schaffte, einfach nicht …

»Gut.« Der Inspektor unterbrach seinen Gedankenfluss. Christian hatte wieder zu lange geschwiegen. »Wenn dir noch etwas einfällt oder wenn du einfach nur reden möchtest: Hier ist meine Karte.«

Mit demselben warmen Lächeln, das Christian vorhin bereits aufgefallen war, verabschiedete sich der Polizist. »Du kannst jederzeit zu uns kommen.« Das waren seine abschließenden Worte. Kein Vorwurf, kein Spott, keine Häme.

Christian schloss die Augen, während der Krankenwagen abfahrtbereit gemacht wurde. »Polizeibeamter«, überlegte er sich. »Vielleicht gar keine so schlechte Berufswahl.«

*

Die Fälle des jungen Inspektors Schwärzler an der Seite von Chefinspektor Finster werden in den Kriminalromanen der Autorin erzählt.

TOD EINES TYRANNEN

VON EVA REICHL

Von dem einstigen Renaissanceschloss Reichenstein im Mühlviertel ist nur noch die Kapelle gut erhalten, der Rest verfiel über die Jahrhunderte. In der Kapelle erinnert ein aus grauem Marmor gearbeitetes Totenmal an den einstigen Burgherrn Christoph Haym, um dessen Leben und Tod sich mehrere Sagen ranken. Die wohl verbreitetste Überlieferung ist jene vom eingemauerten Kind im Grundstein der Burg, von dessen Vater Haym angeblich ermordet wurde. Aber auch hier gibt es Erinnerungslücken der Zeit. Während Haym 1568 den Umbau der Burg zu einem Schloss veranlasste und demnach die Grundsteinlegung ebenso in diesem Jahr stattgefunden haben musste, starb er erst am 6. Juni 1571.

*

Der Pfad war steinig, die Luft flirrte. Josephus' Rücken schmerzte von dem bereits Tage dauernden Ritt auf dem alten Gaul. Ebenso tobte in dem Backenzahn, der ihm noch geblieben war, ein Schmerz so heftig wie ein Schmied, der glühendes Eisen zu einer Klinge trieb. Hätte ihm der

Kaiser nicht persönlich befehligt, die Reise zur Burg Reichenstein anzutreten, säße er jetzt im Klostergarten und zupfte Blätter von Kräutern, die er zu einem Brei zermalmen und dann darauf hoffen würde, dass sie das Toben in seinem Kiefer zu besänftigen vermochten. Doch Josephus besaß diese besondere Gabe, Fäulnis aufzuspüren. Und zwar die Fäulnis der Seele, wenn diese verdorben war. Und dass eine verdorbene Seele herumwandelte, lag auf der Hand, denn in Reichenstein war der Burgherr gemeuchelt worden.

Endlich rückte die Burg in Josephus' Blick, stolz thronte sie auf einem Felsen. Zu ihren Füßen wucherten Baracken von Leuten, die von den Abfällen der Burg lebten – wobei Josephus deren Dahinvegetieren nicht als Leben bezeichnen würde, als er an ihnen vorbeiritt und in ihre aschfahlen Gesichter sah. Leere Augen verfolgten den wackeligen Gang seines Gaules den Felsen hinauf. Die Menschen wirkten ausgehungert und entkräftet. Wahrscheinlich das Ergebnis harter Arbeit auf der Burg, von der manche Mauern bislang nur halbfertig in den Himmel ragten. Der ermordete Burgherr Christoph Haym hatte die Burg vor wenigen Jahren erworben und seither beständig ausbauen lassen. Erst kürzlich hatte ein großes Fest stattgefunden, zu dem Edelleute von nah und fern eingeladen gewesen waren, um den Fortschritt des Bauwerkes zu bestaunen. Um Hayms Erzählungen über die Schlachten gegen die Türken an der Seite des Kaisers zu lauschen. Um sich die Bäuche mit gebratenem Wild vollzuschlagen und dem süßen Wein reichlich zuzusprechen. Doch von all dem war nichts mehr übrig. Der Tod lastete auf den Gemäuern.

Im Burghof wurde Josephus freundlich empfangen. Offensichtlich war die Kunde über sein Kommen vor ihm eingelangt. Ein Wunder, wenn er daran dachte, dass die Arbeitsmoral unter den Boten ständig nachließ und sich der eine oder andere lieber in einer Spelunke volllaufen ließ.

»Seid Ihr der Mönch, den uns der Kaiser geschickt hat, um den Tod meines Gatten zu untersuchen?«, fragte die Burgherrin. Ihre Wangen waren rosig wie die einer 20-Jährigen, obwohl sie die Blüte ihres Lebens längst hinter sich gelassen hatte. Dennoch war sie auf gewisse Weise schön, was Josephus nicht zu interessieren hatte, schließlich war er Mönch. Doch seine Neugierde verlangte, sein Gegenüber genau anzuschauen.

»Der bin ich.« Josephus verneigte sich.

»Ihr seid gewiss müde. In einer der Kammern könnt Ihr Euch ausruhen, bevor Ihr …« Die Herrin verstummte, und es schien Josephus, als zöge sie gegen ihre Tränen in den Kampf.

»Gewiss … danke.« Erneut senkte er das Haupt, angetan von der Schönheit und Anmut seines Gegenübers. Berührt von dessen Trauer.

»Martin wird Euch begleiten. Sagt ihm, wenn Ihr etwas braucht, er wird es Euch ermöglichen oder es heranschaffen.« Die Herrin deutete auf einen großen, schlanken Burschen, der aus den Schaulustigen hervortrat, die sich im Burghof seit Josephus' Ankunft versammelt hatten.

»Danke.«

»Wenn Ihr mich nun entschuldigt …«

»Gewiss.«

Die Witwe verließ samt ihren Gefolgsfrauen den Hof, und sein neuer Gefährte führte ihn in eine Kammer, die edel ausgestattet war. Seidene Laken überzogen das Bett, eine Schüssel mit Wasser stand gleich daneben, ebenso eine Bettpfanne. An der gegenüberliegenden Wand hing ein riesiges Kreuz, welches gut in eine Kapelle gepasst hätte, so üppig verziert war es. Noch nie hatte Josephus so vornehm genächtigt. Zweifelsohne war der ermordete Edelmann wohlhabend gewesen.

»Was könnt Ihr mir über Euren Herrn erzählen?«, fragte Josephus den Burschen.

Sein Gegenüber sah ihn an und schüttelte den Kopf.

»Verstehe. Ihr wollt über ihn nichts Böses kundtun, da er tot ist.«

Der Begleiter namens Martin nickte.

»Aber es würde Eurem Herrn nicht mehr schaden und mich vielleicht zu seinem Mörder führen, wenn Ihr mir ein wenig erzählet«, blieb Josephus hartnäckig.

Der Mann senkte sein Haupt und starrte zu Boden.

»Schon gut, ich dränge Euch nicht. Wie ich sehe, seid Ihr nicht besonders gesprächig.«

Wieder nickte Martin. Vom Gewande her erschien er Josephus wie ein Knappe, gemessen an seiner Treue zu seinem Herrn, nichts Böses über seine Lippen gleiten zu lassen, wie ein edler Ritter. Vielleicht würde sich das mit Dauer von Josephus' Aufenthalt auf der Burg noch ändern.

»Ich habe ein wenig Hunger«, sprach er über ein weiteres Bedürfnis seinerseits. »Glaubt Ihr, ich könnte etwas zu essen bekommen? Brot und Wein würden mir schon reichen.«

Sichtlich erleichtert, dass das Gespräch eine Wende nahm, nickte Martin erneut und ging zur Tür.

Josephus, der es seltsam fand, dass seinem Gegenüber so gar kein Laut entschlüpfte, wollte ihm folgen, jedoch verschloss der stumme Geselle vor seiner Nase die hölzerne Pforte und drehte den außen im Schloss steckenden Schlüssel um. Für einen Augenblick war Josephus genauso sprachlos wie sein Aufpasser. Doch als dieser kurze Zeit später mit einem Holzbrett, auf dem ein saftiges Stück Hirschbraten und zwei handgroße Brocken Brot lagen, in der einen Hand und mit einem bis zum Rand mit Wein gefüllten Becher in der anderen in die Kammer zurückkehrte, verflog Josephus' Unmut. Das Wasser lief ihm beim bloßen Anblick der Speisen im Mund zusammen, und nach einem Schluck und einem Bissen wusste er, dass er selten so milden Wein getrunken und so saftiges Fleisch gekostet hatte. Sogar mit seinem fauligen Zahn war das Brot mühelos zu kauen. Mit einem Stoßgebet zum Himmel bedankte er sich für das üppige Mahl. Selbiges wollte er bei den Köchen und Küchenmägden tun, doch Martin hielt ihn davon ab, indem er sich ihm den Weg stellte.

»Aber warum nicht?«, fragte Josephus. »Ich möchte den talentierten Köchen meinen Dank überbringen, mehr nicht. Es hat mir ausgezeichnet gemundet.« Dass er dabei das eine oder andere Schwätzchen mit den Bediensteten über den Ermordeten zu halten gedachte, verschwieg er.

Erneut schüttelte Martin den Kopf.

Josephus seufzte und besann sich darauf, dass er zwar eine Aufgabe zu erfüllen hatte, diese jedoch nicht darauf beruhen sollte, die Gastfreundschaft der leidgeplagten Witwe übergebührlich zu strapazieren. »Dann überbringt Ihr bitte der Küche meinen besten Dank für das ausgezeichnete Mahl, ich habe schon lange nicht mehr so köstlich gespeist wie heute«, trug er seinem Aufpasser auf und fragte sich gleichzeitig, wie der Mann dies bewerkstelligen wollte, wenn er doch kein Wort sagte. Vielleicht hatte er ein Schweigegelübde abgelegt wie so mancher Ordensbruder aus seinem Kloster. Doch Martins eifriges Nicken ließ ihn annehmen, dass er schon einen Weg finden würde.

»Na gut, dann widmen wir uns jetzt der Angelegenheit, wegen derer ich gekommen bin.«

Kaum ausgesprochen, gab Martin den Weg in die Burg frei. Josephus beschlich das Gefühl, dass man ihm den stummen Gefährten nur deswegen zur Seite gestellt hatte, um zu verhindern, dass er auf der Burg unkontrolliert herumschnüffelte. Na gut, wer hatte heutzutage nichts zu verbergen, sinnierte er. Jeder Mensch war ein Sünder, ob arm oder reich spielte keine Rolle. Nicht für ihn, schließlich diente er Gott und vielleicht noch dem Kaiser. So wie jetzt, wenn der ihn zu Rate zog, um ein Verbrechen an einem tapferen Ritter aufzuklären, mit dem er Seite an Seite in diversen Schlachten gekämpft hatte. Weil Josephus dem Kaiser einem Zufall geschuldet geholfen hatte, den Mörder seines Hofkoches zu entlarven, den der Kaiser umgehend enthaupten und den Kopf auf einem Speer hatte aufspießen lassen als Warnung für jedermann, der Ähnliches im Schilde führte. Seither stand Josephus nicht nur als Lieferant für Gewürze aus dem Klostergarten im Dienste des Kaisers, sondern desgleichen als Berater in »unschönen Dingen«, wie es der Kaiser auszudrücken pflegte.

Auch in Reichenstein waren unschöne Dinge passiert, die Leiche wollte sich Josephus zuerst anschauen. Er hatte nämlich gehört, dass sie bereits zu stinken anfinge, also musste er sich beeilen, damit die Sache nicht noch schlimmer wurde. Am besten gleich, dann wäre es vor dem Abendmahl erledigt, das hoffentlich ähnlich köstlich ausfiele wie die Stärkung nach der langen Reise, die man ihm gereicht hatte. Er folgte seinem Aufpasser durch die Gänge der Burg hinab in den Hof und hin zur Kapelle. Schon beim Näherkommen roch er den Gestank des vor geraumer Zeit eingetretenen Todes. Vor der Kapellenpforte trat der stumme Martin zur Seite und deutete ihm, dass er wohl gedachte, hier Stellung zu beziehen, was Josephus unter anderen Umständen gewundert hätte, nicht aber bei diesem Gestank. Er schnappte nach Luft, stieß die Tür in die Kapelle auf und trat ein. Brummen und Surren empfingen ihn, bildeten das letzte Geleit für den Toten, der vor dem Altar aufgebahrt lag.

Josephus hielt sich ein Tuch vor Nase und Mund, das den Geruch möglichst fernhalten sollte – mit mäßigem Erfolg. Nun roch er seinen eigenen Atem, der getränkt war von der Fäulnis seines Zahnes. Über kurz oder lang – wohl eher kurz, wenn er das Ende des Sommers genießen wollte – würde er ihn entfernen lassen müssen. Doch noch ertrug er den Schmerz.

Er überwand seinen Ekel und trat näher an die Leiche heran. Von außen wirkte der einstige Edelmann unversehrt, abgesehen von der unnatürlichen Farbe seiner Haut und den aus Nase und Mund kriechenden Fliegen. Diese hatten sich gewiss am verwesenden Fleisch gütlich getan und darin ihre Eier abgelegt.

Josephus stopfte das Tuch in seine Kuttentasche und drehte den Toten zur Seite. Ein Einschussloch im Rücken war der Grund für das Dahinscheiden des Burgherrn. Geschwätzige Mäuler behaupteten, dass drei Kugeln in seinem Fleisch steckten, doch davon konnte Josephus nichts erkennen. Ein einziger feiger Schuss hatte Haym ins Jenseits befördert. Langsam ließ Josephus den Leichnam auf den Holztisch zurückgleiten, bekreuzigte sich und verließ die Kapelle.

Draußen im Burghof hatte sich indes eine anschauliche Schar Neugieriger eingefunden. Ob er schon wisse, wer den Herrn ermordet habe, wurde er gefragt.

»Nein, das weiß ich noch nicht«, antwortete Josephus geduldig. »Aber ich werde es herausfinden.«

Verhaltenes Gemurmel zog wie eine Welle über den Hof, und ein Ritter trat aus der Menge hervor. »Wie kann ich Euch helfen?«, fragte er.

»Edler Herr …«, begann Josephus vorsichtig, da sein stummer Begleiter neben ihm unruhig wurde. Ganz offensichtlich gefiel ihm nicht, was sich anbahnte. »Könnt Ihr mir sagen, was vor meiner Ankunft auf der Burg bereits unternommen wurde, um den Mörder zu fassen?«

»Wir haben alle auf der Burg und in den umliegenden Dörfern befragt, aber niemand hat seine Schuld gestanden«, antwortete der Ritter.

»Natürlich nicht, das würde auch ich nicht tun, wenn ich jemanden heimtückisch gemeuchelt hätte. Um den Täter zu entlarven, braucht es ein gewisses Gespür für Tugenden und Laster«, sagte Josephus sich der Natur des Menschen gewiss – sich selbst eingeschlossen. Eine Kutte machte aus einem Mann noch lange keinen Heiligen. »Gibt es einen Verdächtigen? Hatte der Edelmann Haym Streit mit jemandem?«, fragte Josephus weiter, das wachsende Unbehagen seines Begleiters ignorierend.

»Der Herr hatte keine Feinde, er war uns allen wohlgesonnen«, sagte einer der umstehenden Männer. Ein zustimmendes Raunen folgte.

Josephus erinnerte sich jedoch an böse Zungen außerhalb der Burg, die behaupteten, dass Christoph Haym ein Tyrann gewesen sei, der seine Untertanen grausam behandelt und ihnen oftmals nicht einmal das Notwendigste zum Leben gelassen habe. Eine Lüge also, die ihm da aufgetischt worden war …

Doch was war nun gelogen? Die Behauptung heute,

dass er allen wohlgesonnen gewesen sei und deswegen keine Feinde gehabt habe, oder die von vor geraumer Zeit, dass er ein Tyrann gewesen sei?

»Das stimmt nicht ganz«, drang eine weitere Stimme an Josephus' Ohr.

Martin machte einen Schritt nach vorn und wollte den Betreffenden offensichtlich zum Schweigen bringen, als ihn Josephus am Arm zurückhielt und sagte: »Wenn Ihr wollt, dass ich den Mörder Eures Herrn finde, dann lasst ihn sprechen. Es sei denn, Ihr selber habt etwas mit dessen Tod zu tun.«

Martin schüttelte ob der Anschuldigung den Kopf und stellte sich wieder neben Josephus.

»Also, wer hat das gerade behauptet?«, fragte Josephus.

Ein Ritter unteren Ranges trat auf ihn zu. »Ich! Es wird gemunkelt, dass der Gaisrucker den Herrn gemeuchelt hat.«

»Wieso das?« Josephus wartete gespannt auf eine Erklärung.

»Weil er glaubt, dass Haym seinen Sohn in die Burg lebendig habe einmauern lassen, um diese uneinnehmbar zu machen«, erzählte der Mann.

»Und? Hat er das getan?«

Die Umstehenden zuckten ratlos mit den Schultern, auch jener, der diese Behauptung kundgetan hatte.

»Welch heidnischer Glauben!«, fuhr Josephus verärgert fort. »Gott allein beschützt die Menschen – oder er stürzt sie ins Unglück! Wie kann man glauben, dass ein Kind, dessen unschuldiges Leben geopfert wird, so etwas bewirken könnte? Dass Gott so grausam ist, um ein Kind als Opfergabe für seinen Schutz einzufordern? Daran glaubt Ihr doch nicht wirklich, oder?«

Ein verunsichertes Murmeln war die Antwort.

»Wenn ihr das denkt, seid ihr Heiden!«, rief Josephus und wandte sich von den Leuten ab. Dann fragte er seinen Begleiter, wo denn dieser Gaisrucker zu Hause sei.

Der Stumme schritt voran.

Josephus wertete dies als Zeichen, dass er ihm den Weg zeigen würde, wenn er ihm schon keine Antwort gab, und folgte ihm. Sein Gefährte lief derart schnell, dass es ihm nicht möglich war, mit den Menschen, an denen sie vorbeikamen, zu reden.

Alsbald rückte ein Bauernhof in Sichtweite, gemauert aus Steinen, gedeckt mit Stroh. Holzbaracken vorne und hinten ließen Viehställe erkennen. Drei Hühner zupften in der Wiese nebenan Würmer aus der Erde. Als Josephus näherkam, kroch ihm ein unangenehm süßlicher Geruch in die Nase. Sein Gefährte blieb vor der Holzbaracke stehen, ein untrügliches Zeichen, dass auch er den Geruch wahrnahm.

Die Tür stand offen, ein Schluchzen drang von innen heraus. Josephus trat ein und hielt den Atem an. Auf einem Tisch lag ein Kind, höchstens zwei Jahre alt, ein Junge mit goldenen Locken, engelsgleich, wie nur Gott selber ihn erschaffen konnte. Er war tot, das Gesicht unversehrt, der Rest von einem Laken bedeckt.

»Was ist passiert?«, fragte Josephus die weinende Mutter, die mit der Großmutter, den Tanten und Nachbarinnen gemeinsam trauerte.

»Er hat sich vor Tagen beim Spielen verirrt und nicht mehr heimgefunden. Wilde Bestien sind über ihn hergefallen. Wir haben ihn erst heute Morgen gefunden«, erzählte die älteste der Frauen.

Josephus schlug das Laken zur Seite und sah, dass Tiere dem Jungen ganze Fleischstücke aus dem Leib gerissen hatten. »Wölfe!«, erkannte er, und ihm wurde ebenso klar, dass der Burgherr den Jungen nicht hatte einmauern lassen. Demnach war dessen Tod nicht der wahre Grund für den Mord an Haym.

»Wo ist der Vater, der Bauer Gaisrucker?«

»Im Wald mit den anderen Männern«, antwortete wieder die Alte. »Sie jagen die Wölfe und schneiden ihnen hoffentlich bei lebendigen Leibern die Herzen heraus.«

Die Mutter des Jungen schluchzte schmerzvoll auf. Josephus zeichnete ihm ein Kreuz auf die Stirn, dann sah er sich um. Die Leute, die hier wohnten, waren arm, hatten wohl kaum etwas, das sie den Frauen, die gekommen waren, um für den Buben die Totenwache zu halten, anbieten konnten. Angesichts dessen zweifelte er daran, dass Gaisrucker eine Schusswaffe besaß, diese waren üblicherweise den Edelleuten vorbehalten.

»Wie machen die Männer Jagd auf die Wölfe? Mit Hakenbüchsen und Arkebusen?«, fragte er listig.

»Als ob sich unsereins so etwas anschaffen könnt«, maulte die Alte.

»Wie dann?« Josephus blieb hartnäckig.

»Mit Mistgabeln, Stöcken und dem einzigen Messer, das wir haben«, sagte die Mutter des Jungen, den tränenverhangenen Blick auf ihn gerichtet. »Wieso interessiert Euch das?«

»Weil ich den Mörder von Christoph Haym suche, der zweifelsohne nicht mit einer Mistgabel gemeuchelt, sondern hinterrücks erschossen wurde ...«

Die Frau richtete sich zu ihrer vollen Größe auf, sie war stämmig, das Ergebnis jahrelanger harter Arbeit. »Ich dachte, Ihr seid wegen meines Jungen gekommen.«

»Ich habe deinen Sohn gesegnet. Aber jeder Sünder

sollte seine Strafe kriegen. Eure Männer jagen diese Wölfe, die Euren Sohn getötet haben, und ich suche …«

»Im Gegensatz zu Haym«, unterbrach die Frau Josephus, »war mein Sohn ein Engel! Er hat niemandem etwas getan, niemandem Leid zugefügt, was man von Haym nicht behaupten kann. Und falls Ihr denjenigen findet, der diesen Tyrannen getötet hat, richtet ihm unseren Dank aus.«

Josephus wandte sich ab und trat aus dem Haus, das gefüllt war mit Trauer und Schmerz. Mit Hass und Leid. Draußen atmete er gierig die frische Luft ein, um die Bedrücktheit, die sich drinnen auf sein Gemüt gelegt hatte, alsbald abzuschütteln. Nach mehreren Atemzügen fragte er seinen Begleiter: »Könnt Ihr mir zeigen, wo Christoph Haym ermordet wurde?«

Der stumme Martin gab ihm ein Zeichen, ihm zu folgen, und führte Josephus in den Wald. Zwischen Granitfelsen, die mannshoch in den Himmel ragten, und stämmigen Nadelbäumen deutete er auf den Boden, dorthin, wo die Erde noch dunkler war als sonst, weil sie mit Blut getränkt war.

»An diesem Ort hat man ihn also gefunden«, sinnierte Josephus. »Was hat er hier draußen gemacht? War er auf der Jagd? Alleine?«

Martin zuckte mit den Schultern.

Der Felsen, neben dem Martin stand, sah für Josephus aus wie geschaffen für einen Hinterhalt. Dahinter konnte man sich gut verbergen, jemandem auflauern und ihn hinterrücks erschießen, aber das sprach er nicht laut aus. Stattdessen beschwerte er sich bei seinem Begleiter. »Es ist nicht leicht mit Euch auszukommen, wenn Ihr stumm wie ein Fisch seid. Es ist schwierig mit

Eurer Einsilbigkeit – oder besser mit Eurer Gar-keine-Silbigkeit. Ich könnte schon ein wenig Unterstützung von Euch gebrauchen.«

Da streckte Martin seine Zunge heraus oder das, was von ihr übrig war. Jemand hatte sie ihm abgeschnitten, die Wundränder waren rot, heilten aber.

»Wer hat Euch das angetan?«, fragte Josephus.

Martin blickte zu Boden.

»Und warum hat man Euch die Zunge abgeschnitten?«

Keine Reaktion.

Josephus seufzte. »Gut, ich habe das Gefühl, dass jemand verhindern möchte, dass ich etwas herausfinde. Und ich glaube, ich weiß, wer das ist.« Er wandte sich ab und verließ den Wald. Dieses Mal ging er vorne, und sein Begleiter hatte Mühe, mit ihm Schritt zu halten. Sie erreichten die Burg außer Atem, und Josephus erinnerte sich, wohin die Burgherrin nach ihrer ersten Begegnung im Hof verschwunden war. Er übertrat dieselbe Schwelle und folgte dem Gelächter, das durch die Gänge drang, bis er sich einer Pforte näherte, vor der sich mehrere Frauen versammelt hatten, lauschten und kicherten. Bevor Martin ihn zurückhalten konnte, stieß er die Tür auf und platzte in eine Szene, die einem gottesfürchtigen Diener mit feinem Gespür einiges erklärte. Im Bett vergnügte sich die Burgherrin mit einem Jüngling, dessen Bartwuchs kaum eingesetzt hatte. Ihre Köpfe wandten sich ihm zu, und während sich der junge Mann eiligst bedeckte, ließ sich die Frau Zeit, sodass sie Josephus freizügig die Sicht auf ihre langen Beine, ihre Scham und ihre Brüste gestattete.

»Gefällt Euch, was Ihr seht?«, fragte sie unter Josephus' Blick.

»Es geht nicht darum, was mir gefällt und was nicht«, erwiderte Josephus. »Es geht darum herauszufinden, wer Schuld auf sich lädt – oder geladen hat.« Er drehte sich zur Seite und richtete die Augen auf die Wand. »Und Ihr steht ganz oben auf meiner Liste!«

Der Jüngling verließ eilig die Kammer der Burgherrin.

»Jeder lädt irgendwann in seinem Leben Schuld auf sich.« Die Frau begann, sich anzukleiden. »Doch wer ohne Sünde ist, werfe den ersten Stein. Das lehrt uns die Bibel, oder etwa nicht? Und ich habe nie behauptet, dass ich ohne Sünde bin.«

»Das habt Ihr nicht, gewiss«, bemerkte Josephus. »Aber ich rede nicht von Eurer Liaison mit diesem Jüngling, Herrin. Ich rede vom gewaltsamen Tod Eures Gatten.«

»Auch er war ein Sünder, wusstet Ihr das? Er war ein Tyrann, der sein Volk verhungern ließ, während er selbst im Überfluss lebte. Der es ausbeutete, für sich arbeiten ließ, Tag und Nacht, und ihm dann noch das Brot vom Teller stahl. Der es schlug, mit Füßen nach ihm trat. Es erniedrigte, wann immer es ihm beliebte ...«

Aus dem Augenwinkel erkannte Josephus die blauen Flecken an ihren Armen und ihrem Körper, der zunehmend verhüllt wurde. Die Blessuren waren nicht frisch, sondern verfärbten sich längst.

»Ihr redet von Euch«, erkannte er.

»Ich rede von den Bauern und Dienern. Von den Mägden und Knechten. Sogar von so manchem Ritter«, erklärte die Herrin. »Und ja, ich rede auch von mir.«

»Wollt Ihr mir mehr davon erzählen?«

»Reicht Euch nicht, was Ihr bislang herausgefunden habt, um ein Urteil zu fällen?«

»Nein, das reicht mir nicht«, erwiderte Josephus, denn

noch fehlten ihm handfeste Beweise. Noch wusste er nicht, wie es wirklich abgelaufen war, lediglich eine Ahnung drängte sich ihm auf.

»Für einen Mönch seid Ihr ein misstrauischer Mann.«

»Das bin ich wohl, zumindest in Angelegenheiten, die sich auf Erden zutragen.« Josephus ging zur Pforte und drückte sie zu, um die Neugierigen auszusperren.

»Was? Keine Zeugen? Ich könnte hernach alles widerrufen …«

»Gott ist unser Zeuge.«

»Gott weiß längst, was passiert ist«, stellte die Herrin fest und setzte sich fertig angekleidet auf das Bett. »Mein Gatte quälte alles, was atmete, ob Mensch oder Tier war ihm egal. Die Menschen versuchten, sich dagegen zu wehren, doch der Landeshauptmann stellte sich hinter Christoph und forderte seine Untertanen zu allen Ehren und gebührlichen Gehorsam auf und dass sie den Robot, den Christoph von ihnen verlangte, zu leisten hätten. Wenn sie dagegen verstießen, erwarteten sie schwere Strafen. Dennoch gab es mehrere kleine Aufstände, die wurden jedoch niedergeschlagen, brutal und blutig. Der Robot blieb im selben Ausmaß bestehen, aber der Hass wuchs weiter an. Eines Tages trat man mit dem Plan an mich heran, dass man sich von dem Tyrannen befreien wolle, und man dafür meine Hilfe bräuchte.«

»Wer?«

»Spielt das eine Rolle?«

»Das tut es.«

Die Frau schwieg.

»Ihr habt diesem Jemand den Vorderlader gegeben, mit dem er Euren Gatten erschossen hat«, schlussfolgerte Josephus.

Die Burgherrin nickte. »Und nicht nur das: Ich habe Christoph in den Wald gelockt, weil ich dort angeblich einen passablen Hirsch gesehen habe. Ihr müsst wissen, Christoph war ein leidenschaftlicher Jäger.«

»Und das Kind vom Gaisrucker? Es wird gemunkelt, dass Euer Gatte mit dessen Tod etwas zu tun hatte. Dass er es bei lebendigem Leib hat einmauern lassen ...«, fragte Josephus, obwohl er wusste, wie der Junge tatsächlich gestorben war. Dennoch wollte er hören, was die Frau ihm dazu sagen würde.

»Es ist dummes Gewäsch und Aberglaube. Aber viele Menschen denken, dass es eine Festung uneinnehmbar mache, wenn man ein Kind lebendig in den Grundstein einmauere. Hier in Reichenstein wurde das jedenfalls nicht gemacht. Doch Ihr seht, man traute Christoph sogar das zu. Er war ein Monster! Es war ein großes Unglück, dass sich das Kind beim Spielen verlaufen hat und von Wölfen getötet wurde, soviel ich weiß. Der Gaisrucker hat somit seine Strafe erhalten. Die grausamste Strafe, die es auf Erden wohl gibt und die Euer Gott vollstreckt hat. Ihm das eigene Leben zu nehmen, wäre weitaus gnadenvoller gewesen.«

»Also ist er der Mörder Eures Ehemannes«, erkannte Josephus.

Die Frau, über die unabsichtliche Preisgabe dieser Information sichtlich erschrocken, antwortete: »Ich dachte, Ihr wüsstet das und wärt deswegen hier ...«

»Ich hatte eine Ahnung, nun aber ist es Gewissheit«, erwiderte Josephus.

Über ihren Fehler verärgert stöhnte die Burgherrin auf und wandte sich für einen Augenblick von Josephus ab. Er gewährte ihr dieses Moment des sich Sammelns. Als sie sich gefasst hatte, fuhr sie fort: »Der Gaisrucker ist durch den Tod seines Sohnes schon bestraft genug, da bedarf es keines übereifrigen Mönches mehr, der nach seinen eigenen Maßstäben urteilt.« Sie drehte sich wieder um und sah Josephus in die Augen. »Aber ein findiger Mann könnte daraus eine Geschichte ersinnen, die den Kaiser gegenüber den Menschen, die hier leben, milde stimmen würde.«

Erneut gab Josephus der Burgherrin recht, wenngleich nur im Geiste. »Ihr verreist?«, fragte er stattdessen, da nahe dem Bett eine Holzkiste stand, die mit Frauenkleidern gut gefüllt war.

»Ich bin nun eine freie Frau. Ich kann endlich tun, wonach mir der Sinn steht.«

»Seid ihr ebenso frei von Schuld in Eurem Herzen?«

»Ich habe meine Schuld schon vor der Tat gesühnt, an der Seite meines Ehemannes, und das viel zu lange. Wenn man mich jetzt noch einmal bestrafen würde, wäre das übergebührlich.«

Josephus neigte dazu, der Burgherrin auch in dieser Sache zuzustimmen. »Gewährt mir eine letzte Frage: Warum wurde Martin die Zunge herausgeschnitten?«

»Mein Ehemann hat das getan, kurz bevor er gestorben ist«, erklärte die Herrin. »Martin hat mit einer Magd geredet, auf die Christoph selbst ein Auge geworfen hatte. Das reichte aus, um ihn zu dieser grausamen Tat zu veranlassen.«

»Aber warum habt Ihr mir Martin an die Seite gestellt, wohl wissend, dass er meine Fragen gar nicht beantworten kann?«

»Ich war mir dessen gewiss, dass sein Hass auf meinen Gatten so frisch ist, dass er alles Notwendige tun würde, um Eure Neugierde von mir fernzuhalten. Seid ihm nicht böse, Martin ist ein guter Mann, eine treue Seele, wie es nicht mehr viele gibt.«

»Er hat von dem Komplott also gewusst«, schlussfolgerte Josephus.

»Alle wissen davon – oder ahnen es. Das Leid hat uns schon im Leben vereint ... und tut es jetzt ebenso in unserer Schuld.«

Josephus verstand.

»Wie lange wollt Ihr noch bleiben?«, fragte die Burgherrin.

»Ich kehre morgen zurück und werde nach meiner Ankunft dem Kaiser über die Ergebnisse berichten.«

Für einen Augenblick schwieg die Burgherrin. Dann trat sie an Josephus heran, zupfte seine Kutte zurecht und lächelte. »Ihr seid gewiss hungrig. Wollen wir zusammen speisen?«

Josephus verspürte in der Tat mächtigen Hunger. Ein Mönch war halt auch nur ein Sünder, ein Mann sowieso. »Gerne.«

Nach einem mehrere Tage dauernden Ritt auf dem alten Gaul erreichte Josephus das kaiserliche Schloss und verlangte, zum Kaiser vorgelassen zu werden. Als dieser ihn aufforderte, von den Ergebnissen seiner Reise zu berichten, erzählte ihm Josephus die Geschichte, die er sich auf seinem Heimritt zurechtgelegt hatte und die, wie er glaubte, der Wahrheit nahe genug kam, obwohl sie ihr nicht gänzlich entsprach. Aber da alle Beteiligten ihre Strafe erhalten hatten – wenn auch eine andere, als sie der Kaiser in Erwägung zöge –, war Josephus mit sich und Gott im Einklang: »Eure Hoheit, Christoph Haym wurde von einem Bauern namens Gaisrucker erschossen, nachdem dieser angenommen hatte, dass Haym seinen Sohn im Grundstein der Burg habe einmauern lassen. Doch das stellte sich als Irrtum heraus. Der Junge war wohlauf, und als der Vater seinen Fehler erkannte, lief er mit dem Kleinen aus Gram in den Wald. Die Überreste des Kindes wurden alsdann gefunden, von Wölfen angefallen und übel zugerichtet. Vom Vater fehlt bis heute jede Spur. Wahrscheinlich haben ihn die Wölfe aufgefressen. Er hat seine gerechte Strafe also erhalten.« Von der Beteiligung der Burgherrin erwähnte er nichts, denn auch wenn es eine Sünde war, einem Menschen das Leben zu entreißen, war es genauso verwerflich, seine Ehefrau und seine Untertanen bis aufs Blut zu tyrannisieren.

»Dann ist der Fall abgeschlossen«, sagte der Kaiser, »und wir können uns angenehmeren Dingen widmen. Was haltet Ihr von einem kaiserlichen Mahl?«

Zu gerne wollte Josephus ablehnen, die Fäulnis in seinem Mund war weiter angewachsen und quälte ihn jede Minute. Doch die Einladung des Kaisers nicht anzunehmen wäre ein Affront. Also sagte er zu und trank reichlich Wein, um den Schmerz und sich selbst zu betäuben. So fiele es ihm hernach gewiss leichter, sich den Zahn noch heute in den Klostermauern von einem anderen Mönch herausreißen zu lassen.

*

Die Geschichtsschreiber einigten sich trotz der zeitlichen Diskrepanz auf die Darstellung mit dem in den Grundstein der Burg eingemauerten Kind. Gaisrucker blieb zeit seines Lebens untergetaucht, gestand jedoch angeblich kurz vor seinem Tod den Mord. Ein ebenfalls beschul-

digter Reitknecht wurde daraufhin aus einer jahrelangen Haft entlassen. Andere Stimmen behaupten, dass ein Pfarrer der Täter gewesen sein könne und dafür zwei Jahre lang in Wien in Haft gewesen sei. Möglicherweise entspricht keine der Varianten den Tatsachen und man versuchte lediglich, dem grausamen Tyrannen einen Glorienschein zu verpassen.

Den Mönch Josephus gab es nie, wahr ist jedoch, dass viele Menschen zur damaligen Zeit unter fauligen Zähnen litten. Manch einer starb daran. Aber das ist eine andere Geschichte.

DAS LETZTE GERICHT

VON GERHARD LANGER

Zwischen 1599 und 1817 – dem Jahr, in dem in Salzburg die letzte Hinrichtung mit dem Schwert vollzogen wurde – lag die Richtstätte etwas abseits der alten Berchtesgadener Straße weit außerhalb der Stadt Salzburg. Der schillernde und bis heute wohlbekannte Erzbischof Wolf Dietrich von Raitenau hatte sie von der stark befahrenen Straße vor dem Linzer Tor (heute Schallmooser Hauptstraße) an diesen abgelegenen Ort verlegt. Der Totenweg (heute Josef-Moosbrucker-Weg, Georg-Nikolaus-von-Nissen-Straße und Neukommgasse) führte zur Richtstätte. Diese bestand aus einem Galgen, einem Arme-Sünder-Kreuz und der Kopfstätte für die Hinrichtungen mit dem Schwert. 1790 kaufte der letzte Scharfrichter ein Haus auf dem Gelände (Neukommgasse 26), in dem er hochbetagt 1823 verstarb. Dieser letzte Scharfrichter Salzburgs war Franz Joseph Wohlmuth (1739–1823), der von 1757 bis 1817 akribisch jede Hinrichtung im »Executions Einschreib Buch« verzeichnete. Es liegt im Salzburg Museum (früher Salzburger Museum Carolino Augusteum) und wurde 1985 vom Historiker Peter Putzer ediert. Wer heute an Wohlmuths Haus vorbeigeht, findet es in einem desolaten

Zustand. Im Eigentum eines Bauern verfällt es langsam. Kaum etwas würde an die schaurige Stätte und das Treiben des Scharfrichters erinnern, hätten nicht die dort angrenzenden Landwirte einen liebevoll gestalteten Kreuzweg errichtet.

*

»Drei Tage noch«, murmelte Otto Binder in seinen grauen Bart. Drei Tage noch bis zur Pensionierung. Und jetzt das. »Scheißkerl«, rief er, worauf sein um 30 Jahre jüngerer großgewachsener und schlaksiger Kollege Martin Ellenhuber mit der ihm eigenen Ruhe reagierte. Ellenhuber wusste genau, dass der alte Binder nicht ihn damit meinte, sondern den, der »das da« angerichtet hatte. »Das da« war eine Hand, die auf einem hölzernen Spieß steckte und gerade von allen Seiten fotografiert wurde.

»Wer hat sie gefunden?«, fragte Binder.

»Eine junge Frau«, antwortete Ellenhuber. »Eine Joggerin. War schon um fünf auf den Beinen. Hat zuerst nicht glauben können, dass es eine echte Hand ist. Sie hat sie sich aber doch genauer ansehen müssen. Jetzt wird sie drüben im Gasthaus betreut.«

»In der ›Hölle‹ meinst du?«

»Ja. War lange nicht mehr dort. Ist inzwischen ein Viersternehotel. Und soll gute Küche haben.«

»Keine Lust«, sagte Binder, dem der Appetit auf Frühstück vergangen war. Er steckte seine Hände in die Hosentaschen und sah sich um. Der Spieß stand auf der großen Wiese vor dem Bauernhof, etwa fünf Meter hinter einer der Stationen des Kreuzwegs, genauer der achten Station: Jesus begegnet den weinenden Frauen. Ob das etwas zu bedeuten hatte? Binder blickte gegen Norden, wo man durch die kahlen Bäume die Festung Hohensalzburg gut erkennen konnte. Auf der gegenüberliegenden Seite, im Süden, zeigte sich das schneebedeckte Massiv des Untersbergs in seiner majestätischen Schönheit.

»Was sollte ich wissen, Ellenhuber?«

Der Angesprochene wunderte sich nicht über seinen meist wortkargen Chef. Er arbeitete schon seit drei Jahren mit ihm und verstand inzwischen seine mitunter kryptischen Sätze.

»Kein Blut. Keine weiteren Körperteile gefunden, keine aktuellen Vermisstenanzeigen. Ach ja, ein Mann, wie es aussieht, ziemlich groß, kräftig. Mittleres Alter. Alles Weitere natürlich …«

»Ihr müsst das Holz untersuchen. Macht einen ziemlich alten Eindruck. Die Hand auf einen Spieß gesteckt.«

»Das ist der alte Hinrichtungsplatz. Das verfallende Haus hat einmal dem Scharfrichter gehört.«

»Ach, ich wusste gar nicht, dass du dich so gut mit der Salzburger Geschichte auskennst, Ellenhuber. Kompliment. Soll das jetzt heißen, der alte Scharfrichter ist aus dem Grab auferstanden und übt sein Handwerk wieder aus?«

Ellenhuber war ein eher humorloser Mann, konnte der Bemerkung Binders wenig abgewinnen und besann sich auf nüchterne Psychologie. »Der Typ, der das getan hat, hat den bedauernswerten Mann hingerichtet. Er hat ein altes Ritual übernommen. Will seiner Tat Gewicht verleihen, wahrscheinlich auch die Öffentlichkeit wachrütteln.«

Binder hörte aufmerksam zu. »Hmm«, sagte er dann. »Vielleicht hast du recht. Ich frage mich aber derzeit vor allem, wo der Rest des Mannes ist. Vielleicht sollten wir noch ein wenig zurückhaltend sein, was die Theorien betrifft, Ellenhuber. Vielleicht lebt der gute Mann ja noch und hat nur eine Hand verloren. Hoffen kann man.«

Der Gesichtsausdruck Binders verriet allerdings, dass er selbst wenig auf seine eigenen Worte gab. Ellenhuber nickte lediglich. Beide kannten das Prozedere einer Ermittlung und hielten sich nicht mehr weiter mit Gesprächen auf. Binder verabschiedete sich. Wenn er schon hier war, wollte er noch einen Sprung hinüber zum Kommunalfriedhof machen. Seine Frau, die Trude, lag dort seit zwei Jahren, nachdem sie dem heimtückischen Krebs nach ein paar vermeintlichen Siegen doch erlegen war. Binder überquerte die Berchtesgadener Straße, ließ die »Hölle« rechts von sich liegen und stieg die Stufen zum Friedhofseingang hinauf. Wie jedes Mal las er willkürlich ihm unbekannte Namen auf unbekannten Gräbern – Gruber, Puncec, Mittendorfer – ehe er dort angekommen war, wo ihm die Erinnerungen den Hals zuschnürten. »Schön hast du es da«, sagte er, während er sich bückte, um das Grab vom frisch gefallenen Schnee zu reinigen. »Ich tät mir wünschen, die Schneeglöckerl würden schon blühen. Die hast du doch immer so gemocht. Ein bisserl Geduld. Nur noch drei Tage, dann habe ich mehr Zeit, du weißt schon, dann kann ich mich endlich um den Stein kümmern. Und sag mir nicht, dass es nicht wichtig ist. Ich hör dich reden. Ich kann eh nicht lang bleiben, weil wir einen Fall haben. Ja, ja, Trude, ich weiß, der Ellenhuber ist schon groß, und er wird es auch allein schaffen, aber ein bisserl Hilfe kann ich ihm geben. Eh nur mehr drei Tage.«

Binder blieb noch eine Weile stumm und dachte an vergangene Zeiten, ehe er sich leise verabschiedete. Sein

Bauchgefühl sagte ihm, dass es nicht bei den drei Tagen bleiben würde.

In seinem Büro in der Polizeidirektion in der Alpenstraße machte Binder sich Notizen und vertiefte sich in die Tatortfotos.

Jesus und die weinenden Frauen. Binder tippte »Jesus« und »weinende Frauen« in seinen Computer und erhielt bald, was er suchte. Eine Bibelstellenangabe: »Es folgte eine große Menschenmenge, darunter auch Frauen, die um ihn klagten und weinten. Jesus wandte sich zu ihnen um und sagte: Ihr Frauen von Jerusalem, weint nicht über mich; weint über euch und eure Kinder! (Lk 23,27 f.).«

Binder kratzte sich am Bart. Ein eigenartiges Gefühl beschlich ihn, das er nicht beschreiben konnte. Er brauchte mehr, Fakten und Ideen, sah auf die Uhr und bemerkte, dass er fast zu spät zu der von ihm einberufenen Besprechung kam.

»Die Hand«, rief er in die Runde, nachdem auch die letzten Nachzügler der Abteilung sich endlich gesetzt hatten. »Was sagt sie uns?«

»Ist in der Gerichtsmedizin«, antwortete Ellenhuber.

»Der alte Richtplatz sollte uns zu denken geben«, meinte Koller, ein erfahrener Kollege, den Binder besonders wegen seiner Bildung schätzte. »Im Mittelalter hat man Urkundenfälschern die Hand abgehackt. Aber auch bei schwerem Diebstahl wurde so eine Strafe vollzogen. Und bei sehr schweren Fällen hat man die Verbrecher nicht nur erhängt oder geköpft, sondern ihnen außerdem noch eine Hand abgeschnitten. Eine besonders krasse Art der Abschreckung.«

»Welche Art von Verbrechen?«, fragte Binder.

»Kindsmord, Mord, schwerer Raub mit Todesfolge.«

»Was heißt das jetzt?« Binder kratzte sich nervös an seinem Bart. Im Raum war Gemurmel zu hören.

»Dass jemand sich wahrscheinlich ganz gut auskennt, was das Vorgehen bei einer Hinrichtung vor dem 19. Jahrhundert betrifft«, antwortete Koller.

»So ein Typ ist doch verrückt!«, platzte ein junger Kollege heraus. »Ein Fanatiker.«

»Vielleicht«, sinnierte Binder. »Aber sicher bin ich mir da nicht. Sag mal, Koller, wenn er eine Hinrichtung von anno dazumal nachahmt, was hat er dann mit dem Rest des Mannes vor, falls das Opfer noch lebt?«

»Das ist unwahrscheinlich«, antwortete Koller. »Normalerweise hat man die Hand erst nach dem Tod abgehackt. Ausnahmen gab es natürlich. Einmal hat der Scharfrichter einem Mann zuerst die Hand abtrennen müssen und daraufhin den Arm professionell verbunden, damit der arme Kerl nicht vor der Hinrichtung starb. Dann hat man ihn gehängt.«

Binder hörte aufmerksam zu. »Ein makabrer Hoffnungsschimmer also.«

Als Binder am Abend das Polizeigebäude verließ, war er kaum schlauer. Keine brauchbaren Fingerabdrücke auf dem Holz oder auf der Hand, und die Fingerabdrücke des bemitleidenswerten Geschöpfes, dem die Hand einmal gehört hatte, waren nicht registriert. Dass es keine Vermisstenmeldungen gab, die etwas gebracht hätten, verärgerte ihn ebenso wie die Neugierde der Reporter, die natürlich eine große Story witterten.

Zu Hause vergrub sich Binder eine Weile in verschiedenen Internetseiten, die etwas mit Hinrichtungen zu tun hatten. Dabei stieß er auf das »Salzburger Scharfrichter Tagebuch« des letzten Henkers von Salzburg. Binder musste dieses Buch unbedingt haben, stellte aber fest, dass das Museum, in dem es aufbewahrt wurde, bereits geschlossen hatte. Also wärmte er sich eine Suppe auf, sah sich einen viel zu schnell zu lösenden Krimi im Fernsehen an und schlief noch vor dessen Ende auf der Couch ein.

Am frühen Morgen rief Ellenhuber an und klang aufgeregt. »Wir haben den Torso. Am Parkplatz beim Gasthof ›Hölle‹.«

»Torso?« Binder schwante nichts Gutes.

»Ja, kein Kopf. Aber der Körper ist auf ein Rad gebunden. Wie früher bei den ...«

»Hinrichtungen, ich weiß. Ich komme.«

Obwohl es erst 7 Uhr morgens war und es stark schneite, standen schon einige Schaulustige vor dem Gasthof, und die Polizisten hatten alle Hände voll zu tun, sie auf Distanz zu halten und Sperrbänder anzubringen.

Ellenhuber stand frisch rasiert und im neuen Kaschmirmantel vor dem Rad und prüfte die Wundränder am Hals des Toten.

»Scharfe Klinge«, sagte er.

Binder hielt sich auf Distanz. »Wenn der Mörder Richter spielt, dann muss der Mann da einiges verbrochen haben«, stellte er fest. »Nur, warum gibt es dann nichts in der Kartei? Ein unbeschriebenes Blatt, dieser Herr, von dem wir nicht einmal Fingerabdrücke haben.«

Binder betrachtete den Torso. Ein ausgesprochen gut gekleideter Mann in einem dunkelblauen Anzug, ein auffällig besticktes Stecktuch mit den Initialen A und D, eine teure Krawatte. »So etwas würde ich zu meinem Begräbnis tragen«, murmelte Binder und machte Fotos mit dem Handy. Ihn interessierten die verschiedenen Winkel, die

Perspektive. Er beobachtete eine Weile das eingespielte Prozedere der Untersuchung, ging ein paar Schritte auf und ab und verabschiedete sich dann von Ellenhuber, der gerade einen jungen Mann mit Hund befragte, dessen Gesichtsfarbe zwischen Elfenbein und Kreide changierte. Binder ahnte, dass dieser Mensch den Leichnam in der Früh entdeckt hatte.

»Ich könnte deine Hilfe brauchen, Trude«, sagte Binder, nachdem er das Grab erreicht hatte, in dem seine geliebte Frau lag. »Ich meine, ich finde mich ganz gut zurecht mit der Situation, du weißt schon, die Pensionierung, und der Ellenhuber, du hattest recht, ist erwachsen geworden. Ich muss ihn loslassen. Aber gestern, ich will dich mit so was ja gar nicht belasten, aber da drüben, beim Martinbauern, hat jemand eine Hand auf einen Spieß gesteckt. Eine menschliche Hand. Gleich vor dem neuen Kreuzweg, den sie angelegt haben. Bei der achten Station. Ich habe es nachgelesen. Jesus und die weinenden Frauen. Das hat mir verdammt zu denken gegeben. Und heute haben sie da draußen, ein paar Meter von hier, den Torso gefunden. Es gibt welche, die meinen, dass der Täter verrückt ist, aber ich glaube nicht daran. Ich glaube, dass er sich das alles verdammt gut überlegt hat. Nichts dem Zufall überlassen hat. Weißt du, Trude, damals, als du mich abends oft gefragt hast, woran ich arbeite, da habe ich dir nichts sagen können, dürfen, denn gewollt hätte ich schon. Aber jetzt, ich meine, niemand kann mir verbieten, mit dir darüber zu reden. Ich wäre sogar verdammt froh um deine Meinung.«

Binder wartete eine Zeit lang am Grab, in der irrationalen Hoffnung auf eine Antwort, aber es blieb ruhig. Nur ein Windhauch blies kalte Luft vom Norden her.

Gegen Mittag hatte endlich ein Mitarbeiter das »Scharfrichter Tagebuch« aus dem Museum besorgt, was ihn nach eigenen Angaben sehr viel Mühe und Überredungskunst gekostet hatte, aber Binder war zu beschäftigt, um darin zu lesen. Am unangenehmsten war ihm die rasch einberufene Pressekonferenz, in der er professionell, aber immer noch nervös, Rede und Antwort stand und, was ihm einzig wichtig war, Fotos von der Kleidung des Mannes und vor allem dem Stecktuch mit den Initialen zeigte. Schließlich ging es darum, die Identität des Toten so schnell wie möglich zu eruieren.

»Der Täter hat also keine Spuren hinterlassen?«, fragte ein Reporter nervös. Binder nickte. »Auch keine Fußspuren im Schnee? Das ist doch eigenartig. Hat es nicht geschneit heute Nacht?«

Ein Raunen ging durch die anwesenden Vertreterinnen und Vertreter der Presse.

Binder versuchte, eine logische Erklärung zu geben: »Die Leiche wurde vor dem Schneefall an der Stelle postiert und außerdem ...«, doch niemand schien ihm zuzuhören. Die ersten Schlagzeilen waren getippt, ein mysteriöser Mörder konstruiert, der keine Spuren hinterließ. Wie hatte er es selbst gerade erst gestern zu Ellenhuber gesagt: »Der alte Scharfrichter ist aus dem Grab auferstanden.«

So wunderte es ihn nicht, dass die sozialen Netzwerke bald voll waren mit gruseligen Meldungen und Fotocollagen über einen Scharfrichter, der aus dem Jenseits heraus sein blutiges Handwerk fortführt. Binder, dessen Präsenz auf den sozialen Netzwerken sich sehr in Grenzen hielt, verstieg sich in ein »Herrgottsakrament«, während er das Handy auf seinen Schreibtisch knallte.

Dann überschlugen sich die Ereignisse. Den Anfang machte der Anruf des Gerichtsmediziners, der ein alter Hase war und Binder seit Jahren kannte.

»Das Wichtigste zuerst. Eure männliche Leiche in den 40ern hat den Kopf erst post mortem verloren. Und er ist definitiv nicht an einer halsabschneiderischen Tätigkeit verstorben, sondern, bitte, lieber Binder, hör genau zu, an Krebs. Die Lunge, ein offensichtlich schwerer Raucher.«

»Das heißt?«, fragte Binder.

»Das heißt, dass euch jemand zum Narren hält. Lang ist er noch nicht tot. Man hat ihn also nicht aus dem Grab geholt. Details kann ich dir jetzt nicht sagen. Zu früh. Bericht bekommst du.«

Binder saß eine Weile ruhig auf seinem Stuhl und dachte nach, was als Nächstes zu tun war. Aber noch bevor er sich die folgenden Schritte überlegen konnte, läutete erneut das Telefon. Es war ein Mitarbeiter eines bekannten Bestattungsunternehmens in der Stadt, das seinen Sitz gleich neben dem Kommunalfriedhof hatte. Der Mann klang ziemlich aufgeregt und seine Stimme überschlug sich. Fünf Minuten später wusste Binder, dass ein 43-jähriger Mann nicht mehr in dem für ihn vorgesehenen Sarg lag, sondern eine Schaufensterpuppe. Wahrscheinlich wäre sie auch begraben worden, wenn der umsichtige Mitarbeiter nicht Nachrichten im Fernsehen geschaut und den Anzug des Mannes wiedererkannt hätte. »Arthur Demnig heißt der Mann, ein durchaus bekannter Schriftsteller, lebte aber von seinem Erbe. Notorischer Single, ein Sohn, drei Exfrauen, schwerer Raucher.«

Viel mehr wusste der Mitarbeiter nicht, nannte jedoch die Adresse des Sohnes von Demnig, Florian, des nächsten und einzigen noch lebenden Verwandten, der auch das Begräbnis arrangierte. Er wohnte in Oberalm bei Hallein. Binder griff sich das »Scharfrichter Tagebuch« und machte sich auf den Weg zum Auto. Ellenhuber würde das Fahren übernehmen, dann blieb ihm selbst ein wenig Zeit, um in dem Buch zu blättern.

Oberalm war eine kleine Gemeinde mit über 4.400 Einwohnern, südlich von Salzburg. Mit dem Navi war die Adresse schnell gefunden, aber in dem schmucken Einfamilienhaus schien sich derzeit niemand aufzuhalten. Telefonisch war Demnig ebenfalls nicht zu erreichen. Binder sprach ihm dreimal auf die Mailbox. Ellenhuber, der stets geschäftig am Handy agierte, ignorierte irgendwann Binder, der sich im Auto langsam in die Lektüre vertiefte.

»›… in Verhaft gelegenen adam Krauttenbacher mit dem Schwerdt Hingerichtet, dessen Körper Hernach auf das Radt geflochten und den Kopf auf dem Pfrill gestöcket und Sambt dem Radt aufgestölt worden …‹«, las er laut, suchte ähnliche Angaben, blätterte weiter, blieb schließlich an einem Text hängen: »›ob puncto furti qualificati et homicidii zu Verhaft gelegenen Mathias Leitner, Lediger Klein Heüsler Sohn Nebst Marann in Tyroll, mit dem Schwerde Von leben zum dote hingerichtet und nach dem Schwert Streich hat Selben mein Sohn die Rechte Hand abgehaud, so dann Kopf und Hand auf dem Pfrill gestöcket und auf den Stang genaglt und aufgestölt worden …‹ Ellenhuber, hörst du, er hat seinen Sohn angelernt zu seiner Arbeit.«

Ellenhuber nickte. »Es war eine Art Handwerk, braucht viel Übung. Zuerst haben sie an ein paar Rüben probiert, danach …«

»Ich will es gar nicht so genau wissen. Was heißt eigentlich puncto furti qualificati et homicidii? Also homicidii ist der Mord, aber …«

Ellenhuber lächelte. »Besonders schwerer Diebstahl. Das ist der § 128 im StGB. Habe ich noch gut in Erinnerung. Solltest du auch kennen.«

Binder knurrte. »Kenn ich auch. Aber was hilft uns das jetzt?«

»Na ja. Tatsache ist, dass da draußen irgendein Spinner herumläuft, der eine Leiche klaut, zerstückelt und einen auf Hinrichtung macht. Warte mal, also ...«

Ellenhuber reagierte endlich auf das nervige Läuten seines Handys. »Was? Das Wagenrad gehört dem Bauern. Es lag im Schuppen. Er konnte sich nicht erinnern ... Also ..., na gut, ja, Fingerabdrücke, ja ... verschiedene ... nicht registriert ... Danke. Und was ... ? Ein Sessel, weißgestrichen, plötzlich vor dem Stall. Aha, vielleicht der Altbauer. Deshalb ... Na gut. Servus.«

Binder erahnte nur zum Teil, was Ellenhuber gerade erfahren hatte. Das Rad, auf dem der Tote aufgebunden worden war, half ihnen also auch nicht weiter. »Was ist mit dem Sessel, Ellenhuber?«

»Nix, glaub ich. Ein alter Sessel, auf dem der Altbauer gern gesessen ist. Aber natürlich nicht Mitte Jänner, bei den Temperaturen. Die Bäuerin hat geglaubt, dass der Altbauer ihn rausgestellt hat. Und dann hat der Bauer ihn wieder in den Schuppen gebracht und dabei bemerkt, dass das alte Rad nicht mehr da ist. Also, ich würde mir wegen des Sessels jetzt keine Gedanken machen.«

Binder grübelte trotzdem darüber nach. Eine Weile schwiegen sie, bis sie in Salzburg Süd von der Autobahn abfuhren. »Wo ist der Kopf?«, fragte Binder unvermittelt.

»Darüber denke ich auch schon länger nach«, antwortete Ellenhuber, »um ehrlich zu sein, fürchte ich, dass er ihn uns bald präsentieren wird. Aber warum legt er die Leichenteile getrennt ab?«

»Es ist eine verfluchte Botschaft«, grummelte Binder. »Und ich habe kein gutes Gefühl dabei.«

Binder hatte auch kein gutes Gefühl, als man bis zum Abend immer noch nicht Florian, den Sohn von Arthur Demnig, hatte erreichen können. Inzwischen forschte Ellenhuber im Internet, ob es etwas gab, womit Demnig jemanden so wütend gemacht haben könnte, dass man ihn selbst nach seinem Tod noch schaden wollte. Aber er fand nichts außer ein paar Buchtiteln und die Namen der drei Exfrauen, die er mit ein wenig Mühe ausfindig machte. Eine Stunde später war er überzeugt, dass er niemals in seinem Leben heiraten würde, aber auch, dass die äußerst brutale Art der Leichenschändung zu keiner der drei Frauen passte. Immerhin hatten sie Demnig, wie Ellenhuber durch geschicktes Nachfragen erfahren hatte, für seine ehelichen Verfehlungen finanziell bluten lassen und lebten in alles anderen als prekären Verhältnissen.

Binder vertraute seinem Kollegen ohne Einwände. Ohnehin war er überzeugt, dass hinter dem Vorgehen eine ganz andere Motivation verborgen lag. Wenn er dem Tagebuch des Scharfrichters folgte, dann war das Vergehen, weshalb Demnig seinen Kopf verloren hatte, weit gravierender als mieses Verhalten in der Ehe. Aber die einzige Person, die über das Leben Demnigs wohl genauer Bescheid wusste, war sein Sohn, und der war nicht auffindbar.

Zu Hause ärgerte sich Binder über die geradezu höhnische Berichterstattung im Regionalfernsehen und hörte erst dann wieder aufmerksam hin, als ein Museumskurator das Vorgehen bei Hinrichtungen erläuterte. Gegenüber der nüchternen Beschreibung des Scharfrichters Wohlmuth waren die Aussagen des Museumsmannes ausschweifend und detailverliebt. Man erfuhr einiges über das Leben der Scharfrichter, ihr Dasein als Außenseiter, von der Gesellschaft geduldet, aber nicht gemocht. Er berichtete von ihrer schweren Arbeit, die sich keineswegs nur auf das Hinrichten von Menschen beschränkte. Sie mussten die Kloaken leeren, die Leichname von Selbstmördern verscharren, Tierkadaver beseitigen, herrenlose Hunde um die Ecke bringen, aber auch medizinische Versorgung leisten. Er erzählte von den Voraussetzungen für die schwierige Arbeit, für die nicht nur große Kraft und eine ruhige Hand, sondern auch ein gesundes Nervenkostüm benötigt wurden. Spezielle Kleidung hatten sie tragen müssen, Bürgerrechte und besondere Ämter, die Vormundschaft und das Zeugenamt seien ihnen versagt geblieben, und selbst im religiösen Leben wurden sie diskriminiert, durften nicht Priester werden und mussten in der Kirche auf den hintersten Plätzen stehen. Binder ertappte sich dabei, dass er Mitgefühl für die Scharfrichter entwickelte, und war froh, als der Mann das Thema wechselte und über die Verfahrensweise bei Hinrichtungen zu erzählen begann. Geständnisse wurden nicht selten durch Folter entlockt, was zum normalen Verfahren gehörte, wobei der Scharfrichter darauf achten musste, den Beschuldigten nicht zu sehr zu malträtieren, da er »gesund« zur Hinrichtung geführt werden sollte. Vom Pfleggericht waren nach Untersuchungen die Akten an einen Hofrat an die oberste Gerichtsstelle in Salzburg gesendet worden, wo er das Urteil verkündete. Dem Delinquenten wurde es in seiner Zelle mitgeteilt. Drei Tage blieben ihm bis zur Vollstreckung. Er bekam mehrfach geistlichen Beistand, Essen und Trinken. Am Nachmittag des zweiten Tages besuchte ihn der Scharfrichter und bereitete ihn vor. Am dritten Tag in der Früh bekam er die Kommunion. Die Knechte des Scharfrichters führten den bedauernswerten Verurteilten gemeinsam mit Feuerschützen und Geistlichen zum sogenannten Schrannengericht. Das war ein von Schranken eingegrenzter Raum, der in alten Zeiten als Gerichtsstätte diente. Später war das durchaus pathetisch vorgetragene Gerichtsurteil eine, allerdings von vielen Schaulustigen besuchte, leere Formalie. Von einem Fenster aus wurde das Urteil verlesen. Anschließend führte man den Verurteilten zur Hinrichtung. Noch einmal beichten, kurz nur, weil es schnell gehen sollte, dann wurden die Augen verbunden, er kniete nieder und sein Kopf lag auf einem Holzstock. Nun lag es am Geschick des Scharfrichters, ob es rasch vorbei war oder nicht. Manchmal konnte es zwei oder auch drei Hiebe dauern, wenn die Hand besonders ungeschickt agierte, ehe der Kopf fiel.

Binder schaltete den Fernseher aus und widmete sich erneut dem »Scharfrichter Tagebuch«. Diesmal fiel ihm eine Eintragung besonders auf, die er sogar laut las: »Den 21.tn Jenner anno 1785 Hab ich dem ob puncto Furti Robbaria et Homicidy bey einem Hochfürstlichen Salzburger Wohllöblichen Pfleg und Land gericht Wartendes oder Tallgau etc. in Verhaft gelegenen Johann Buggl mit dem Schwerdt Hingericht, Hernach die Rechte Hand auf den Stock ausgebunden und nach dem Schwerdt Straich abgehaud. Dem Körper auf das Rad geflochten, dem Kopf auf dem Pfrill gestöckt und die abgehaude hand ober dem Radt Extra auf einen Pfrill auf gestöckt. So dann alles aufgestölt und Stehen Lassen.«

Bis hierhin erinnerte ihn die Darstellung an das, was er schon gelesen hatte. Ein übliches Vorgehen bei Raub und Mord. Aber dann gab es doch eine Besonderheit, die ihn stutzig machte. »Buggl Seye 19 bis 20 Jahre alt, Ledigen Standes, seiner profession ein gelernter Schuhknecht und am Reisach Pfleggericht Tallgau Von Pauer Leuthen gebürtig, dieser armme Sünder ist der erste, so auf dem Stuhl als Sizender gerichtet habe, solang ich beyn dienst bin, hat sich aber Unvergleichlich zum Dot bereith und ist alles gutt von Stadten gegangen …«

Der Stuhl. Davon hatte die Bäuerin gesprochen. Dass der Sessel vor dem Stall gestanden und sie gedacht hatte, dass der Altbauer ihn da hingestellt hatte. Der Stuhl war ein Zeichen. Binder überlegte, Ellenhuber zu informieren, machte sich dann aber selber auf den Weg zum Bauernhof. Es war bereits später Abend, er war allein auf der Neukommgasse unterwegs. Doch vielleicht 100 Meter, bevor er das alte verfallene Gebäude des Scharfrichters erreichte, bog eine Gestalt mit dicker Jacke und Kapuze vom Stallgebäude her in die Gasse ein. Als sie Binder erblickte, blieb sie stehen, hielt kurz inne und begann, in die Gegenrichtung zu laufen. Binder versuchte nicht einmal, ihr zu folgen, zumal er recht rasch erkannte, weshalb die Person hier gewesen war. Hinter dem Stall in der Wiese loderte ein Feuer auf.

Es war bereits Mitternacht, als die Spurensicherung die letzten Reste des einst weiß lackierten Sessels geborgen und auch die Umgebung abgesucht hatte. Das einzig Ergiebige waren tiefe Spuren im Schnee, die vom Schuhwerk des Mannes stammten, der es so eilig gehabt hatte, von Binder wegzukommen.

»Wenigstens können wir jetzt sicher sein, dass es ein

Mann und kein Gespenst ist«, raunte Ellenhuber, dem die Müdigkeit anzusehen war. »Schuhgröße 46 etwa.«

»Ich hätte ihn erwischen können, wenn ich eine halbe Minute vorher dagewesen wäre«, sagte Binder verärgert.

»Und dann hättest du ihn überwältigt. Oder mit deiner Waffe bedroht.« Ellenhuber hatte einen frechen Unterton in der Stimme. Aber Binder nahm es ihm nicht übel. Er wusste, dass er recht hatte. Binder war nie ein Mann der Gewalt gewesen, und im Einsatz mit der Schusswaffe stets überaus zurückhaltend. Und jetzt, praktisch am Vortag seiner Pensionierung, mit lädierten Bandscheiben und Dauerschmerzen im linken Knie, wäre er einem kräftigen Mann zweifelsfrei unterlegen gewesen.

»So schnell, wie der gelaufen ist, war er jedenfalls jünger als ich«, schlussfolgerte Binder. »Oder zumindest ein durchtrainierter Sportler.«

»Ein Mann, dem man zutrauen kann, dass er ein Schwert führen und einen Kopf abhacken kann?« Ellenhuber brachte es wieder einmal auf den Punkt.

Binder räusperte sich. »Na ja, möglich auf jeden Fall. Gehen wir nach Hause und schlafen noch ein paar Stunden.«

Die ganze Sache gefiel ihm nicht. An einen makabren Scherz glaubte er ohnehin nicht, aber genauso wenig an die Aktion eines psychisch Gestörten. Immer wieder wiederholte er es leise für sich selbst, während er die Treppen zu seiner Wohnung hinaufstieg: »Eine Botschaft, eine verdammte Botschaft.«

Knapp vor 8 Uhr wurde er unsanft aus tiefem Schlaf geweckt. Es war Ellenhuber. Er ließ ihn gar nicht zu Wort kommen und schrie: »Der Kopf! Ihr habt den Kopf gefunden.«

»Guten Morgen«, antwortete Ellenhuber ruhig. »Und ja, der Kopf steckt auf einem Pfahl im Friedhof. Ein Mitarbeiter hat ihn entdeckt. Er wollte gerade Kies auf die vereisten Wege streuen, damit die Besucher sich nicht den Hals brechen.«

»Ich komme sofort«, schrie Binder und versuchte, sich umständlich eine Socke anzuziehen, während er telefonierte.

20 Minuten später stand er vor dem Grab eines Menschen, den er nicht kannte und dessen Namen er auch noch nie mechanisch gelesen hatte. Im gefrorenen Boden auf dem Weg davor steckte der Pfahl, oder, wie es Wohlmuth wohl ausgedrückt hätte, der Pfrill.

»Er hat so was wie einen Bohrer verwendet, damit er tief genug in die Erde kommt. Professionell, sage ich.« Ellenhuber musterte den Boden, sehr zum Unmut eines Mitarbeiters der Spurensicherung.

»Eine Botschaft, eine verdammte Botschaft«, raunte Binder, während er sich umsah. Der Pfrill steckte vor einem Grab, in der Nähe einer Weggabelung. Der Kopf zeigte in Richtung Richtplatz.

Binder schrieb sich die Namen auf den umliegenden Gräbern auf und erstellte eine grobe Skizze. Dann machte er Fotos aus allen Blickwinkeln.

»Habt ihr endlich den Sohn von diesem Demnig gefunden?«, fragte Binder, während er weiter Bilder schoss.

»Ah, ja, habe ich vergessen, dir zu sagen. Er kommt heute Vormittag vorbei. Klang ziemlich verärgert am Telefon, aber wer kann es ihm verdenken?«

Endlich einmal eine positive Nachricht, dachte Binder und verabschiedete sich. Er wollte noch ein paar Minuten zu seiner geliebten Frau.

»Also, Trude«, begann er, als er an ihrem Grab stand. »Wir haben den Kopf gefunden. Ich fürchte aber, dass das noch nicht alles war. Stell dir vor, ich habe den Typen gestern sogar beinahe getroffen. Nur ein paar Meter, und ich hätte ihm ins Gesicht schauen können. Nein, Trude, mach dir keine Sorgen, ich bin sehr vorsichtig. Du kennst mich doch. Ich passe schon auf mich auf. Jedenfalls werden wir jetzt einmal mit dem Sohn von dem Demnig reden. Ach, das weißt du ja noch gar nicht. Demnig heißt der bedauernswerte Tote. Ist ziemlich jung verstorben. Na ja, an Krebs, du weißt schon. Nein, es ist immer noch nicht wärmer geworden. Natürlich, du magst dieses kalte Wetter nicht. Aber es soll frischer Schnee kommen.«

Binder blieb noch eine Weile, schweigend, dann verabschiedete er sich. »Ich muss gehen. Es ist wegen dem Ellenhuber. Ich möchte ihn nicht allein lassen, diesmal nicht. Bis bald, Trude.«

Gegen 10 Uhr erschien Florian Demnig, ein sportlicher junger Mann mit extremer Kurzhaarfrisur und Dreitagebart, behängt mit Ketten und ausgiebig beringt. Binder wettete, dass sein halber Körper tätowiert war.

Er überließ es gern Ellenhuber, die Befragung zu beginnen, um sich ein Bild von dem jungen Mann zu machen.

»Es tut uns sehr leid, was mit ihrem Vater geschehen ist. Sie können davon ausgehen, dass wir alles tun, um den zu fassen, der auf so schändliche Weise …«

»Ach, hören Sie auf!«, blaffte der junge Demnig. »Sie haben doch keine Ahnung, wer das war. Dabei macht sich schon halb Österreich über euch Kasperln lustig. Und mein Vater … Haben Sie gelesen, was die Zeitungen schreiben? Sein ganzes Privatleben wird aufgerollt. Hat er das verdient? Reicht es nicht, dass er mit knapp den Löffel abgegeben hat? Also strengt euch gefälligst ein bisserl mehr an.«

Zur Untermauerung seiner Worte klatschte er in die Hände. Die Armreifen klirrten.

»Wo waren Sie die letzten Tage?«, mischte sich Binder ein und blickte dem jungen Mann streng ins Gesicht.

Der verschränkte seine Arme und machte betont auf cool. »Das geht euch eigentlich nichts an, aber wenn ihr es wissen wollt: bei meiner Freundin in Bayern.«

»Und da hatten Sie das Handy nicht dabei«, brachte sich Ellenhuber ein.

»Beim Schnackseln hab ich das Handy immer aus. Sie nicht?«

Die Frage war an Ellenhuber gerichtet, doch Binder antwortete.

»Herr Demnig, hatte Ihr Vater Feinde, Menschen, denen Sie zutrauen würden, dass …?«

»Sie einen Leichnam zerstückeln? Nein. Dazu wäre selbst meine Mutter nicht in der Lage, obwohl ich ihr so ziemlich alles zutraue.« Demnig kratzte sich nervös am Unterarm. Binder vermutete, dass der junge Mann ein Problem mit Drogen hatte. Er wirkte fahrig, zuckte gelegentlich unvermittelt und blickte ins Leere.

Binder, der an vielen Tagen eine gewisse Wehmut darüber entwickelte, mit seiner geliebten Frau keine Kinder zu haben, empfand es in solchen Momenten als einen Segen.

»Trotzdem noch einmal die Frage. Hatte Ihr Vater Feinde?«, insistierte Ellenhuber.

»Nein!«, antwortete Demnig, wobei er auf den Boden starrte, was Binder grübeln ließ.

»Fürs Protokoll«, sagte er dann, »bräuchten wir noch

die Daten der jungen Frau, mit der Sie die letzten Tage verbracht haben.«

Demnig verschränkte wieder die Arme. Binder registrierte ein leichtes Zittern.

»Marlene Richter heißt sie. Wohnt in Bad Reichenhall. Die Adresse weiß ich nicht auswendig.« Ein bösartiges Lächeln huschte über seine Lippen. Binder ignorierte es.

Als Demnig den Raum verlassen hatte, drängte es Binder geradezu, ein Fenster zu öffnen. Die kalte Luft tat ihm gut.

»Ich will alles über diesen Demnig wissen. Dieses Früchtchen gefällt mir ganz und gar nicht«, polterte Binder. Ellenhuber nickte nur.

Als Binder allein war, nahm er die Skizze zur Hand, die er am Fundort des Kopfes gemacht hatte, und verglich sie mit den Fotos, die er geschossen hatte. Er war sich sicher, dass der Täter die Orte nicht zufällig gewählt hatte, aber es gelang ihm einfach nicht, die Zusammenhänge zu erkennen. Zum wiederholten Male suchte er nach einer Botschaft, las die Namen auf den Grabsteinen. Es half nichts. Er musste noch einmal hinaus zum Friedhof. Er musste es mit eigenen Augen sehen und vielleicht würde er es dann auch endlich verstehen.

Im Gasthof »Hölle« gönnte er sich ein Schnitzel, bevor er zum alten Scharfrichterhaus ging. Er sortierte noch einmal die Hinweise. Die Hand, der Sessel, der Kreuzweg, die achte Station. Warum hatte der Täter die Hand gerade hier aufgestellt? Er hätte mit dem Torso beginnen können, wenn er der Abfolge des Gerichtes nach vorgegangen wäre. Zuerst die Hinrichtung auf dem Stuhl, danach den Körper auf das Rad spannen, die Hand abhacken. Die Hand war das erste Zeichen. Ein Fingerzeig. Binder betrachtete eines der Fotos von der Hand genauer. Tatsächlich saß sie nicht senkrecht auf dem Spieß, sondern etwas geneigt. Dadurch zeigten die Finger in Richtung »Hölle«. Kein Zufall, dachte er.

Er ging zurück zum Parkplatz des Gasthofes, sah sich um. Hier war der Torso gefunden worden. »Der Körper schmort in der Hölle«, sagte sich Binder leise vor. »Oder: Er hat verdient, in der Hölle zu schmoren.« Das erschien ihm logischer.

Während er die Stufen zum Friedhof hinaufschritt, kam die Sonne durch. Für ein paar Augenblicke schloss er die Augen und ließ sein Gesicht von den Sonnenstrahlen wärmen. Dann ging er zu dem Grab, vor dem der Kopf entdeckt worden war. Er las die Aufschriften auf den umliegenden Gräbern, verglich sie mit seinen Aufzeichnungen. Er schloss seine Augen und drehte sich langsam im Kreis, so als müsste er seine Gehirnwindungen zum Schwingen bringen.

»Trude«, sagte er, »ich brauche deine Hilfe.«

Noch ein, zwei Drehungen, bis ihm schwindelig wurde und er stehen blieb. Er blickte direkt auf einen Grabstein aus Granit, auf dem ein blühender Baum dargestellt war. »Martin«, stand darunter, »aus dem Leben gerissen«. Er las das Todesdatum: 21. Jänner 2020. Vor fast genau zwei Jahren. Binder schloss die Augen, murmelte etwas vor sich hin, griff sich dann an den Kopf und schrie: »Verdammt.«

Auf der Fahrt in die Polizeizentrale dankte er seiner verstorbenen Frau mehrmals. Er war sicher, dass sie ihn auf die Spur gebracht hatte. Er hatte sie gebeten, ihm zu helfen, und er war genau vor dem Grab zum Stehen gekommen. Dem Grab. Noch im Auto hatte er Ellenhuber per Telefon gebeten, alles herauszusuchen, was es über Martin Wimmer gab. Er erinnerte sich nur zu gut an ihn. Ein unaufgeklärter Fall. Ein tragischer Fall.

»Der Bub war noch keine 18«, sagte Ellenhuber, nachdem Binder in seinem Büro den Mantel und die Handschuhe abgelegt hatte. »Du erinnerst dich noch.«

Binder nickte. »Ja, er war allein zu Hause. Hat den Einbrecher überrascht und war zu mutig. Hat ihn stellen wollen und dafür einiges einstecken müssen.«

Ellenhuber las am Computer aus dem Bericht des Gerichtsmediziners vor. Binder hörte nur mit einem Ohr hin. »Ich weiß, er hat drei Monate mit dem Tod gerungen.«

»Aber wir haben den Typen gefasst.« Ellenhuber zeigte auf die Fotos von einem jungen Mann, der alles andere als gefährlich aussah. Wie der Schein doch trügen konnte.

»Mischa Wanek, ein Junkie. Hat Geld gebraucht für seine Drogen. Er sitzt ein. Ich verstehe nicht, warum du jetzt einen Zusammenhang mit der Leichenschändung sehen willst.«

Binder setzte sich. Dann atmete er tief durch, weil er sich überlegen musste, wie er es Ellenhuber einfach und doch unmissverständlich erklären konnte. »Morgen ist der 21. Jänner. Der Todestag von Martin. Da passiert etwas, und wenn ich recht habe, ist es nichts Gutes. Ich erinnere mich an den Vater, wie hieß er doch gleich? Ja, Erich Wimmer. Bei dem Prozess, da war er die ganze Zeit ruhig, wie versteinert. Und als der Junkie verurteilt worden ist, hat er nur den Kopf geschüttelt. Ich habe mich damals gewundert.«

»Ich erinnere mich nicht mehr genau, aber ... schau mal her. Hier steht, was er ausgesagt hat.«

Binder und Ellenhuber lasen. »Angestiftet«, stand da, und »ein brutaler Mord«.

»Wir müssen unbedingt mit dem Vater reden«, sagte Binder, während er seinen Mantel anzog. »Du hast doch die Adresse?«

Er wartete nicht auf das »Ja«, sondern ging bereits vor zum Wagen.

Die im System vermerkte Adresse von Wimmer erwies sich als falsch. Das schmucke Einfamilienhaus in Parsch hatte offensichtlich den Besitzer gewechselt. Es öffnete eine junge Frau, die sich als Erika Prokop vorstellte. Zum Erstaunen Binders wunderte sie sich nicht über das Erscheinen der Polizisten.

»Der Herr Wimmer war vor zwei Tagen bei mir«, sagte sie, während sie einen etwa Zweijährigen davon abhielt, eine Blumenvase umzuwerfen. »Er meinte, Sie würden irgendwann hier auftauchen, und ich sollte Ihnen diesen Brief geben.«

Sie reichte ein verschlossenes Kuvert an Binder. Er riss es ziemlich unsanft auf.

Ellenhuber stellte sich dicht neben ihn, während er hastig die eng beschriebenen Zeilen las. Darin war genau beschrieben, wie deren Verfasser vorhatte, die Leiche zu zerteilen und aufzustellen. »Ihr wisst warum?«, stand anstelle eines Absenders.

Nachdem er den Brief zu Ende gelesen hatte, atmete Binder tief durch und versuchte, möglichst ruhig zu fragen: »Haben Sie eine aktuelle Adresse von Herrn Wimmer? Es ist sehr wichtig.«

Die junge Frau schüttelte den Kopf. »Nein, ich habe keine Ahnung, wo er sich jetzt aufhält. Wir haben seit dem Kauf des Hauses keinen Kontakt.«

Binder verabschiedete sich rasch, aber Ellenhuber stellte noch eine Frage: »Wie hat er denn ausgesehen, der

Herr Wimmer, als er den Brief vorbeigebracht hat? Wie hat er gewirkt? Aufgeregt?«

»Wie er ausgesehen hat?« Die junge Frau überlegte kurz. »Nun, besser auf jeden Fall als das letzte Mal, als wir ihn gesehen haben. War damals ja auch kein Wunder. Seine Frau hat sich von ihm scheiden lassen, der Sohn war tot. Er wollte nur schnell verkaufen. Aber jetzt war er aufgeweckt. Und aufgeregt. Ja, irgendwie aufgeregt. Als hätte er etwas Wichtiges vor.«

»Ich fürchte, das hat er«, sagte Ellenhuber leise und verabschiedete sich höflich.

Im Büro angelangt, blickte Binder immer wieder nervös auf die Uhr. Er spürte, dass er sich beeilen musste, um Schreckliches abzuwenden. Und er hatte schon geahnt, dass es nicht leicht werden würde, Wimmer zu finden. Offiziell gemeldet war er ja immer noch an der alten Adresse.

»Moment mal«, sagte er nach einer Weile zu dem am Computer nach Anhaltspunkten suchenden Ellenhuber. »Was ist, wenn der Vater recht hatte und der Überfall gar kein Raub war, sondern gedungener Mord, dann müssen wir den Junkie befragen, der einsitzt.«

Ellenhuber schüttelte leicht den Kopf. »Leider unmöglich«, sagte er. »Hier steht, dass er vor zwei Monaten im Gefängnis verstorben ist. An einer Überdosis.«

Binder knurrte etwas von Scheißzuständen und knallte mit der Faust auf seinen Schreibtisch. »Hat er während des Verhörs irgendwas ausgesagt, was auf Anstiftung hindeutet?«

»Nein, er hat nur ständig wiederholt, dass er den Buben nicht hat töten wollen. Hat gemeint, dass der Wimmer ihn angegriffen hätte. Du weißt schon, der Täter macht sich zum Opfer. Widerlich ... Und ... Moment mal.« Ellenhuber war offensichtlich auf etwas Interessantes gestoßen.

»Dass wir das nicht beachtet haben. Sieh mal!« Ellenhuber drehte den Bildschirm in Binders Richtung. »Der ist bis vor einigen Wochen vor der Tat in dieselbe Schule gegangen wie der Wimmer. Nur eine Klasse über ihm. Ist rausgeflogen, weil er gedealt hat.«

»Die kannten sich also«, sagte Binder. »Ellenhuber, ich will die Namen von allen Schülern in der Klasse vom Wimmer und in der von dem Junkie.«

Ellenhuber antwortete nicht, aber das unaufhörliche Tippen in die Computertastatur bewies Binder, dass er längst dabei war, die Klassenlisten abzurufen.

Zehn Minuten später zeigte Ellenhuber Binder einen Computerausdruck mit Namen. Einen davon hatte er rot markiert.

»Heilige Scheiße!«, schrie Binder.

Eine halbe Stunde später parkten sie vor dem Haus in Oberalm, in dem der junge Demnig wohnte.

»Und wenn er wieder bei der Freundin ist?«, meinte Ellenhuber nach dem dritten vergeblichen Läuten.

»Dann ruf sie an! Du hast doch sicher ihre Nummer herausgefunden.« Binder vertraute auf die Fähigkeiten Ellenhubers. Der telefonierte bereits.

»Ah, Frau Richter. Ellenhuber hier ... Ja, es geht um ... um den genau ... Sie wissen also, wer wir sind ...? Er hat Sie informiert. Und er ist nicht bei Ihnen ... Ihnen ist nicht bekannt, wo er ist ... danke.«

»Scheiße«, kommentierte Binder. »Er hat ihn schon.«

»Du meinst wirklich ... Aber vielleicht irrst du dich.« Ellenhubers zaghafter Versuch, Binder von seiner fixen Idee abzubringen, musste scheitern.

»Verstehst du nicht, Ellenhuber, was da läuft? Der alte Wimmer hat keine Ruhe gegeben, hat nach dem gesucht, der seinen Sohn auf dem Gewissen hatte. Es mag unglaublich klingen, aber es muss etwas mit der Schule zu tun gehabt haben.«

»Vielleicht hat der junge Wimmer den Dealer bei der Schulleitung angezeigt, das würde doch erklären …«

»Nein, Ellenhuber, es ist komplizierter. Es hat mit dem jungen Demnig zu tun. Hast du ihn dir genau angesehen? Der Typ ist kaputt. Ich glaube, dass der Dealer und Demnig ein Gespann waren, die eine unheilige Allianz von Geben und Nehmen, von Abhängigkeit und Drogenbeschaffung eingegangen waren. Und Wimmer stand ihnen im Weg. Also haben sie ihm eine Lektion erteilt.«

»Und der alte Wimmer rächt sich jetzt und zerstückelt die Leiche vom alten Demnig. Als Hinweis auf das, was er vorhat? Warum wartet er so lange, um sich zu rächen? Warum wartet er den Tod vom Demnig ab?«

»Ich weiß es nicht. Aber ich weiß, dass er es heute Nacht durchziehen wird, wenn wir ihn nicht vorher finden.« Resigniert sah Binder auf seine Armbanduhr. »Wir brauchen Leute beim Scharfrichterhaus. Er will Gericht halten. Er hat das Tagebuch des Henkers gelesen. Er hat sich streng daran gehalten. Ich habe den Eintrag gefunden, der ihn am meisten inspiriert hat. Vor allem wegen des Datums.«

»Und wenn du dich irrst?« Auf Ellenhubers Stirn zeigten sich zwei tiefe Falten.

Binder zuckte mit den Schultern. »Dann werden wir den jungen Demnig wohl nicht retten können.«

Eine halbe Stunde später wurde das verfallene Gebäude in der Neukommgasse 26 von 20 Polizisten, die sich in der

Nähe so unauffällig wie möglich positioniert hatten, von allen Seiten beobachtet. Unauffällig war allerdings angesichts der exponierten Lage des Hauses schwierig. Ellenhuber joggte ein paar Runden, während Binder es vorzog, in der warmen Gaststube der »Hölle« einen heißen Tee zu trinken und noch einmal die Puzzleteile zusammenzufügen. Vor allem versuchte er, die Exfrau von Wimmer zu erreichen, was ihm bisher trotz mehrerer Versuche nicht gelungen war. Dabei hatte ihm Ellenhuber sicher die richtige Nummer gegeben. Und auch eine Adresse. Schallmooser Hauptstraße. Binder hatte selbst einmal in der Nähe gewohnt und kannte die Gegend genau. Direkt neben der Kreuzigungsgruppe. Jesus und die zwei Schächer. Eine Arbeit aus dem 16. und 17. Jahrhundert, wie er sich erinnerte. Ende des 16. Jahrhunderts war die alte Richtstätte von Erzbischof Wolf Dietrich von Raitenau aufgegeben worden. Binder griff sich an den Kopf und rief sofort Ellenhuber an. »Hör zu, ich weiß, wo er es machen wird. Komm sofort her!«

Sie rasten quer durch die Stadt, fuhren durch die Linzergasse, die normalerweise für Autos gesperrt ist, und erreichten kurz darauf die Adresse neben den drei Kreuzen, an der die geschiedene Frau von Wimmer wohnte. Binder überlegte nicht lange und läutete bei allen Parteien außer bei Wimmer an. Wenig später ging die Eingangstür mit einem Summen auf. Sie stiegen langsam die Treppen hinauf in den zweiten Stock, eine Tür öffnete sich im ersten, Binder entschuldigte sich für das Anläuten und ging weiter. Vor der Wohnungstür von Wimmer warteten sie. Ellenhuber wollte gerade etwas vorschlagen, als Binder anklopfte. Zu seiner Überraschung wurde ihm wenig später von einer adretten Frau um die 40 geöffnet.

»Wir haben auf Sie gewartet, Herr Binder. Herr Ellenhuber, ich erinnere mich noch gut an Sie. Sie waren sehr eloquent vor Gericht. Die Wahrheit haben Sie allerdings nicht erkannt. Kommen Sie doch bitte.«

Sie betraten einen Flur und wurden in ein Wohnzimmer geführt, das geschmackvoll eingerichtet war. Für Binder waren die Möbel zu dunkel und zu schwer. Aber sie passten in die Szene, die sich ihnen bot. Der junge Demnig saß angebunden auf einem Stuhl, ohne sich zu wehren. Er wirkte apathisch, wahrscheinlich aufgrund von Drogen, wie Binder vermutete.

Hinter ihm stand Herr Wimmer mit einem geschärften Richtschwert, jederzeit bereit, den entscheidenden Hieb zu setzen. Binder hinderte Ellenhuber daran, seine Waffe zu ziehen.

»Er hat alles gestanden«, begann Wimmer. »Jedes Detail. Ich musste ihn nicht dazu zwingen. Ich glaube, er wird es auch für Sie beide wiederholen, nicht wahr?«

Der angesprochene Demnig nickte leicht. Er war benebelt, aber offensichtlich in der Lage zu sprechen. Binder hielt Ellenhuber zurück, der etwas sagen und sich nach vorne drängeln wollte.

»Er hat uns angezeigt«, lallte Demnig. »Er hat gesehen, wie wir das Zeug an die Schüler vertickt haben, vor allem an die Mädchen. Die waren ganz wild darauf. Bessere Konzentration, schnellerer Lernerfolg. Die Pillen wirken. Wir haben gut daran verdient. Er wollte zur Polizei gehen. Wir wollten ihn doch nur davon abhalten. Niemand konnte ahnen, dass Mischa so zuhauen würde. Martin hätte nicht sterben sollen, nicht sterben.«

Er richtete seinen Körper auf, wurde während des Sprechens wacher, reger. Die Droge schien langsam ihre Wirkung zu verlieren. Wimmer legte ihm die Hand auf die Schulter.

»Du gibst vor Zeugen zu, dass du Mischa angestiftet hast, in unser Haus einzubrechen. Es sollte wie ein zufälliger Einbruch aussehen. Du gibst zu, dass Mischa den Auftrag erhalten hat, zu schlagen und Knochen zu brechen.«

Demnig nickte leicht, für Binder dennoch deutlich sichtbar.

Wimmer blickte Binder an. »Ich weiß, das Geständnis wird vor Gericht nicht viel zählen, doch mir gibt es Gewissheit. Sie haben ein wenig gebraucht, die Zusammenhänge zu sehen. Aber jetzt sind Sie ja da. Ich nehme an, Sie haben das ›Scharfrichter Tagebuch‹ gelesen. Ich habe Peter Putzers Ausgabe zufällig auf einem Flohmarkt gefunden. Vor ein paar Wochen. Und dann stirbt der alte Demnig. Mein Gott, was für eine Genugtuung. Der Alte hat seine Hand über sein Früchtchen von Buben gehalten, hat in der Schule dafür gesorgt, dass alle Indizien gegen ihn unter den Teppich gekehrt wurden. Der Mischa, ein Kind aus armen Verhältnissen, war der Dealer, der Junkie, und er, dieser Holzkopf da, unschuldig, ein wenig alternativ, manchmal aggressiv, aber das gehört doch dazu, nicht?« Er schlug dem jungen Demnig auf den Kopf.

Binder hob eine Hand. »Es reicht jetzt«, sagte er ruhig. »Ich verspreche Ihnen, dass er diesmal nicht davonkommt. Wir nehmen ihn mit, und Sie legen das Schwert weg.«

Wimmer blickte kurz zu seiner Exfrau. Sie nickte. Dann begann sie zu reden. »Ich sehe Ihnen an, Herr Binder, dass Sie das alles hier nicht verstehen. Sie haben Ihre Frau verloren. Mein Beileid zu diesem Verlust. Sie trauern und besuchen sie mehrmals in der Woche auf dem Friedhof. Wir haben auch getrauert. Und gestritten und uns getrennt, weil wir es nicht mehr ausgehalten haben. Zu viel Schmerz, zu viel Wut. Jeder von uns hat sich in sein eigenes Schneckenhaus zurückgezogen. Glauben Sie mir, ich bin fast verrückt geworden vor Schmerz. Aber ich habe mich zusammengerissen, habe sogar wieder angefangen zu arbeiten. In einer Bäckerei in Bayern drüben. Halbtags. Und plötzlich habe ich ihn dort gesehen. Mit seiner Tussi ist er hereinspaziert, hat herumkommandiert und geprotzt. Er hat mich nicht erkannt, ich ihn allerdings sofort. Ich habe alles hingeschmissen und bin gelaufen.«

»Dann hat sie mich angerufen«, assistierte Wimmer, weil seine Frau mit den Tränen rang. »Wir haben wieder zueinander gefunden. Und wir haben eine Wette abgeschlossen. Ich war davon überzeugt, dass Sie die Botschaft verstehen würden, Herr Binder. Ich habe Sie am Friedhof gesehen, als Sie mit Ihrer Frau über die weinenden Frauen der achten Kreuzwegstation sprachen. Sie konnten natürlich nicht wissen, dass das ein Hinweis auf meine Frau war.«

Sie wischte sich eine Träne aus dem Auge. »Ich habe wochenlang geweint. Es war sprichwörtlich die Hölle, durch die wir gegangen sind. Diesen Hinweis hätten sie leicht erraten können. Ich war übrigens nicht so überzeugt, dass sie rechtzeitig vor der Hinrichtung kommen, und habe dagegen gewettet. Wäre es so gekommen, hätte mein Mann es zu Ende gebracht. Ich habe mich geirrt. Darum liegt es jetzt an mir, den letzten Schritt zu tun.«

Die letzten Worte klangen schrill in Binders Ohren, so schrill, dass sie seinen eigenen Schrei übertönten. »Nicht«, schrie er, aber da waren bereits drei Schüsse gefallen. Blitzschnell hatte sie den Revolver aus ihrer Handtasche geholt, schnell und präzise geschossen, zuerst auf Demnig, dann auf ihren Mann und zuletzt in ihren eigenen Kopf. Dies alles geschah, noch bevor Ellenhuber seine Waffe heben konnte, noch bevor das »Nicht« Binders verklang.

Als Binder alle Formalitäten erledigt, die Berichte abgeliefert und seinen Schreibtisch geräumt hatte, fühlte er sich müde. Es war gut, dass Ellenhuber übernahm. Er war wirklich reif für die Pension. Noch einmal dachte er an den gestrigen Abend zurück. Er sah die Frau vor sich, ihren Blick, bevor der erste Schuss fiel. Darin waren weder Hass noch Wut gelegen, vielmehr eine Sehnsucht, ein Wunsch nach Erlösung, nach Freiheit.

Binder ließ die kurze Abschiedsfeier über sich ergehen und verstaute danach seine Habseligkeiten im Auto, bis auf eine Flasche Sekt und ein paar Gläser. Dann stellte er seinen Mantelkragen auf und stapfte durch den frisch gefallenen Schnee auf den Weg zum Friedhof, um mit Trude auf den Beginn seiner Pension anzustoßen.

DER AUSLÖSCHER

VON ROBERT PREIS

Ich habe mir Notizen gemacht, Einzelgespräche geführt und immer wieder all die Zeitungsberichte jener Tage gelesen. Und ich habe durch meine lederne Maske hindurch versucht, in die Rolle jenes Mannes zu schlüpfen, der so sehr in sein eigenes Tun verstrickt war, dass er sich in seiner eigenen Geschichte verirrte. Aus seinen Augen schildere ich nun jene folgenschweren Ereignisse, die sich genau so zugetragen haben. Ich weiß das. Denn ich war dabei.
  Der Nackerte

Grätz im Jahre 1853

*

1

Sie werden mir die Geschichte nicht glauben, ich erzähle sie trotzdem. Vielleicht rettet mich das. Vielleicht rettet Sie das.

Das Läuten des Glöckchens riss mich aus dem Schlaf.

Es war ein friedliches Bimmeln. Geradezu schüchtern und verhalten klingelte es über dem Fenster, und doch dröhnte es so plötzlich in meinen Ohren, als stünde ich unter einer der großen Domglocken.

Soeben hatte ich noch in einem tiefen traumlosen Schlaf geschlummert und plötzlich stand ich schon neben dem Bett. Das Herz hämmerte mir in den Ohren und die Haut an meinen Händen spannte sich.

Das Glöckchen – es durfte unter gar keinen Umständen bimmeln. Und tat es doch.

Ich konnte nichts dagegen tun, dass ich plötzlich einen immerfort gleichen Ton von mir gab, ein erwartungsvolles Brummen, wie wenn du auf ein Hindernis zusteuerst oder von einem Felsen in die Mur springst.

Ich starrte das Glöckchen an, spürte einen Schweißtropfen an meiner Oberlippe und wartete darauf, dass es wieder läutete.

Aber natürlich würde es das nicht. Natürlich war es nur ein Traum. Es hatte noch nie geläutet, warum sollte es also ausgerechnet heute so weit sein? Ich atmete bewusst langsam aus, versuchte, mich zu beruhigen, und wischte mir den kalten Schweiß von der Stirn.

»Alles gut. Alles nur geträumt«, murmelte ich.

Da läutete es wieder. Schüchtern und kleinlaut. Aber es läutete.

Ich schrie auf, riss an der Tür, stürzte ins Freie, stolperte über die ersten marmornen Einfriedungen und landete schließlich der Länge nach im Erdhaufen über einem erst kürzlich verstorbenen Fleischermeister.

Ich rappele mich hoch, setzte einen Fuß vor den anderen, doch ich spürte schon, dass mich meine Beine im Stich ließen. Das war kein richtiges Laufen, das war mehr ein Wackeln und Stapfen. Ich hatte meine Gliedmaßen nicht mehr unter Kontrolle. Mein Kreuz bog sich durch, als drückte mir jemand sein Bajonett in die Wirbelsäule, und den Kopf riss ich so ruckartig hin und her, dass ich kaum etwas sehen konnte.

Zu meiner Verteidigung muss ich sagen, dass es Nacht war und nur wenige Kerzen am Friedhof zum Steinfeld brannten, und auch der Mond ließ sich kaum blicken, weil Nebelschwaden den Himmel trübten. Es war mit anderen Worten eine beinahe rabenschwarze Nacht, die sich über den finsteren Friedhof gelegt hatte.

Und dann hatte plötzlich dieses dämliche Glöckchen geläutet.

Ich bildete mir ein, es hier draußen immer noch zu hören. Riss an der schmiedeeisernen Friedhofstür, obwohl ich es hätte besser wissen müssen. Sie war abgeschlossen.

Mit zitternden Fingern nestelte ich im Dunkeln am Bund mit meinen Schlüsseln herum. Ich probierte einen nach dem anderen, und wie das immer so ist, wenn man es eilig hat, erst der letzte Schlüssel passte.

Ich drückte ihn so fest ins Schloss, dass ich schon befürchtete, ich hätte seinen Bart beschädigt, doch der Schlüssel ließ sich drehen, das Schloss schnappte auf und ich warf mich regelrecht auf die Straße dahinter.

Die Tür fiel hinter mir krachend ins Schloss und rastete ein. Ich rannte einfach drauflos, schlug instinktiv den Weg in die Stadt ein. Vielleicht war noch etwas los auf den Straßen, vielleicht taumelten Betrunkene von Gasthaus zu Gasthaus oder verliebte Pärchen, die sich küssten und lachten. Ganz egal, ich musste nur unbedingt unter Menschen.

Die Bilder in meinem Kopf mussten fort, denn ich sah noch ganz deutlich vor mir, wie sich mir jemand genähert hatte, als ich verzweifelt nach dem Schlüssel gesucht hatte. Wie sich die Gestalt auf mich zubewegt hatte, als ich durchs Tor geschlüpft war. Du meine Güte, ihre Finger waren bestimmt so lang wie Krallen, die durch die verschnörkelten Verstrebungen des Tors hindurchlangten und mich fassen wollten.

Erst als meine Lungen brannten, lehnte ich mich an die Fassade eines Hauses in der Murvorstadt und betrachtete meine zitternden Hände.

Mein Gott, dachte ich bei mir, die Toten wachen auf.

Und wie ich das dachte, fasste mich eine kalte Hand an der Schulter und ich fuhr so dermaßen erschrocken herum, dass ich die Lampe erwischte, die der Fremde gehalten hatte. Sie flog in hohem Bogen auf die Straße, Glas zersplitterte, das Licht erlosch.

»Was zum Teufel!« Ich stieß den Mann zur Seite, wollte weiter, als er mir plötzlich ein Bein stellte.

Ich stürzte, wollte mich aufrichten, doch schon rammte er mir einen Stiefel in den Bauch. »Schön liegen bleiben, Bürscherl«, zischte er. »Wehr dich und ich prügel dich windelweich.«

Mit diesen Worten zog er einen Schlagstock aus seinem Ledergürtel.

In meiner Panik hatte ich mich tatsächlich mit einem Nachtwächter angelegt, wo doch jeder wusste, dass die kein Pardon kannten. Vor allem nicht, wenn man ihnen die Laterne aus der Hand schlug.

»Meine Herren, was ist denn geschehen?«, war plötzlich eine dröhnende Stimme zu hören. Es war das erste Mal, dass ich Leopold von Sacher-Masoch traf. Natürlich wusste ich zu diesem Zeitpunkt noch nicht, wer er war, ich wollte es Ihnen nur gleich erzählen. Und glauben Sie mir, hätte ich gewusst, was danach passieren würde, hätte ich mich von dem Nachtwächter abführen lassen. Ich hätte mich in eine Zelle werfen oder meinetwegen auch in ein Arbeitslager stecken lassen.

Stattdessen wurde ich kurz darauf einem Geist vorgestellt.

Genau genommen einem Geist und einem nackten Mann, der nur mit einer übers Gesicht gezogenen Ledermütze auf allen vieren kroch, – und Kaiser Friedrich III. Ja, dem echten Kaiser, dem von damals.

Ich sagte doch, Sie werden mir nicht glauben.

2

Leopold von Sacher-Masoch war ein fescher Kerl, ein stets aufrecht gehender Mann mit kantigem, glatt rasiertem Gesicht und ordentlicher Kleidung. Dazu kam sein leicht lächelnder Mund, ein interessierter Blick, der einem immer das Gefühl gab, dass er einem aufrichtig zuhörte. Er strahlte eine Art omnipräsente Aufmerksamkeit aus. Sacher-Masoch entging nichts, keine Dame, die er nicht grüßte, keine alte Funzel, der er nicht die Hand reichte, um ihr über eine Treppe zu helfen.

Trotz seiner galanten Art ließ er aber keinen Zweifel daran, welchen Rang er bekleidete, denn sobald wir seine Wohnung betraten (große Fenster, die auf den Hauptwachplatz zeigten), nahm er Hut und Spazierstock und hielt beides von sich, ohne auch nur den Versuch zu machen, die Utensilien irgendwo abzulegen. Das war Sache seines Hausdieners, der tatsächlich wie aus dem Nichts auftauchte.

Ich hatte es zuvor in der Dunkelheit nicht richtig gesehen, aber ich denke, Sacher-Masoch hat dem Nachtwächter Geld gegeben. Muss so gewesen sein, so schnell wie der Grobian von mir abgelassen hatte. Danach hatte mich der feine Herr am Oberarm gepackt, mich durch die Vorstadt geschoben und schließlich hier hinein in seine Wohnung. Ich erfuhr, dass er ein Adeliger war, in Grätz studierte und eine schriftstellerische Laufbahn anstrebte. Sie werden ihn besser kennen als ich, denn mir sagen solche Leute nichts. Aber woher kannte der Mann mich?

Ich kann weder lesen noch schreiben und ich hab schon gar kein Verständnis dafür, wie die Leute mit so etwas ihren Unterhalt bestreiten können. Aber offenbar war es möglich. Alles war so schnell gegangen. Ich hatte weder Gelegenheit, mich zu bedanken, geschweige denn, mich zu wundern.

Der Diener verschwand, eine Tür in den Keller öffnete sich, Petroleumlampen gingen an, eine steile Stiege, ein beheizter Raum mit einer Kerze am Tisch und um den Tisch diese seltsamen Gäste.

Sacher-Masoch nahm den Nackten an der Kette, die um dessen Hals hing, und drückte ihn in einen Sessel an dem Tisch. Der Kaiser schob sein Kinn nach vorn und wollte wissen, was das soll. Wer ich sei. Den Nackten kannte er also offensichtlich schon, denn dessen Anwesenheit machte ihm nichts aus. Sacher-Masoch lächelte ein entrücktes Lächeln.

»Keine Sorge, Eure Majestät, keine Sorge.« Dann stellte er mich den beiden vor. »Der Nackte ist ein Experiment, und das ist seine ehrwürdige Durchlaucht, Kaiser Friedrich III.«

»Friedrich«, wiederholte ich ungläubig. »Aber der ...«

»Ja, er ist tot. Dazu später mehr. Jetzt bitte an die Arbeit ...«

Wir fassten uns an den Händen, links packte Sacher-Masoch mich mit festem Druck, rechts krallten sich die eisigkalten Finger seiner Majestät des Kaisers von Österreich in meine vorderen Fingerglieder. Ich warf ihm einen Seitenblick zu: Die Krone saß schief auf seinem Kopf, das Haar fiel struppig auf seine Schultern, und sein Gesicht war unrasiert, die Lippen spröde, die Augen blutunterlaufen. Er sah krank aus. Kein Wunder, wenn man bedachte, dass er seit fast 500 Jahren tot war.

Ich war in ein seltsames Theaterstück geraten. Plötzlich begann der Tisch zu zittern.

Mir wurde schlecht. Das war eine Séance. Ein verbotener Geistertanz. Und dann erschien die durchsichtige Version einer alten Frau.

Das Licht der Lampe flackerte, und ich betete darum, dass es nicht ausgehen möge.

3

»Gestatten«, sagte Sacher-Masoch, der, wie ich fand, nun selbst zum ersten Mal ein wenig atemlos wirkte, »das ist Maria Silbert. Sie wird uns helfen, mehr zu erfahren.«

Die Frau ging von einem zum anderen und starrte uns an. Die Naturvölker, auch die Windischen am Balkan und die im Osten des Reichs sowieso, glaubten an den bösen

Blick. Dass ich nun sofort daran dachte, musste einen Grund haben. Ich schaute weg, als sie sich näherte, doch sie herrschte mich an.

»Schau mich an«, knurrte sie. »Du bist von allen der Unwichtigste. Was machst du hier?«

Hilfesuchend schaute ich hinüber zu Sacher-Masoch, der hielt die Augen aber fest geschlossen und wand sich unter den Schweißperlen, die ihm über die Schläfen krochen wie durchsichtige Würmer.

Ich zuckte mit den Schultern und gab an, nur zufällig anwesend zu sein.

Frau Silbert fuhr herum. »Zufällig? Und der Nackerte? Der Kaiser? Auch Zufall? Sag, wer hat mich gerufen?«

»Ich war das.« Sacher-Masoch hatte endlich seine Stimme wiedergefunden. »Ich wollte etwas in Erfahrung bringen, Gnädigste.«

Jetzt wurde der Geist ungeduldig. Offenbar hatte er nicht vor, ewig zu bleiben, was mir den Druck von der Brust nahm.

»Hör er mir auf mit dem Gnädigste. Da komm ich mir gleich betrogen vor. Spuck aus, was du zu sagen hast«, forderte die Greisin forsch. Ihre Stimme klang, als hätte sie ihr Leben saufend und Pfeife rauchend verbracht. Also, ausschließlich saufend und Pfeife rauchend.

Nun rückte Sacher-Masoch mit seinem Anliegen heraus. Offenbar war er tatsächlich der Initiator dieser Séance. Sein Freund Emerich von Stadion sei kurz zuvor aus dem Raum gerannt, Sacher-Masoch hatte aber eine vierte Person benötigt und mich in den Fängen des Nachtwächters angetroffen.

Der Geist hatte also recht – so viel zu meiner Zufallsrolle. Der Grund für diese Séance sei eine historische Spurensuche gewesen, schilderte Sacher-Masoch. Er wollte mehr über die Grätzer Burg in Erfahrung bringen. Geschichte habe ihn schon immer fasziniert, er habe vor, das in Grätz zu studieren. Bücher zu schreiben.

»Und der Nackerte?«

Auch darüber, übers Nacktsein und übers Unterwerfen, wolle er eines Tages schreiben. Aber das habe Zeit.

»Ist das der echte Friedrich?«, wollte Silbert wissen.

»Ja«, seufzte Sacher-Masoch. »Jedenfalls ein Teil seines Bewusstseins. Er ist seit einigen Wochen bei mir im Keller. Ich habe ihn bei einer Séance hierhergeholt, und er berichtet mir Details aus der Friedrichsburg. Ich schreibe eine Arbeit darüber.«

»Soso«, gab Silbert von sich. »Und behältst du mich auch ein paar Wochen hier?«

»Nein. Ich will nur etwas aus der Zukunft erfahren. Was habt ihr mit der Friedrichsburg gemacht? Gibt es historische Arbeiten darüber? Kannst du mir diese besorgen?«

Sacher-Masochs Gesichtszüge nahmen mit einem Mal einen euphorischen Ausdruck an. Einen Moment lang schien sogar der mürrische Geist der Greisin perplex zu sein. Dann hauchte sie: »Wegen so was hast du mich gerufen? Welches Jahr habt ihr?«

»1853«, sagte ich, und Sacher-Masoch blitzte mich zornig an. Ich hatte wohl nicht das Recht, mich einzumischen.

»53?«, schrie der Geist und der Tisch zitterte.

»18?«, brüllte Friedrich auf.

»Jetzt beruhigen wir uns alle wieder«, versuchte Sacher-Masoch zu beschwichtigen. »Kommt schon. Das ist eine Séance. Ihr seid hier, weil ich euch gerufen habe. Ihr könnt jederzeit gehen.«

»Du kleiner unwürdiger Kerl. Und warum bin ich dann

seit Tagen in diesem Keller? Das ist Hexenwerk.« Friedrichs weißes Haar flog ihm ins Gesicht, sosehr fuhr sein Kopf hin und her (und er hatte solchen Mundgeruch, dass faule Eier noch eine viel zu harmlose Assoziation waren).

Der Geist der Greisin bekam rote Flecken im Gesicht. »Ich bin Maria Silbert und ich komme erst 1866 auf die Welt. Ich bin berühmt für Telekinese, über mich werden Bücher geschrieben werden.«

»Ich weiß, deshalb habe ich dich ausgewählt«, sagte Sacher-Masoch, der mit zunehmender Aufregung seiner Geister seltsamerweise selbst immer ruhiger zu werden schien. »Ihr seid alle hier, weil ihr seid, wer ihr seid. Ich will diese verdammte Arbeit schreiben. Dafür muss ich alles über die Grätzer Burg wissen. Also erzählt es mir. Jetzt.«

In diesem Moment flackerte das Licht der Petroleumlampe. Ich starrte es an. Wünschte mir plötzlich so sehr, dass es ausging. Und konnte mein Glück kaum fassen, als es tatsächlich passierte.

Ein Tumult brach aus. Und ich stellte mir vor, wie verdutzt sie sein mussten, als das Licht wieder anging und sie bemerkten, dass ich nicht mehr da war.

4

Ich rannte die Stiege hinauf, trat mit den Füßen in undurchdringliche Schwärze und schaffte es dennoch, jede Stufe zu treffen. Oben riss ich die Tür auf, stand dem Diener gegenüber, der mich jetzt mit einem eisigen Lächeln begrüßte. Er zog einen Säbel. Einen Jatagan, einen Krummsäbel nach

Art der Janitscharen. Was für seltsame Assoziationen ich doch hatte. Die Janitscharen waren vor kaum 30 Jahren aufgelöst worden, ihr Lager war attackiert worden, die letzten Überlebenden hingerichtet oder verbannt.

Einen Augenblick später war ich bei der Tür draußen, und der Diener lag benommen auf dem Flur, getroffen von meinem Faustschlag, der seine Zähne hatte knirschen lassen. Sein geschwungener Oberlippenbart war blutverschmiert.

Draußen angekommen, hatte ich das Gefühl, das ganze Haus bebte. Ich wusste instinktiv, dass mir nicht viel Zeit blieb. Ich musste weg. Weit weg.

Ich rannte also die Gasse der Sporer hinauf, wandte mich in der Hofgasse nach rechts und eilte auf die Ägydiuskirche, den Dom, die ehemalige Hofkirche Friedrichs III., zu. Keine Ahnung warum, aber ich dachte wohl, dass mich ein Haus Gottes vor dem Fluch dieser Nacht retten würde.

Aber Gott schlief in jener Nacht tief und fest.

Sie hatten erst vor wenigen Jahren den Verbindungsgang der Jesuiten entfernt und aus der Böschung eine breite Stiege gemacht, die hoch zum Gottesgnadenbild führte. Doch ich lief daran vorüber und schlug auch vor der Verbindungsbrücke von der Friedrichsburg zum Dom einen scharfen Haken und glitt durch eine Seitentür ins Hauptschiff der Domkirche.

Von oben starrte mich wieder Friedrich an, der sich vor 500 Jahren als heiliger Christophorus hatte malen lassen. Es hieß, wer dieses Fresko betrachtete, der könnte an diesem Tag nicht sterben. Gut zu wissen, schoss es mir durch den Kopf, und offenbar beflügelte mich diese Aussicht so sehr, dass ich durchs Längsschiff auf den Altar zulief, an der linken Wand plötzlich auf die elfenbeinerne Brauttruhe Paola Gonzagas kletterte – eine Kostbarkeit, auf die der Pfarrer hier immer besonders stolz war, und ja, sogar meinesgleichen ging ab und zu in die Kirche. Ich kletterte zielstrebig und irrwitzig über diese Wand, erklomm in einem halsbrecherischen Manöver tatsächlich die Hofloge. Ich weiß, wenn man sich das später ansehen würde, würde mir keiner glauben. Aber es war so.

Oben angekommen war ich immer noch außer mir vor Angst, sodass ich mir keine Zeit zum Ausrasten gab.

Ich eilte weiter, lief den Gang Friedrichs entlang hinüber zu seiner Burg. Fast hatte ich es geschafft. Dann stand plötzlich der Kaiser vor mir und schaute mich wütend an.

Friedrichs Krone war verrutscht und seine Unterlippe zitterte vor Zorn. »Kerl«, brüllte er. »Ich lasse dich vierteilen, wenn du nicht augenblicklich stehen bleibst. Dieser Teil ist nur mir vorbehalten.«

Vierteilen, du meine Güte, wann wachte ich endlich auf?

Als ich mich umdrehte, tauchte der nackte Kerl an der Seite von Sacher-Masoch auf. Dessen Peitsche erwischte mich so unvermittelt, dass ich der Länge nach hinfiel.

»So dankst du es mir also, dass ich dich vor dem Nachtwächter gerettet habe?«

»Aber was ist das hier? Das ist ein Alptraum.«

»Das ist Recherche. Geschichte. Zeitreisen. Nenn es, wie du willst, es übersteigt deinen Horizont ohnedies. Aber für mich ist es vor allem Arbeit, verstehst du das? Ich brauche dich, denn nur zu viert funktioniert die Séance. Also komm zurück, du törichter Kerl. Du zerstörst noch alles.«

In diesem Moment lächelte ich, ohne es zu wollen. Ich erinnerte mich an etwas.

Sacher-Masoch schaute mich entgeistert an.

Dann sagte ich: »Du hast es erfasst.«

Beinahe im selben Moment geschahen mehrere Dinge gleichzeitig: Der Kaiser drehte sich plötzlich im Kreis. Er hatte zu weinen begonnen und erinnerte jetzt ein wenig an einen verwirrten Tattergreis, der nur glaubt, ein Kaiser zu sein. Sein stoppelbärtiges Kinn schob sich missmutig vor und er rief: »Alles meins. Alles meins.« Er lachte. »Und ich überlebe euch alle. Corvinus, du Hund. Baumkircher, du Verräter. Eckenperg, du Wicht. Ich überlebe sogar dich – Sacher-Wieauchimmer.«

Sacher-Masoch verdrehte die Augen. »Bitte, Eure Majestät. Reißt Euch zusammen. Kommt wieder mit und erzählt mir mehr von Euch. Und wir können uns auch mit der Silbert unterhalten. Die weiß was von der Zukunft.«

»Und ob ich etwas weiß«, knurrte der Geist, der nun ebenfalls daher schwebte. »Ich weiß zum Beispiel, dass du die Bücher selbst lesen und keine Spielchen mit uns treiben solltest. Ich weiß zum Beispiel auch, dass diese Burg, dieser Gang und vieles mehr schon bald Geschichte sein wird. Fort. Weggesprengt.«

Unvermittelt sah mich Silbert traurig an. »Und du bist daran schuld, Totenwächter. Oder sollte ich besser sagen, Auslöscher?«

Irgendwie war das unheimlich tröstlich. Zum ersten Mal erschien mir diese gruselige Frau sympathisch. Dann verblasste sie. Und alles ging in Rauch auf. Es gab einen Knall. Die Mauern stürzten ein. Und ich fiel. Und fiel.

5

Leopold von Sacher-Masoch konnte es nicht glauben. »Warum hast du das gemacht? Warum hast du den Trakt des Kaisers gesprengt? Das war Friedrichs Reichszentrum. Hast du das gewusst? In welcher Zeit leben wir?«

Die Arbeiter rundherum schauten ihn fragend an. Sie wussten augenscheinlich nichts von diesem Gebäude. Dass hier einst jener Habsburger residiert hatte, der den Beginn der enormen Macht Österreichs markierte. Der Vater von Maximilian I., dem letzten Ritter. Sie wussten auch nichts davon, dass hier ein Kaiser gelebt hatte, der noch in Rom gekrönt worden war, der erste, der gegen die Türken im eigenen Land gekämpft hatte, der AEIOU-Herrscher, der alle öffentlichen Gebäude mit dieser Vokalabfolge hatte kennzeichnen lassen. »Alles Erdreich ist Österreich Untertan«, soll es geheißen haben, wenngleich die Wiener behaupteten, es bedeute: »Aller erst ist Österreich verloren.« Einerlei, Friedrich war der Mann, der all seine Feinde überlebte, seinen Bruder Albrecht, den Ungarnkönig Corvinus, den Söldnerführer Baumkircher, Ulrich von Cilli, Mehmed II. – die Liste ist schier endlos. Und: Friedrich III., Sammler von wissenschaftlichen Errungenschaften, stets bankrotter Menschenfürst, der zeitlebens kaum Glück erfuhr. Ich könnte ewig weitermachen. Stattdessen brüllte Sacher-Masoch die Arbeiter an.

»Hier lebte er, ihr Banausen! Hier«, brüllte Sacher-Masoch. »Und jetzt, was bleibt jetzt? Nichts. Nur Leere.«

»Aber mein Herr, da liegt ein Mensch. Wollen Sie nicht mit anpacken?«

Sie meinten mich mit dem Menschen, was ich fast komisch fand. Sacher-Masoch faselte irgendetwas vom

Kaiser und schaute mir beim Sterben zu, während Wildfremde mich zu befreien versuchten.

Gut, fremd war mir Sacher-Masoch auch. Fast fremd. Obwohl ich ihn schon seit einer halben Ewigkeit bekämpfte.

Da lag ich also in der Stadtkrone, wie die Grätzer den Bereich zwischen Dom und Burg nannten, das Zentrum ihrer historischen Stadt. Begraben unter einem Stein, der mir das Leben raubte. Sacher-Masoch starrte mich nur an und herrschte die Leute rundherum an. Wer weiß, vielleicht wäre es mir besser ergangen, wenn er gleich mitangefasst hätte. Der Sturz von der Brücke und der Stein auf meiner Brust, du meine Güte, was für ein beschissener Tag.

Sie dokterten dann noch eine Zeitlang an mir herum. Soweit ich es mitbekam, war unter den Anwesenden auch ein Militärarzt, ein Feldscher, außerdem eilten ein paar Schnauzbartträger aus dem Krankenhaus vom Paulustor herbei und nahmen mich mit. Aber nach und nach nahm ich wahr, dass sie die Köpfe schüttelten. Und da verließ mich selbst der Mut. Sie gaben mich auf. Was für ein dummer Tod. Gefangen in einem Alptraum, vom Kaiser und einer Wahrsagerin in die Zange genommen. Ich hatte das dumme Ding sprengen müssen.

Ich erinnere mich daran, dass der feine Herr Sacher-Masoch in einem stillen Moment an mein Bett gekommen ist und gebetet hat. Dann hat er gesagt, dass es ihm leidtue. Dass die Dinge aus den Fugen geraten sind.

Ich wollte ihm sagen, dass er allen Grund dazu hatte, sich zu schämen. Dieser Idiot. Dieser verfluchte Idiot. Hatte er wirklich geglaubt, er könnte die Geschichte ändern, indem er die Leute in seiner Séance nach Belieben austauschte? Wir sind Auslöscher. Wir kommen immer wieder. Denn die Dinge sind so, wie sie sind. Und nur weil ein dahergelaufener Freigeist meint, er könne Geister rufen, lässt sich der Lauf der Zeit nicht ändern.

Dass nächste Mal wird er mich nicht vor dem Nachtwächter retten. Auch gut. Es ist aber ein Irrtum zu glauben, dass es mir dann nicht gelingen wird, diese verdammte Burg zu sprengen. Ich bin ein Auslöscher. Und was ausgelöscht wird, bestimmen immer noch wir.

Irgendwann erklärten sie mich also für tot und banden mir ein Glöckchen an den Daumen. Schlichen aus dem Raum und ließen mich allein zurück. Ganz allein. Mit einem Glöckchen am Daumen.

Ich öffnete die Augen. Und hörte, wie draußen jemand die Tür aufriss und wimmernd vor Angst davonrannte. Über Gräber stolperte und versuchte, das Tor zum Friedhof zu öffnen.

*

Historische Personen:
Maria Silbert (1866–1936) war eine berühmte Wahrsagerin in Graz. Sie wurde angeblich für militärische Aufklärungszwecke im Ersten Weltkrieg eingesetzt und hatte viele honorige Anhänger. Nach ihrem Tod stellte man fest, dass sie eine Betrügerin gewesen war, die ihre spiritistischen Sitzungen manipuliert hatte.

Leopold von Sacher-Masoch (1836–1895) war ein adeliger Philosoph und Literat, der seine Studienzeit in Graz verbrachte. Zu seinen belletristischen Arbeiten zählte etwa »Venus im Pelz«. Nach ihm wurde der »Masochismus« benannt.

Friedrich III. (1415–1493) wurde 1452 in Rom zum Kaiser gekrönt und verbrachte den größten Teil seiner Regierungszeit in Graz. In seine Ära fällt der Ausbau der Grazer Burg und der Ägydiuskirche zur Hofkirche, dem heutigen Grazer Dom.

SPUREN IM EIS

VON LUTZ KREUTZER

Am westlichsten Ende Kärntens, an der Grenze zum Friaul, befindet sich einer der außergewöhnlichsten Gebirgszüge im Alpenraum. Es sind die Karnischen Alpen, deren höchste Gipfel doppelt so alt sind wie die eigentlichen Alpen selbst. Dieses Phänomen und dessen ausgefallene Ausprägung ist unter Geologen so berühmt, dass sie aus aller Welt hierherkommen. In den 80er-Jahren drang ich in Steilwände dieses Gebirges vor, in denen noch nie zuvor ein Geologe gewesen war, um dieses ungeklärte Rätsel der Erdgeschichte zu lösen. Während dieser Zeit sind mir erstaunliche, geheimnisvolle und unvorstellbare Dinge begegnet, die mir auch heute noch einen Schauer über den Rücken jagen.

*

»Der Bauer dort macht den besten Speck, der da hinten brennt den besten Schnaps, und in dem Gasthaus da vorn gibt's die größten Schnitzel.« Ich war 24, Student und hatte kein Geld. Aber immer Hunger. Und jetzt hatte mein Professor mir den Mund wässerig gemacht, bevor ich überhaupt etwas Essbares zu Gesicht bekommen hatte.

Das Studium der Geologie hatte ich fast abgeschlossen. Doch erst sollte ich in diesem Gebirge arbeiten, im Sommer 1984. An der südlichen Grenze Österreichs, in den Nordwänden der höchsten Berge der Karnischen Alpen, die mit 1.300 Metern steil ins Kärntner Valentintal hin abfielen.

Ein Jahr zuvor hatte ich während einer Exkursion erfahren, dass es dort noch so etwas wie einen weißen Fleck auf der geologischen Karte zu füllen gab. »Wir brauchen einen Kletterer«, hatte mir damals der zuständige Mann von der Geologischen Bundesanstalt in Wien erzählt, den ich in der Alpenvereinshütte am Wolayer See kennengelernt hatte. »Einen Bergsteiger, der Geologenhammer und Kompass zu gebrauchen weiß und angesichts einer steilen Wand nicht gleich die Hosen voll hat.«

»Ihr seid Österreicher«, bemerkte ich verwundert, »da wird es doch so einen geben.«

Er verneinte. »Fit am Berg schon, aber klettern und Wände durchsteigen – nein, so ein Geologe fällt mir in Österreich nicht ein«, antwortete er zu meinem Erstaunen und bestellte für meinen Geologieprofessor, der ein Studienfreund von ihm war, für sich und für mich noch eine Runde Obstler. »Da unten, im Valentintal, wo wir heute vorbeigewandert sind, da hast du die große Falte in der Kellerwand bestaunt. Das ist aber nur ihr unterer Teil. Da drüber, vom Valentintal aus kannst du es nicht sehen, da geht es erst richtig los. Da klebt das Eiskar, Österreichs südlichster Gletscher, wie ein riesiger Felskessel inmitten dieser Wand und trennt die obere und untere Kellerwand in zwei fast senkrechte Teile.«

Der Abend war fortgeschritten, wir befanden uns inmitten einer der fantastischsten Gebirgslandschaften, die ich mir überhaupt vorstellen konnte.« »Ein letztes Bier?«, fragte der Hüttenwirt im flackenden Licht einer Gaslaterne. Wir nickten, und während sich die anderen Exkursionsteilnehmer allmählich ins Nachtlager der in die Jahre gekommenen Hütte begaben, hielten wir drei an der Idee fest, für mich die Arbeit als Geologiestudent in der Steilwand zu organisieren.

»Wir sind hier im Paläozoikum«, sagte der Mann aus Wien. »Das Besondere an diesen Bergen ist, dass sie bei Weitem älter sind als der Rest der Alpen.«

War mir bewusst, ich nickte.

»Du weißt, die Gesteine der Alpen sind nicht älter als 250 Millionen Jahre«, dozierte mein Professor, »die Entstehung der Berge in den Karnischen Alpen aber reicht mehr als 450 Millionen Jahre zurück.«

»Ja, das Paläozoikum, das Erdaltertum, eine ganz andere geologische Ära«, antwortete ich, um zu zeigen, dass ich, der deutsche Student, nicht ganz auf der Nudelsupp'n dahergeschwommen kam.

»Und nirgendwo auf der Welt ist das in dieser außergewöhnlichen Ausprägung so gut sichtbar. Doch die Details, die verstanden werden müssen, die liegen da oben in den Wänden. Und da drin war noch nie ein Geologe.«

»Ich hab dich ein paarmal beim Klettern beobachtet«, merkte mein Professor kritisch an. »Ich selbst war früher Bergsteiger, vor meiner Bandscheibengeschichte. Und ich denke, dass du das Zeug dazu hast.«

Natürlich fühlte ich mich geschmeichelt, das muss ich schon zugeben, von zwei hochkarätigen Universitätsprofessoren dafür ausgewählt zu werden, die erste geologische Detailkarte eines nahezu jungfräulichen Gebiets wissenschaftlich zu erarbeiten. Seit Jahren war ich als Kletterer in den Dolomiten unterwegs gewesen, ich hatte also Erfahrung mit Steilwänden, und als ich nun mit dieser speziellen Aufgabe konfrontiert wurde, sagte ich sofort zu, ohne wirklich zu wissen, worauf ich mich da eingelassen hatte.

Der Sommer 1984 war also verplant. Über den Herbst und Winter hatte ich mich vorbereitet. Ich hatte mir ein fundiertes Wissen über die geologischen Zusammenhänge der Karnischen Alpen angeeignet. Meine Bergausrüstung stimmte, und mein Professor hatte in Kötschach-Mauthen entsprechende Kontakte geknüpft, um mir bei meiner Arbeit im August und September Unterstützung vor Ort zukommen zu lassen.

Nach der kurzen kulinarischen Einweisung im Tal trafen wir einen Mann, der sich dort oben bestens auskannte. »Die Eiskarhütte ist etwas sehr Spezielles. Wir haben sie in eigener Leistung hergerichtet.«

Hergerichtet, fragte ich mich. In Eigenregie? An seinem Tonfall erkannte ich, dass die Leute, die dort oben fast wie zu Hause waren, Wert darauf legten, dass es keine öffentliche Hütte war. Sie gehörte einem eingeschworenen Club, das jedenfalls schloss ich aus seinen Schilderungen. Ich wurde zuerst einmal als ein Eindringling betrachtet und bestenfalls geduldet. Das konnte ich verstehen. Ich musste also alles dafür tun, von diesen Männern und auch wenigen Frauen akzeptiert zu werden. Da schien mir bescheidene Zurückhaltung der beste Weg zu sein.

»Die Hütte liegt am Fuß der Gletscherzunge, die mehr als 400 Meter steil in die untere Wand abbricht. Erst mal musst du durch diese Wand aufsteigen. Neben der Hütte haben wir den Gletscher angezapft und eine Dusche an der Felswand angebracht. Einen Ofen von den Italienern aus dem Ersten Weltkrieg haben wir über den Gletscher geborgen, der steht jetzt in der Hütte.«

Erster Weltkrieg in den Bergen? Ich hatte was gehört vom Dolomitenkrieg. Aber in den Karnischen Alpen?

»Wie verläuft der Weg zu der Hütte?«, fragte ich.

»Es gibt keinen Weg von hier aus. Es ist ein alter Militärsteig. Im Ersten Weltkrieg sind die Soldaten da hinauf, um zur Hütte zu kommen. Damals hingen durch die gesamte Wand Strickleitern und fest verankerte Stahlseile. Gibt es inzwischen nicht mehr. Nur noch an wenigen Stellen hängt heute ein Seil, zum Beispiel im oberen Drittel am Überhang. Trittsicherheit und Schwindelfreiheit sind also gute Begleiter. Wir haben viele Seile nie erneuert. Wir wollen ja eigentlich gar nicht, dass Nichtkenner dort hinaufklettern.« Ich erfuhr weiterhin, dass vor Jahren ein Mann von der Bergrettung dort ums Leben gekommen war – uff, an meinem Geburtstag.

Ich ließ mir den Zustieg beschreiben, bedankte mich und versprach, nichts an Vorräten oder Brennmaterial in der Hütte zu verbrauchen, also alles, was ich benötigte, selbst hinaufzutragen.

»Ach, noch was. Das Häusl ist ein bissl speziell. Du gehst auf dem schmalen Pfad an den Felsen entlang, und in der nächsten Schlucht siehst du es schon aus der Wand hinausragen. Und Vorsicht, da schaust unter dir auf einmal ein paar hundert Meter ins Leere.«

Am späten Nachmittag riet mir der Chef des örtlichen Alpenvereins, einen Pickel mitzunehmen. Da ich meinen gerade erst meinem besten Kletterfreund geliehen hatte, lieh er mir seinen. »In diesem Jahr hat der Gletscher besonders viel Eis und Schnee, du wirst schon sehen.«

Am frühen Abend, gegen 18 Uhr, stieg ich in die Wand ein. Als geübter Kletterer dürfte es für mich kein Problem sein, eine 400 Meter hohe Wand, die dazu mit einigen Drahtseilen gesichert war, vor dem Dunkelwerden zu durchsteigen. Den Rucksack hatte ich vollgepackt mit Bergausrüstung, Ersatzkleidung und Essen für mehrere Tage. Ein paar Holzscheite hatte ich außerdem eingepackt. Am Wandfuß angekommen, staunte ich nicht schlecht. Es war eine Nordwand, dementsprechend feucht, erdig und glitschig waren die abschüssigen Kalkplatten, die nur schlechten Halt boten. Doch es war schwül, die Luft schien zwischen den Erlenbüschen festzuhängen, deren Wurzeln in den Ritzen des plattigen Kalksteins steckten.

Langsam stieg ich hinauf. Ich war jung und hatte eine Kondition wie ein Pferd, denn ich hatte das ganze Jahr über in den heimischen Klettergärten der Eifel trainiert und drei Wochen Dolomitenkletterei in der Pala hinter mir. Doch vor mir lag kein abgesicherter Klettergarten, hier waren Geschicklichkeit im alpinen Gelände und volle Aufmerksamkeit gefragt. Das erste Drahtseil bestand aus leichtem Aluminium. Es führte in einen senkrechten Riss. Das Seil fasste ich lieber nicht an, denn ich wusste nicht, wie es weiter oben befestigt war. 200 Meter höher angekommen, stand ich auf einem Felsköpfl, wo jemand aus einem Brett und ein paar Steinen auf engster Stelle eine Art Bank gebaut hatte. Und eine kurze Pause war auch angebracht. Denn weiter ging es durch einen steilen Kamin, der an einer Stelle durch einen überhängenden Plattenvorsprung verriegelt war. Mein schwerer Rucksack zog mich nach hinten, ich fluchte leise, brauchte unbedingt das Drahtseil und vertraute ihm. Klar, es hielt. Weiter oben führte der Steig durch eine enge Schlucht, immer Klettergelände, steil und abschüssig. Allmählich hätte die Hütte kommen müssen, ich war ein wenig verwirrt. Es begann zu regnen. Ich hätte nach rechts auf ein Felsband hinausqueren müssen. Aber das hatte ich wohl verpasst.

Die alten Militärhaken in der Wand links über mir zeigten schnurgerade nach oben. Also folgte ich ihnen. Es war kein Seil mehr vorhanden. Doch es wird schon gehen, dachte ich. Die Wand wurde kompakter, keine Plattenkalke mehr, sondern massiger, stahlharter und nahezu senkrechter Fels. Ich kletterte und kletterte einem Riss und den Haken folgend, doch irgendwann wurde mir klar, dass ich mich in schwierigeres Gelände verstiegen hatte. Also querte ich bei nächster Gelegenheit auf einem schmalen Band nach rechts um eine Kante herum und stand am Fuß einer Schotterrinne. Dann hörte ich Stimmen in der Dämmerung. Ich sah Rauch aus einem Ofenrohr quillen.

Die Hütte, die ich 15 Minuten später erreichte, war in eine Kaverne hineingebaut, lag also im Fels verborgen. Die Handvoll Bergsteiger, die mich empfing, hatte, wie ich erfuhr, auf mich gewartet. Ich wurde mit einem Obstler und einem Tee begrüßt. Die Neugier war groß auf den, der es hier oben sechs Wochen alleine aushalten wollte. Geschichten wurden ausgetauscht, der Kärntner Schmäh floss in breiten Strömen. Dann erzählte einer von ihnen vom Karawankenbär. Er berichtete glaubhaft, dass sich schon mehrmals ein Braunbär aus den Karawanken von Italien kommend ins Eiskar verlaufen und seine Spuren auf dem Gletscher hinterlassen hatte. Ich wollte es nicht glauben, dachte an einen Scherz und fragte bei demjenigen, den ich schon im Tal kennengelernt hatte, noch einmal nach. Er grinste zwar, aber er bestätigte die Geschichte vom Bären. Die Bergsteiger ließen mich an dem Abend noch alleine, denn sie traten mit Stirnlampen ausgerüstet den ungefährlicheren Weg über den Gletscher auf die italienische Seite ins Tal an.

Allein in der Hütte machte ich mir so meine Gedanken. Oh Gott, was wäre, wenn der Bär mir dort oben im Eiskar begegnen würde? Eigentlich darf man es keinem erzählen, aber an dem Abend nahm ich den Pickel mit ins Bett.

Die erste Nacht war unheimlich. Ich hörte kratzende Geräusche, schauerlich. Was konnte das sein? Ich kauerte mich auf dem Lager zusammen.

Am Morgen wurde ich von der Sonne geweckt, die durch das kleine Fenster der Hütte schien. Ich stellte fest, dass ich noch lebte, und tat den Bären als den ab, den sie mir hatten aufbinden wollen, was ihnen ja auch geglückt war. Ich musste selbst schmunzeln bei dem Gedanken an gestern.

Als ich vor die Hütte trat, war ich überwältigt. Gegenüber ragten die Gipfel von Gams- und Mooskofel aus einem Meer von Wolken heraus, das unter mir waberte und sich allmählich mit zunehmender Kraft der Sonne die Wände hochschob. Ich wartete, bis ich vom Nebel eingehüllt wurde, der schnell höher stieg. Ich beobachtete ein paar Mäuse, die alles fraßen, was spärlich zu Boden fiel oder in den Ritzen des Kalksteins wuchs. Sie waren es wohl, die diese kratzenden Geräusche verursacht hatten. Ich grinste über meine eigene Torheit.

400 Meter unter mir blickte ich auf das Dach der Oberen Valentinalm, die in jenem Sommer noch leer stand und in der ich in einem Raum der Bergrettung mein Gepäck und meinen Proviant lagerte. Erst jetzt fiel mir auf, wie abgeschottet meine Hütte lag. Eine Kaverne, die mit Holz ausgebaut war, Granathülsen groß wie Bierkrüge stan-

den hier und dort in der steilen Schuttreiße vor der Hütte, die bis zum Wandabbruch reichte, immer wieder steckte verrosteter Stacheldraht im Schotter. Alles aus dem Ersten Weltkrieg.

Über der Kaverne ragte blanker Fels in den Himmel und machte sie zu so etwas wie den Unterschlupf eines Eremiten, abgeschieden von der Welt.

Ich hatte ein kleines Transistorradio gekauft, das ich nun auf den groben Tisch vor der Hütte stellte. »Radio Holiday ... die Ferienwelle von Ö3« spielte täglich die Nummer-eins-Hits von Cyndi Lauper »Time after time« und »Fürstenfeld« von S.T.S., das von einem jungen Musiker handelte, der wieder heim wollte, weil er sich so alleine fühlte. Und ich dachte daran, dass es jetzt erst losging mit meinen geologischen Forschungen.

Heute wollte ich das Gelände über mir erkunden. Die Hütte lag auf etwa 2.000 Meter über Meereshöhe, also mussten es bis zu den Gipfeln der Kellerspitzen noch weit mehr als 700 Höhenmeter sein. Ich stieg auf der steilen Gletscherzunge hinauf, stoisch meinem Rhythmus beibehaltend. Schritt für Schritt fand ich Halt in der aufgefirnten Rinne. Die Sicht nach oben versperrte mir immer noch das steigende Wolkenmeer. Die Eisrinne wurde breiter. Moränenschutt und grobes Geröll erschwerten das Gehen. Schließlich wurde die Gletscherzunge flacher, der Nebel war verschwunden. Zum ersten Mal konnte ich sehen, was da über mir war. Ein Gletscherkessel, umrahmt von einem Amphitheater aus kolossalen Felswänden, die den Gletscher noch einmal grandios überragten. Der Anblick erschlug mich für einen Moment, und ich hatte das bange Gefühl, dass diese raue Welt mich zu warnen schien, hier allein zu arbeiten. Meine Ruhe begann zu schwinden. Ich suchte mir einen geeigneten Platz auf einem großen Felsblock inmitten des Gletschers und setze mich hin. Bis dahin hatte ich mich noch nie so alleine gefühlt. War es mir überhaupt möglich, mein Vorhaben zu schaffen? Ich fühlte die Last, die ich mir auf die Schultern geladen hatte. Andererseits hatte ich es mir selbst ausgesucht. Mit meinem Fernglas suchte ich die Wände über mir nach Linien für einen Aufstieg ab. Ich nahm Feldbuch und Bleistift in die Hände, um die Wandfluchten der Kellerspitzen zu zeichnen, ihre Struktur zu erfassen. Nach wenigen Minuten sah es in mir schon anders aus. Ich entdeckte mögliche Routen, die ich durchsteigen und in denen ich Gesteinsproben bergen könnte. Als Bergsteiger wusste ich, dass ein Rückzug besser war als ein zu hohes Risiko einzugehen, es wäre also keine Schande. Doch nach einer Weile fasste ich den Entschluss, es anzugehen, zumindest wollte ich es probieren. Aufgeben kam für mich nicht infrage.

Dann, gegen Mittag, passierte das, wovor mich die Leute von der Bergrettung gewarnt hatten. Von Süden her fielen in Windeseile dichte Wolken über den Gipfelkamm herab, bis zu mir hinab ins Eiskar. Erstes Grollen war zu hören. Ich probierte, auf meinen Bergschuhen über den Firn abzufahren, hinunter durch die Rinne. In nur 15 Minuten erreichte ich die Hütte. Die Landschaft wurde in schummriges Licht getaucht, es wurde dunkler, bald begann ein tosendes Gewitter. Der ganze Berg zitterte. Regen und Donner lösten enormen Steinschlag aus. Doch in meiner Kaverne war ich geschützt und sicher, während draußen Kälte und prasselnder Regen anhielten. Ich steckte in einem Höllengewitter und hatte keine Ahnung, wann es aufhören würde. Die Blitze, hell wie die

Sonne, die Donnerschläge, laut wie Kriegskanonen, ließen den Berg beben und mich zusammenzucken.

Bei Kerzenlicht versuchte ich, ein paar meiner Holzscheite anzuzünden, doch der Druck des Wetters ließ den Rauch nicht durch das lange Ofenrohr abziehen, sondern leitete ihn zurück in die Hütte. Es war eiskalt, ich hüllte mich in Decken. Wegen des hohen Gewichts meines Rucksacks hatte ich keine Bücher mitgenommen, ich konnte also nur lesen, was ich hier oben vorfand. Ein Buch über den Ersten Weltkrieg im Gebirge und mehrere alte Bergsteigermagazine. Ich ernährte mich von Tee, Knäckebrot, Marmelade und Fertiggerichten, die ich mir auf meinem kleinen Gaskocher zubereitete. Mein einziger Kumpel war eine Maus, die ich Karl taufte und die überraschend zutraulich wurde, wenn ich ihr ein paar Krümel hinschmiss. Irgendwann fing ich an, mit ihr zu reden.

Nach ein paar Tagen hatte sich mein Gefühl für die Zeit verändert, sie kam mir wie schwebend vor, ich achtete irgendwann nicht mehr auf die Uhr. In einer der folgenden Nächte regnete es erneut unaufhörlich. Steinschlag polterte die Wände hinab, rucksackgroße Brocken schlugen auf das kleine Plateau vor der Hütte ein. Irgendwann nickte ich ein und plötzlich stand ein Bär vor mir, langte mit seinen Tatzen nach mir und öffnete seinen riesigen Rachen. Markerschütternd brüllte er mich an, dann schreckte ich hoch. Es war nur Karl, der auf seinen Hinterbeinchen vor mir stand und piepste.

Das Wetter wurde besser, und ich schaffte es, eine erstaunlich große Zahl an Gesteinsproben zu sammeln. Darunter waren dunkle Kalksteine, die vor 420 Millionen Jahren in der Tiefsee entstanden waren, schwarz von verwestem Plankton, das auf einen Meeresboden gesunken war. Andere stammten aus einer Lagune mit jeder Menge sichtbaren Fossilien, außerdem hatte ich Gesteine aus kompakten Korallenriffen gefunden, die etwa 60 Millionen Jahre jünger waren. Irgendwann stieß ich an einer Stelle, an der ich so etwas niemals vermutet hätte – an einer großen Einbuchtung an einem so gut wie nie begangenen Übergang am Grat –, auf einen Stapel Granathülsen. Ich fragte mich, wie die hierhergekommen waren, ins absolut unwegsame Hochgebirge.

Auf meinem Weg über den Eiskargletscher zurück zur Hütte stellte ich mir für einen flüchtigen Augenblick vor, dass sich das Gletschereis vor mir, das wie ein weißer Teppich aus glitzerndem Schaum ein Meer zu bilden schien, und die Korallenriffe der Gipfel über mir zu einer ruhigen See aus einem längst vergangenen Märchenreich vereinten. Ein riesiger Kessel aus Gestein und Eis, in dem ich ganz alleine unterwegs war wie ein Apnoetaucher, der in unerforschte und unbekannte Gewässer vordrang. Ich war tief beeindruckt und verspürte eine Art von Glück, das vielleicht nur ein Bergsteiger zu empfinden vermochte.

Als ich am Rand des Eiskarkopfes am Gletscher entlangging, hörte ich unter mir Wasser fließen. An einer Stelle war ein kleiner Schuttkörper ausgeapert, das Eis schmolz unentwegt, das Wasser tropfte hinab. Ich sah etwas Graues. Neugierig näherte ich mich und erschrak. Die Schirmmütze eines Soldaten lag vor mir, zerfetzt, aber durchaus noch als solche zu erkennen. Ein paar Schritte entfernt fand ich eine Konservendose. Sie war angerostet, schien mir ansonsten intakt zu sein. Aus reiner Neugier öffnete ich sie mit meinem Schweizermesser. Es war eine

Fleischkonserve, und man hätte den Inhalt noch essen können, was ich jedoch nicht tat. Überreste aus dem Ersten Weltkrieg. Etwa 70 Jahre hatten sie hier im Eis gelegen. Wenige Meter entfernt entdeckte ich die Reste eines Helms, zerrissene Uniformteile, ein Stück einer Ledertasche. Ich blieb stehen und sah die Wände hinauf zu den Kellerspitzen. Die Rampe des Grohmannwegs, eine leichte Kletterei, und der Grat hinauf zur westlichen Kellerspitze – dort waren im Ersten Weltkrieg trotz der Seilsicherungen mehr Soldaten durch Lawinen und Absturz ums Leben gekommen als durch Feindbeschuss. Selbst im tiefsten Winter, bei hohem Schnee hatten Patrouillen dort bis auf fast 2.800 Meter hinaufsteigen müssen, um den Männern am Gipfel Nachschub zu gewährleisten, der jedoch oft nicht oben ankam. Stammten die Reste, die ich hier fand, von den Soldaten, die es nicht geschafft hatten, die Wände zu durchsteigen? Ich nahm den Helm in die Hand und dachte an meinen Vater, der mir als 13-jährigem Jungen von furchtbaren Erinnerungen an den Russlandfeldzug im Zweiten Weltkrieg erzählt hatte. Nun, elf Jahre später, fühlte ich mich zum ersten Mal direkt mit dem Schrecken eines Kriegs konfrontiert. Ein Schauer überkam mich. Einen kurzen Moment wollte ich die Fundstücke mitnehmen, um sie der Gemeinde Kötschach-Mauthen zu überlassen, die an einem Museumsprojekt arbeitete. Doch dann spürte ich, dass demjenigen, der einst diesen Helm getragen hatte, wer immer er auch gewesen war, seine Ruhe zustand. Ich legte den Helm dorthin zurück, von wo ich ihn aufgehoben hatte.

Am frühen Abend war ich zurück an der Hütte. Die Berge gegenüber, Moos- und Gamskofel, lagen im abendlichen Sonnenlicht. Direkt 400 Meter unter mir erkannte ich ein paar Wanderer, die talwärts gingen. Ich packte meine Trompete aus dem Rucksack und spielte das »Il Silenzio« hinab ins Tal. Wie schön es war, den Widerhall in diesem Kessel aus Wandfluchten zu hören. So sehr es S.T.S. nach Hause zog in ihrem Fürstenfeldlied, zog es mich nirgendwo hin. Ich war ab jetzt hier in der Eiskarhütte für einige Wochen zu Hause, und das mit einem Ausblick, der in mir pure Freude aufwallen ließ.

Der nächste Tag versprach kein schönes Wetter. Der Nebel wollte nicht nach oben ziehen. Auch mittags hing die Hütte noch in einer grauen Wolke, die sich kaum vom Fleck bewegte. Ich seilte mich in die untere Steilwand ab bis zu einem Felsband, wo ich aufsteigend am Fixseil mit der Gesteinsprobennahme beginnen wollte.

Geschätzte zehn Meter entfernt stand ein Felsturm rechts neben mir auf dem Felsband. Doch im Nebel wirken Dinge oft weiter entfernt, als sie es sind. Und so entpuppte sich nach einer Windböe, die kurz den Nebel wegwischte, der vermeintliche Felsturm als ein Steinadler, der dort saß. Ich erschrak derart, dass ich für einen Moment dachte, mein Herz würde explodieren. Ich spürte jeden Pulsschlag bis zum Hals. Dennoch blieb ich äußerlich erstaunlich ruhig, war ich doch angeseilt. Der Adler hockte seit Minuten bewegungslos da, wenige Armlängen neben mir. Er starrte mich energisch an, mein Blick dürfte eher verdutzt gewesen sein. Ich hielt meinen spitzen Geologenhammer fest und verkrampft in der Hand, bis die Knöchel weiß hervortraten. Dann, nach einer gefühlten Ewigkeit, breitete der Adler die Schwingen aus und ließ sich vom steigenden Luftzug mit nur einem Flügelschlag nach oben tragen. Er drehte noch einmal bei, als wollte er sich der sonderbaren Gestalt in der Wand vergewissern, und war dann im Nebel verschwunden. Ich sollte ihm später wiederbegegnen.

Die folgende Nacht verbrachte ich in Unruhe. Dieser Soldat, dessen Helm ich gefunden hatte, vielleicht waren auch die Schirmmütze, die Konservendose, die Ledertasche von ihm gewesen? Ich lag wach und lauschte in die absolute Stille hinein. Nichts war zu hören, ein Kratzen ab und zu von Karl, der Maus, das Klacken von kleineren Steinen, die die steile Gletscherzunge herabfielen.
Ich starrte an die Holzdecke und dachte darüber nach, ob ich dem Soldaten einen Namen geben sollte. Es waren zahlreiche junge Burschen aus dem Flachland, die einen viel zu frühen Tod gefunden hatten, so hatte ich gelesen. Sie stammten aus dem Burgenland und aus Ungarn, und wenn sie nicht allein vor lauter Angst hier oben gestorben waren, dann durch Erfrieren, Lawinen oder schließlich Feindbeschuss. Ich nannte den Soldaten Attila und gab ihm einen Beinamen, das hatte er verdient, einsam und allein im Eis des Gletschers gefallen und zurückgeblieben. Irgendwie schien er mir fremd und nah zugleich, so wie der Adler heute Mittag. Ich nannte ihn, den fremden Soldaten, »Attila, der Adler«.

Ab und zu ließen sich Bergsteiger blicken, vor allem an den Wochenenden. Eine gewisse Neugier war bei ihnen zu verspüren, auf denjenigen, der hier oben alleine hauste, denn das hatte sich im Tal herumgesprochen. Das Wunderbare an solchen Besuchen war für mich nicht nur die Abwechslung, beeindruckende Menschen kennenzulernen, sondern auch, dass sie mich nebenbei oft bestens mit frischen Speisen und Getränken versorgten und sogar Gesteinsproben für mich ins Tal trugen. Einmal kam ein Hubschrauber vom ORF eingeflogen, landete auf dem Gletscher und drehte einen Filmbericht über meine Arbeit. Danach war ich für viele Tage bestens mit Proviant versorgt.

An einem sonnigen Samstag hing ich gerade in der Nordwestwand gegenüber der Hütte, um beim Abseilen alle fünf Meter eine Gesteinsprobe zu entnehmen, als ich plötzlich von unten Musik vernahm. Ich spähte hinab und beobachtete ein paar Leute, die vor der Hütte saßen. Einer spielte eine Steirische Ziach. Als ich ihnen zurief, entdeckten sie mich in etwa 150 Metern Höhe über ihnen am Seil hängend. Sie winkten mir zu und johlten. Nachdem ich das letzte Seil abgezogen hatte und mich zu ihnen gesellen konnte, wurde es fröhlich. Wir musizierten, aßen und tranken den ganzen Nachmittag. Ich erzählte ihnen von meiner Begegnung mit dem Adler. Sie bestätigten mir, dass er sich hin und wieder hier herumtreibe, seinen Horst aber am gegenüberliegenden Gamskofel habe. Sie blieben über Nacht und wanderten am nächsten Morgen den langen Weg über das Eiskar und die italienische Seite zurück ins Tal, ihre Rucksäcke voll mit meinen Gesteinsproben.

Heute würde ich die Gipfelregion der Kellerspitzen angreifen. Bis zum höchsten Punkt am Gletscher, dann kurz hinab zum Bergschrund. Ich kletterte die vom Gletscher glatt geschliffene Wand empor und stieg die lange Rampe entlang, welche die Kellerwand schräg bis unter den Gipfelaufbau durchzieht, die Route der Erstbesteiger der Kellerspitzen.

Immer wieder stieß ich auf Fossilien wie Korallen, Seelilien, Muscheln und Überreste anderer Schalentiere. Je höher ich kam, desto greifbarer wurde es für mich, dass dieser schroffe Gebirgskamm einst in einem südlichen warmen Meer entstanden sein musste. Und nun, 385 Millionen Jahre später und etwa 2.700 Meter höher, kletterte ich Felswände voller versteinerter Korallen hinauf, um ihre Vergangenheit zu erforschen und zu rekonstruieren. Etwas Vergleichbares hatte bis dahin noch kein Geologe gemacht. Ein erhabenes Gefühl der Dankbarkeit stieg in mir auf.

Am Ende der Rampe stand ich vor einer steilen Kante, die knifflig schien, sich aber als gut zu klettern erwies, wäre da nicht mein schwerer Rucksack gewesen, der bereits über 30 Gesteinsproben enthielt. Auf dem langgestreckten Gipfelgrat fielen mir auf der Südseite, also der italienischen Seite, die in den Fels gehauenen Steige auf. Die Italiener hatten es im Krieg offensichtlich wesentlich einfacher gehabt, während die Österreicher die Route hatten nehmen müssen, die auch ich hinaufgestiegen war, freilich waren damals Stahlseile und Leitern verlegt worden. Ich begann mich zu fragen, wie es den österreichischen Soldaten im Winter ergangen sein musste. In der vergleichbar unzulänglichen Ausrüstung von damals, in bitterster Kälte und höchster Gefahr, von feindlichen Geschützen erschossen oder von einer Lawine in den Tod gerissen zu werden. Attila, wo in diesen Wänden und wie bist du zu Tode gekommen? Und wie viele deiner Kameraden haben ein ähnliches Schicksal erlitten?

Am Morgen des 20. August wachte ich auf und traute meinen Augen nicht. Schneesturm vor der Hütte. Ich beschloss, über die italienische Seite abzusteigen, denn nach Norden durch die Wand war es angesichts der Wetterlage zu gewagt. Ich würde ein paar Tage in Kötschach verbringen, Proviantnachschub besorgen und besseres Wetter abwarten.

Es schneite unentwegt, und je höher ich zum Gletscher hinaufstieg, desto heftiger wurde der Sturm und desto dichter der Schneefall. Die Schneedecke auf dem spaltenlosen Gletscher war bereits mehrere Zentimeter dick, ich hinterließ deutliche Schuhabdrücke. Auf der Höhe angekommen, sah ich vor mir Spuren im Schnee. Tierspuren, die auf mich zuliefen, aber nach rechts auswichen. Sie waren frisch, denn in ihnen hatte sich nur wenig des fallenden Schnees gesammelt. Das bedeutete, das Tier, das sie verursacht hatte, konnte erst vor wenigen Minuten hier entlanggelaufen sein. Zum Größenvergleich stellte ich meinen Fuß neben einen der Abdrücke. Gottverdammt! So breit wie mein Schuh? Ich machte ein Foto und sah mich um. Nichts. Ich horchte lange, hörte ebenfalls nichts bis auf meinen Puls. Dann, gerade noch im Schneesturm erkennbar, ein Schatten, nicht deutlich, aber dort, weit rechts hinter mir, bewegte sich etwas. Es musste etwas Großes sein. Ich spürte, wie Angst in mir hochstieg. Ich schluckte. Langsam ging ich weiter, nachdem der Schatten nach wenigen Sekunden verschwunden war. Immer wieder wandte ich mich um, schreckte bei jedem Geräusch auf, das aus den umliegenden Wänden an meine Ohren drang. Immer heftiger pochte mein Herz, so stark, dass jeder Schlag in der Brust brannte. Vielleicht – hoffentlich – war es nur die Einbildung, die mir ein Schnippchen schlug, oder war es tatsächlich …?

Am Plöckenpass angekommen traf ich in der italienischen Bar einen Jäger, den ich zwei Wochen zuvor kennengelernt hatte. »Da hast Glück g'habt, mein Freund. Das war der Karawankenbär. Aber brauchst kei Angst hab'n. Von uns Jägern hat ihn noch keiner dawischt, der ist zu scheu. All die Jahr net. Wenn der an Menschen wittert, is er auf und davon. Der tut nix.«

»Der will sicher nur spielen«, gab ich zur Antwort und bestellte zwei doppelte Schnaps.

Meine genagelten Schuhe sind steif wie Bretter. Die blutigen Blasen an meinen Füßen spüre ich gar nicht mehr. Die Finger sind eiskalt, selbst die gewalkten Handschuhe sind bretthart gefroren. Der Lodenmantel wühlt mit jedem Schritt den Schnee auf, in dem ich bis zu den Knien versinke. Meine Schildmütze habe ich mit einem Tuch umwickelt, um die Ohren warm zu halten. Mit jedem Schritt dringt der Schnee tiefer hinter die gewickelten Gamaschen, die meine Schuhe schützen sollen. Es ist der erste Gebirgswinter in diesem gottlosen Krieg, es hat minus zwölf Grad, und wir sollen hinauf auf die Kellerspitzen. Mein Gewehr hängt auf dem Rücken, ebenso der Rucksack mit dem Proviant für die Kameraden, die seit Tagen dort oben in der Gipfelstellung ausharren. Einen Helm trage ich nicht, nicht hier in der Wand, das Gepäck ist ohnehin schon schwer genug. Plötzlich ein ohrenbetäubender Knall, ein Pfeifen, das irgendwo vom Gabelekopf zu uns herüberdringt. Ein Schrapnell ist unterwegs, um uns aus der Wand zu fegen. Ich presse mich nah an den Fels wie ein schutzsuchender Knabe an die Brust seiner Mutter. Das Geschoss der Italiener schlägt kurz über uns ein. Glück gehabt. Vorgestern erst hat es zwei Mann aus dem Trupp des Herrn Leutnants erwischt, der uns heute hinaufführt, wie er das fast jeden zweiten Tag mit anderen Soldaten macht.

Ich bin einer der Ersatzmänner. Ich bleibe stehen und

schlage mit meinem Hammer eine Koralle aus der Felswand neben mir.

»*Was machst du? Bist du noch bei Trost, Burschi?*«, *schreit er mir zu.*

»*Ich muss doch diese Proben nehmen!*«, *rufe ich zurück.* »*Für die Wissenschaft!*«

Er schüttelt den Kopf und klettert weiter. Noch zwei Granatenschüsse, die ins Leere gehen. Der Leutnant treibt uns nach oben, an der Steilstufe am Ende der Rampe führen über die letzten 150 Meter Strickleitern aus Stahlseilen und Holztritten bis hinauf zum Gipfel. Alles gefroren.

»*Hör auf mit dem Hämmern*«, *schreit der Leutnant.*

»*Was soll ich tun? Es ist meine Pflicht!*«, *antworte ich und stecke erneut einen Stein in die ausgebeulte Manteltasche.*

Endlich, der Gipfel. Die Handvoll Männer hier oben kauert unter einer flatternden Plane, umgeben von Steinmauern, die sie notdürftig aufgeschichtet haben und die vom Eis zusammengehalten werden.

»*Warum ist das alles so behelfsmäßig, während die Italiener richtig gemauerte Befestigungen haben?*«, *frage ich den jungen Hauptmann, dem die Atemluft den Schnurrbart und die Brauen mit weißem Zuckerguss überzogen zu haben scheint.*

Überrascht von der Frage starrt er mich an. »*Du bist der Neue, oder?*«, *erkundigt er sich knorrig.* »*Scheiße, Mann! Weil unsre Leut in Wien dem Dreibund aus Deutschland, Österreich und Italien bis zuletzt vertraut haben. Deshalb hat Österreich nichts aus'baut.*«

Ich sehe ihn verwundert an. »*Obwohl sie in Wien wussten, dass die Italiener sehr wohl ihre Stellungen befestigt haben?*«, *erwidere ich empört.*

Er nickt und ruft gegen den schneidenden Wind an: »Sie wollten Italien nicht provozieren. Verrat auf ganzer Linie.«

»Wien ist weit weg, mein Junge«, *mischt sich der alte Gefreite ein und wischt sich mit dem Ärmel einen Tropfen von der blauroten Nase.* »Deshalb hocken wir in diesem Verhau und müssen die Sache ausbaden. Verstehst, Burschi?« *Seine wässerigen Augen, das eingefallene Gesicht und die zitternden Hände zeigen seinen ausgelaugten Zustand.* »Wer hat den Schnaps?«, *fragt er und hustet.*

Der Herr Leutnant holt eine Flasche hervor und übergibt sie dem Alten, der sofort einen kräftigen Schluck nimmt und genüsslich aufatmet. Er lächelt ihn an und mahnt uns dann zur Eile. »Proviant abliefern und runter mit euch«, *treibt er uns an,* »bevor uns der Teufel holt!«

Wir werfen unsere Rucksäcke über und steigen denselben Weg ab, erst über die Steigleitern, die für die Italiener schlecht einsehbar sind, dann auf die Rampe. Ich bin langsamer, wegen des Gewichts der Gesteinsproben, die ich am Gipfel aus den Manteltaschen in den Rucksack gepackt habe. Der Herr Leutnant ruft mich zur Ordnung. »Und du, Burschi, du lässt deine Steine hier liegen! Ist das klar?«

Ich protestiere. »Mit Verlaub, Herr Leutnant, das ist ein Auftrag der Geologischen Reichsanstalt und des Kaisers, ich kann sie unmöglich ...«

Weiter komme ich nicht. Ein markerschütterndes Brüllen vor uns. Der Bär tobt das letzte Stück der Felsrampe empor, vorbei an den beiden sprachlosen Kameraden und dem Herrn Leutnant. Er richtet sich vor mir auf, schlägt nach mir, doch welch ein Glück, nur mein Rucksack wird eingerissen. Dann, plötzlich, als ich denke, das ist meine letzte Sekunde, hält der Bär inne, sieht irritiert zur Seite, senkt den Kopf, brummt merkwürdig verhalten und wendet sich den Kameraden und dem Herrn Leutnant zu. Die Kameraden schreien und wimmern in Todesangst. Verzweifelt versuchen sie, ihre Gewehre abzuschultern, doch unglücklicherweise sind deren Riemen unter den Schultergurten ihrer Rucksäcke gefangen, die sie nicht abstreifen können. Der Bär fegt die zwei Kameraden aus der Wand. Der Herr Leutnant schafft es, sein Gewehr zu nehmen, und feuert. Der Schuss trifft den Bären zwar in die Seite, aber das macht ihn nur wilder, ein gewaltiger Hieb, und der Leutnant liegt im tiefen Schnee, in den sein Blut einsickert, als wäre ein Rotweinfass zerborsten. Der Bär steht daneben und röchelt, vermutlich in tiefem Schmerz.

Augenblicklich erfasse ich, warum der Bär sich von mir abgewendet hat. Wie aus dem Nichts taucht er neben mir auf, Attila, der Adler, auf dem Felsenband kurz hinter mir. Mit dem Helm und der Ledertasche, der abgenutzten Uniform, einem Dolch an der Seite baumelnd und dem Gewehr in den kraftvollen Händen. Ein furchterregender Soldat mit einem langen schwarzen Schnurrbart und tiefliegenden, dunklen Augen, der wohl allein mit seinem energischen Blick den Bär zuvor zu vertreiben vermochte. Ein Blattschuss, und der Bär schwankt, doch er ist nicht tot, nein, er richtet sich wieder auf.

Attilas Blick lässt mich erstarren. »Flieg hinab ins Tal, dann kann er dir nichts antun«, sagt er sanft. »Flieg!«, fordert er. Attila, der Adler, befestigt blitzschnell zwei Kavalleriekarabiner an meinem Gürtel, an denen zwei Bänder hängen, die aus unzähligen Schnüren geflochten und wiederum mit einer riesigen, hauchdünnen Stoffkappe verknotet sind.

»Was ist das?«, frage ich verwirrt.

Attila nickt mir zu. »Flieg, Burschi, lauf und flieg!« Attila, der Adler, schiebt mich nach vorn. »Vertrau mir. Der Stoff wird dich tragen wie ein Schirm!« Ich laufe ... drei, vier, fünf Schritte ... ins Leere ... und hebe ab ... hebe ab ... hebe ab ...

Der Traum ließ mich nicht los. Immer wieder beobachtete ich meinen Adler, wie er am Himmel seine Kreise zog. Würde mir mit einem Schirm – ähnlich wie dem, den Attila, der Soldat, mir angehängt hatte – vielleicht das Fliegen möglich sein? Um die Frage zu beantworten, gab es nur eine Möglichkeit. Ich musste es probieren.

*

Zwei Jahre später

Kurz unter dem Gipfel des Kollinkofels packte ich etwa 25 Kilo beschrifteter Steine in meinen Rucksack, legte meinen neu erworbenen Gleitschirm aus und hatte einen unglaublichen Start. Ich flog! Tatsächlich! Sofort packte mich der Aufwind am Grat und trug mich weit über die höchsten Gipfel hinaus. Als ich hoch genug war, den Fallwinden im Norden zu entkommen, drehte ich ab in Richtung Valentintal. Der Blick von weit oben, hinab in die Kellerwände und ins Eiskar, ließ mich erschauern. Ein hart umkämpfter Gebirgskessel, völlig abgeschieden von der Welt, ein Ort, an dem so viele Männer auf beiden Seiten das Leben gelassen hatten. Wie viele es waren, war nie genau gezählt worden. Vielleicht liegen einige von ihnen noch unten im Eis.

Ich lenkte meinen Gleitschirm hinüber zu Gams- und Mooskofel, der Blick war im wahrsten Sinne atemberaubend. Und dann tauchte er auf. Ich wusste, dass er einen Horst am Gamskofelmassiv hatte. Vielleicht war es derselbe prächtige Vogel, der vor zwei Jahren neben mir gesessen hatte, Auge in Auge mit mir. Wahrscheinlich war er es, denn Adler sind gebietstreu. Er kam allmählich näher, hielt einen Abstand von 50 Metern schräg oberhalb von mir. Hatte ich anfangs die Befürchtung, dass er mich angreifen könnte, war ich mir bald sicher, dass er mich begleitete. Denn als ich allmählich sank, folgte er mir im selben Abstand. Stellte ich jedoch meinen Gleitschirm in die Thermik an der Südwand des Gamskofels, um zu steigen, tat er dasselbe. So ging es eine Weile hin und her, bis ich abdrehte und zum Landeanflug auf die untere Valentinalm zusteuerte, wo ich den schweren Gesteinsrucksack aus einigen Metern Höhe fallen ließ und zum Vergnügen der Tagesgäste direkt neben der Terrasse landete.

Die Menschen auf beiden Seiten der Grenze haben längst ihren Frieden gefunden und leben neben- und miteinander. »Wenn du willst, dass es dir gut geht, dann musst du schaun, dass es deinen Nachbarn gut geht«, sagte einer meiner Bergführerfreunde zu mir, als er an der Bar am Plöckenpass nach einem Espresso ein saftiges Trinkgeld gab. Wie recht er hatte!

Ab und zu begegnet Attila, der Adler, mir auch heute noch, wie damals in meinem Traum. Dann nimmt er seinen Helm ab, zupft an seinem Schnurrbart und spricht mit mir. Wenn ich aufwache, weiß ich nicht mehr, was er zu mir gesagt hat. Nur ein einziges Wort von ihm bleibt jedes Mal hängen: »Flieg!«

FÜR OPA
ODER: DIE GANZE WELT
IST EINE BÜHNE

VON ISABELLA ARCHAN

Historischer Hintergrund: Adolf Hitler besuchte als Teenager das Theater seiner Heimatstadt Linz.

*

Die Bretter, die die Welt bedeuten, waren immer schon sein Traum gewesen. Seit sich Eberhard erinnern konnte, liebte er das Theater.

Die großen Dramen der Literatur hatten es ihm bereits als Kind angetan, mit neun hatte er seine Großeltern mit auswendig gelernten Gedichten unterhalten. Drei Jahre später war ihm ein Buch mit Shakespeare-Dramen aus Opas Bücherschrank in die Hände gefallen und hatte ihn mehr fasziniert als jeder Superheldencomic.

»Der Ebi is' deppert worden.« So war er von seinen Mitschülern gehänselt worden, als er vor der Klasse den Hamlet vorgetragen hatte. Ausgebuht hatten sie ihn, und leider hatte auch der Deutschlehrer kein Interesse an der dramatischen Leidenschaft von Eberhard gezeigt.

Genauso war es ihm mit der Verwandtschaft ergangen, die an Feiertagen seinen Monologen hatte lauschen müssen. Nicht einen, nicht zwei, nein, ein ganzes Potpourri der verschiedensten dramatischen Texte hatte der Bub vorbereitet. Eberhard hatte auf einem Schemel gestanden und die Verse dem Publikum aus Tanten, Onkeln und Nachbarn entgegengetrötet. Laut, mit ausladenden Gesten, und vor allem mit einer Ausdauer, die keiner einem Teenager zugetraut hätte.

Gegen Ende hatte nur noch sein an Schwerhörigkeit leidender Großvater mütterlicherseits dagesessen und mit geschlossenen Augen zugehört. In der Rückschau meinte Eberhard, dass er vielleicht sogar nur wegen Opa Gustav derart laut geschrien hatte.

Opa Gustav, wie hatte Eberhard den alten Mann geliebt. Und so wie Großvater den Vorträgen seines Enkels gelauscht hatte, so war Eberhard bereit gewesen, jederzeit Opas Geschichten über Nationalsozialismus und Krieg seine volle kindliche Aufmerksamkeit zu schenken.

»Nie wieder«, krähte Gustav dann. »Merk dir das, Ebi. Nie wieder.«

»Nie wieder, Opa«, versprach der Enkel.

Gustav war bereits vor Beginn des Zweiten Weltkriegs verhaftet und interniert worden. Als junger Mann hatte er damals der Sozialdemokratischen Arbeiterpartei Deutschösterreichs angehört, die 1934 verboten worden war. Er aber hatte sich nicht ins Privatleben zurückgezogen wie viele seiner Mitstreiter, sondern aktiv dagegen demonstriert. Dass er erst die Zeit im Gefängnis und danach in einem der berüchtigten Lager überlebt hatte, war ein erklärtes Wunder. Von Typhus und Unterernährung gezeichnet, war es ihm mit zwei Mithäftlingen gelungen zu fliehen. Wirklich gesund wurde er danach nicht mehr.

Gustav vergaß diese schlimmen Jahre nie, sein Enkel die Erzählungen darüber genauso wenig.

»Schad', dass keiner dem – du weißt schon wem – früh den Garaus g'macht hat«, pflegte Opa Gustav zu enden. Den Namen Hitlers sprach der Großvater nie aus. Nie. Als Eberhard die Harry-Potter-Bücher für sich entdeckte, fand er diese Nichtnennung bei der Figur des Voldemort wieder.

Mit dem Wunsch, »diesem speziellen Jemand den Garaus zu machen«, schloss also Opa Gustav die meisten seiner Schilderungen ab. Beim kleinen Eberhard blieb der Appell tief im Herzen hängen. Er erfasste die Bedeutung damals nicht wirklich, traute sich aber auch nicht nachzufragen. Doch die Formulierung passte zu den wortgewaltigen Shakespeare-Stücken, die er ebenfalls nicht vollständig verstand, die ihn jedoch durch ihre Wucht und Sinnlichkeit faszinierten.

Als Opa Gustav starb, war Eberhard 14.

Eberhard versuchte danach erneut sein Glück als Jungschauspieler und ergatterte eine Rolle in einer Schüleraufführung. Es wurde keine schöne Erfahrung.

»Ach, Eberhard. Du schreist so laut. Und du übertreibst«, hatte ihn die Klassenlehrerin und Regisseurin damals ständig korrigiert. »Abgesehen davon, du spuckst beim Reden wie ein Lama.«

Dass sich Eberhard nicht hatte davon entmutigen lassen, verwunderte ihn noch heute. Ganz im Gegenteil. Seine frühen Niederlagen hatten ihn beflügelt, und sein Traum, ans Theater zu gehen, war noch stärker geworden.

Viele Rückschläge, aber eben auch Fortschritte später war er an seinem Ziel angekommen.

Am Landestheater Linz. Am Schauspielhaus an der Promenade. In einer Festanstellung. So stolz war er, an einem so schönen Theaterhaus arbeiten zu dürfen, so glücklich und erfüllt. Jeden Morgen und jeden Abend, wenn er sich für die Proben oder Vorstellungen dem stattlichen Bauwerk mit seiner weißen Fassade und dem roten Dach näherte, fühlte er sich beschwingt. Er tänzelte an dem gläsernen Vestibül vorbei, das Schauspielhaus und Kammerspiele verband. Verharrte kurz vor der stilisierten Maske eines antiken Tragöden an der Rückseite des Bühnenhauses.

Die steinerne Maske mit den entsetzten Augen war es auch, die Eberhard fast täglich an seinen Opa Gustav und die schlimmen Kriegszeiten denken ließ. Wie viel Leid ein einzelner Mensch über viele Millionen bringen konnte, war der Welt vor nicht allzu langer Zeit wieder deutlich vor Augen geführt worden. Fast ein Segen, dass der Großvater dieses erneute Aufflammen von Gewalt und Zerstörung in Europa nicht mehr erlebt hatte. Das änderte jedoch nichts daran, dass Eberhard ihn sehr vermisste.

»Schau, Opa«, murmelte Eberhard so manches Mal im Vorbeigehen, wenn niemand sonst seinen Weg kreuzte. »Da ist jetzt mein Arbeitsplatz – am Theater bin ich. Fest angestellt. Super, gell?!«

Heute Abend, wie schon so oft, stand die nächste Premiere bevor. Sogar eine Welturaufführung. Was für ein Triumph für den theaterbegeisterten Eberhard, den einst unverstandenen Buben.

Das Einpersonenstück einer hochgelobten Newcomerin hatte die Kulturszene der Stadt Linz seit Wochen in fiebrige Erwartung versetzt. Noch dazu, weil es der Intendanz und Dramaturgie gelungen war, dieses Projekt dem Burgtheater in Wien vor der Nase wegzuschnappen. Die Wienerinnen und Wiener würden zwar einen Monat später in den Genuss kommen, jedoch nicht die Ersten sein.

Der Grund dafür lag im Landestheater Linz selbst und seiner Geschichte begründet.

Die Autorin setzte sich mit den Jugendjahren Adolf Hitlers auseinander, mit seinem Werdegang im Zusammenhang mit seiner frühen Leidenschaft für Wagner-Opern. Sie hatte die Tatsache, dass Hitler in Linz zur Schule gegangen war und in den Jahren zwischen 1905 und 1908 mit einem Schulfreund namens August Kubizek regelmäßig das Landestheater, damals »Landständisches Theater in Linz«, besucht hatte, in den Mittelpunkt gestellt.

So hatte Hitler seine Lieblingsoper »Lohengrin« von Richard Wagner wohl zum ersten Mal dort gesehen. Kubizek hatte über seine Jugendfreundschaft mit Hitler 1953 sogar ein Buch veröffentlicht, in dem er berichtete, dass Hitler zu Winifred Wagner – mit Bezug auf seine politischen Ambitionen – über die Aufführung gesagt habe: »In jener Stunde begann es.«

Die Autorin ihrerseits hatte nun in ihrem brandneuen Werk, zusammen mit der Bühnenbildnerin, diese Überlieferung und den speziellen Ort auf der Szene verbunden. Nämlich den damals günstigen Plätzen in der Galerie im dritten Rang des Theaters. Als Bühnenbild war also eine Stuhlreihe nachgebaut. Das hieß, wenn sich der Vorhang hob, saß die Figur des jungen Hitlers dem echten Publikum gegenüber, was die Eindringlichkeit erhöhte.

In der Realität war nach dem Krieg der Zuschauerraum des Landestheaters entkernt und von dem Architekten Clemens Holzmeister im Stil der 50er-Jahre neu errichtet worden. Holzmeister hatte das Haus nur noch mit zwei Balkonen ausgestattet, nicht mit dreien wie vor dem Umbau. Aus dem Grund lässt sich seitdem auch Hitlers tatsächlicher Platz im dritten Rang nicht wiederfinden, von welchem aus er Wagners Opern zum ersten Mal gehört hatte.

In der Inszenierung der Uraufführung wurde eine Fotomontage auf eine Leinwand im Hintergrund der Bühne projiziert, die das Innere des Theaters von damals abbildete. Es wurde die Illusion erzeugt, es gäbe den speziellen Sitzplatz noch.

Darauf saß der einzige Darsteller des Stückes. Neben ihm war auch jener Jugendfreund platziert, allerdings in Form einer unbeweglichen Schaufensterpuppe. Der einzig echte und agierende Mime stellte den jungen Hitler dar, der in einer Vision sich selbst in der Zukunft sehen konnte.

Ein Monolog aus der heutigen Sicht über die Gräuel des Dritten Reiches. Faszinierend und virtuos war der Text des Werkes, wie Eberhard fand. Es setzte sich aus überlieferten Quellen, Materialien nach Kriegsende und hinzugefügten erdichteten Gedankengängen zusammen. Sprachlich skurrile Passagen wechselten sich mit erschütternden Zeitdokumenten ab. Am furiosen Ende des Stückes überzeugte sich der Teenager Hitler quasi selbst, dass eine Welt, in der es ihn nie gegeben hätte, eine bessere geworden wäre. Eine Utopie, die ausschließlich auf der Bühne wahr werden konnte. Der Darsteller nahm sich laut

Inszenierung am Schlusspunkt mit einer Theaterwaffe das Leben, um somit einer besseren Zukunft Raum zu geben.

»Gewagtes Fantasiegebäude einer möglichen Parallelweltenentstehung«, so der etwas sperrige Titel des Stückes.

Eberhard war von der Idee und dem Drama samt Inszenierung begeistert. Das Konstrukt, durch einen frühen Tod die Vergangenheit ändern zu können, um eine bessere Welt zu erschaffen, war unheimlich und tröstlich zugleich. Dem jugendlichen Ich des Kriegsverbrechers so viel Moral zuzutrauen, sich auszuradieren, und damit niemals das Ungeheuer zu werden, das die Welt in Flammen versetzte, ebenso.

Dazu kam, dass Eberhard sich vorstellte, dass in einer solchen Zukunft auch Opa Gustav niemals verhaftet worden wäre, er nie Krankheit und Leid hätte erdulden müssen.

Die letzten Tage und Wochen während der Proben hatte es in Eberhards Alltagsleben nichts Wichtigeres als diese Theaterproduktion gegeben.

Der letzte Theatergong holte Eberhard aus seinen Gedanken und die noch fehlenden Besucher aus dem Foyer in den Zuschauersaal. Ausverkaufter Abend, Presse und geladene Gäste sowie die klassischen Premierenabonnenten.

Er warf einen Blick auf den Monitor am Pult des Inspizienten, auf dem der Zuschauerbereich zu sehen war. Wie jedes Mal begeisterte sich Eberhard am Design des Theaterraums. Mit viel Liebe zum Detail und historischer Genauigkeit atmete man hier seit dem Umbau 2016 wieder die 50er-Jahre-Ästhetik. Das Zusammenspiel der einzelnen Lampen, die, Kerzen gleich, in geringen Abständen an den Rängen angebracht waren, ergab in Kombination mit dem Rot des Teppichs ein stimmungsvolles Bild. Dazu passend die Samtüberzüge der Stühle. Ganz abgesehen von der beeindruckenden hohen Decke, dem Theaterhimmel.

Unser schönes Theater und meine erste Premiere in alleiniger Verantwortung, dachte Eberhard, alles zusammen bei einem so wichtigen neuen Bühnenwerk. Was für eine Ehre.

»Toi, toi, toi«, rief ihm noch einer von den Technikern zu. Dann gab es kein Zurück mehr.

Der Vorhang hob sich. Im Saal wurde es dunkel. Auf den Brettern, die die Welt bedeuten, hell. Dort begann nun auch der junge und talentierte Schauspieler mit seinem Monolog. Musik wurde dazu eingespielt, eine Mischung aus der Wagner Oper »Rienzi« und Walgesängen. Der Inspizient gab die Anweisungen durch, die gebraucht wurden für Licht und Ton. An der Seite sah Eberhard den Regisseur stehen, an seinem Daumennagel kauend, den Blick starr auf die Bühne gerichtet.

Für Eberhard war es nicht minder spannungsgeladen. Sein Herz trommelte, es rauschte in seinen Ohren. Er war ungeheuer nervös, sein Magen rumorte. All diese Aufregung, obwohl er sich überhaupt nicht vor Publikum zeigen musste. Trotzdem wurde er von Minute zu Minute unruhiger. Sein Anteil an dem Abend würde bald zum Einsatz kommen.

Nicht er als Darsteller. Denn Schauspieler war Eberhard nicht geworden. Sein Traum hatte sich anders erfüllt. Er agierte, er platzierte, er bastelte, er stellte zur Verfügung, er machte möglich. Hinter den Kulissen.

Nach zahlreichen erfolglosen Vorsprechen hatte man ihm vor einigen Jahren einen Job in der Requisite angeboten. Zuerst hatte es sich wie ein Versagen angefühlt, ein Aufgeben seines Ziels. Doch schnell hatte Eberhard gemerkt, dass diese Position nicht nur wichtig für die Gesamtheit einer Theateraufführung war, sondern ihm auch eine Anerkennung verschaffte, die sein Vortragen von Shakespeare-Monologen im Verwandtenkreis nie erreicht hatte.

Die Künstler mochten ihn, die Regisseure vertrauten ihm. Er war der Mann, der ein Theaterstück mit den Dingen ausstattete, die dazu beitrugen, das Wunderwerk einer Vorstellung real erscheinen zu lassen. Der Kerl fürs Handfeste, der praktische und stets verlässliche Eberhard. Inzwischen war er aufgestiegen, zum ersten Stellvertreter des Chefrequisiteurs. Die Bezeichnung gab es nicht offiziell, aber Eberhard war von seinem Vorgesetzten so benannt worden. Ein dramatischer Theatertitel, könnte man sagen, der ihn jedoch mit Freude und Stolz erfüllte.

Nur ganz für sich im stillen Kämmerlein rezitierte Eberhard noch, spielte Rollen nach. Im praktischen Alltag liebte er seinen Beruf und war am Ende einer Produktion oft sogar froh, nicht der Kritik von Presse und Publikum ausgesetzt zu sein.

Für heute Abend hatte er zum Beispiel die Schaufensterpuppe besorgt, die neben dem Schauspieler in kurzen Hosen und einem karierten Hemd hingesetzt worden war. Eberhard hatte auch unter einem der Stühle auf der Szene ein Fach aus festem Stoff hinzugefügt, in dem er das wichtigste Requisit für die Vorstellung deponiert hatte: eine Pistole.

Nicht echt, auch ohne Platzpatronen, sondern erkennbar aus Plastik. Eberhard war es gewesen, der unter all den Bühnenwaffen, die das Theater hortete, die ausgesucht hatte, von der der Regisseur begeistert gewesen war.

Seine Arbeit war erfolgreich getan, nun hieß es einfach nur Daumen drücken.

Da entdeckte Eberhard den Jungen.

Der Bub stand halb im Verborgenen zwischen zwei schweren schwarzen Bühnenvorhängen, die eine Gasse für Auf- und Abtritt des Schauspielers bildeten.

Ein Teenager war es, von etwa 15 Jahren. Schmal, nicht sonderlich groß. Eberhard überlegte. Die Kinder seiner Kollegen kannte er alle, aber dieser junge Besucher war Eberhard unbekannt. Möglich, dass sich ein Kind einer Schulklasse hinter die Bühne verirrt hatte.

Was Eberhard außerdem auffiel, war die merkwürdige Unschärfe, mit der er den Jungen wahrnahm. Hätte ihn jemand gefragt, welche Haarfarbe der Bub hatte oder welche Art der Kleidung er trug, er hätte es nicht beschreiben können. Die Gestalt war mehr ein Schemen, ein Schattenriss. Das genau waren die Bezeichnungen, die Eberhard dazu einfielen. Es mochte am abgedunkelten Licht liegen, das hinter der Bühne herrschte, oder daran, dass er älter wurde und langsam eine Brille brauchte.

Eberhard blinzelte.

»Hallo!«, rief er, so leise wie möglich, dem Jungen zu.

Wie in Zeitlupe hob die Gestalt den Kopf, sah hoch und zu Eberhard hin.

Eine Sekunde später übermannte Eberhard ein Schüttelfrost.

Im letzten Jahr hatte Eberhard eine schwere Grippe ans Bett gefesselt, er war eine Woche mit hohem Fieber darniedergelegen. Am ersten Tag hatte er sich genauso gefühlt wie, völlig unerwartet, in diesem Moment.

Elend, krank. Von einer heißen Kälte durchzogen. Kein Widerspruch lag in dieser Beschreibung. Ihm war heiß und er fror. Jeder seiner Muskeln zitterte, zugleich konnte er sich nicht einen Millimeter von der Stelle rühren.

Dann war der Spuk vorüber.

Eberhards Beschwerden ließen nach, ein paar Schweißtropfen auf der Stirn und ein leichtes Zittern in den Beinen hielten noch länger an. Er begann, bewusst die Gliedmaßen zu bewegen, kreiste mit den Händen und den Schultern, atmete tief ein und aus.

»Gott, ich sterbe«, sagte neben ihm jemand.

Er zuckte zusammen. Doch es war nur die Autorin. Selbstbewusst hatte Eberhard sie bei den Proben erlebt, jetzt knetete sie ihre Finger, wechselte von einem Bein auf das andere.

Vorsichtig versuchte er zu lächeln, was ihm recht gut gelang. »Das wird super werden«, antwortete er ihr nach einem Räuspern. Seine Stimme klang wie immer. Überhaupt fühlte er sich wieder fit und frei vom Zustand vorhin.

Die Autorin erwiderte das Lächeln kurz, hob den Daumen und trippelte auf Zehenspitzen Richtung Inspizientenpult. Eberhard ließ seinen Blick in alle Richtungen schweifen. Kein Junge zu sehen, nirgendwo.

Er musste einer Sinnestäuschung erlegen sein.

Die Premiere nahm immer weiter Fahrt auf.

Eberhard hatte neben dem Daumennagel kauenden Regisseur Stellung bezogen und lauschte voller Hochachtung dem Schauspieler und seiner Darbietung. Allein einen ganzen Abend zu stemmen war eine großartige Leistung. Die Zeit verging wie im Flug, einmal gab es sogar Zwischenapplaus, was Eberhard dazu bewog, dem Regisseur auf die Schulter zu klopfen.

Noch wenige Minuten bis zum Höhepunkt, der zugleich auch das Ende war, fehlten. Das Finale, an dem sich der Darsteller mit der Plastik-Theaterpistole symbolisch das Leben nehmen sollte. Hitler hätte es dann nie gegeben, die Welt wäre an diesem Grausen vorbeigeschrammt. Krieg, Vernichtung und unvorstellbar großes Leid wären der Menschheit erspart geblieben. Was für eine berauschende Idee eines parallelen Universums, zumindest auf der Bühne.

Plötzlich stutzte Eberhard.

Hinter dem Darsteller schien sich auf der Bühne eine Gestalt aufzubauen, sich zu manifestieren. Ein Geschöpf oder eine Erscheinung, schmal, dunkel, einem Teenager von etwa 15 Jahren ähnelnd.

Da war er wieder. Der Bub. Oder besser, der Schemen eines Jungen.

Was? Unmöglich.

Eberhard sah weg und wieder hin. Er stierte, starrte, hielt sich die Augen zu, um sie im nächsten Moment erneut zu öffnen.

Definitiv stand dort jemand hinter dem agierenden Künstler, allerdings wie durch einen Schleier von den klar sichtbaren Dingen abgetrennt, nicht genau zu fassen. Der Schatten hatte ein Eigenleben, bewegte sich hin und her. Duckte sich schließlich, kroch unter die Stuhlreihe, die das Bühnenbild darstellte. Er verharrte eine Weile in einer hockenden Stellung, verschmolz mit dem dunklen Stoffbezug hinter sich.

Eberhard hielt sich die Hand vor den Mund, um nicht zu schreien oder nach dem Buben zu rufen. Diesmal laut und den Höhepunkt des Theaterstücks störend. Denn außer ihm schien keiner die Erscheinung wahrzunehmen.

Weder drehte sich der Schauspieler, in seinem Spiel gestört, um, noch reagierte der Regisseur neben Eberhard.

Dann, so schnell und eigenartig, wie er erschienen war, verschwand der Schemen des Jungen, als ob er zwischen die Ritzen des Bühnenbodens gerutscht wäre.

Eine Gänsehaut breitete sich auf Eberhards Körper aus. Das heißkalte Gefühl von vorhin kehrte zurück. Was passierte hier?

Jede der Bewegungen der dunklen Erscheinung hatte Eberhard verfolgt. Nun war sie verschwunden, wortwörtlich wie vom Erdboden verschluckt. Ein zweites Mal sondierte Eberhard die Bühne. Bis sein Blick zurück auf den Bühnenboden fiel, unter die Sitzreihe, genau unter den Sitz, auf dem der Schauspieler agierte. Zu dem schmalen Fach, das Eberhard aus einem Stück dickem Stoff zugeschnitten und mit Reißzwecken befestigt hatte. Genau dort, in der Ablage, wo die gruselige Erscheinung verharrt hatte, sollte die Theaterwaffe liegen. Griffbereit. Das Requisit, das für den Schlussakkord des Stückes unentbehrlich war.

Doch dort lag nichts. Steckte nichts.

NICHTS.

Über diese Erkenntnis vergaß Eberhard sogar sein körperliches Unwohlsein, er blinzelte und starrte wieder abwechselnd. Kein Griff ragte hervor, der Stoff des Faches wölbte sich nicht nach unten. Und doch war sich Eberhard hundertprozentig sicher, dass er das Requisit genau dort vor Vorstellungsbeginn platziert hatte.

Genau dort.

Bei jeder Probe, bei allen Durchläufen hatte es geklappt. Schließlich war Eberhard gewissenhaft und verlässlich. Es konnte schlicht und einfach nicht sein, dass er vergessen hatte, die Plastikpistole in der eigens dafür gebastelten Ablage zu deponieren.

Noch einmal von vorn und mit drei Ausrufezeichen: Es konnte nicht sein!!!

Er ging in die Knie, robbte bis an den Bühnenrand. Er presste die Wange auf den Boden, der Staub kitzelte ihn in der Nase. Das Fach war leer, definitiv.

»Was machst denn, Ebi?«, flüsterte der Regisseur, sich zu Eberhard hinunterbeugend. »Gib eine Ruh, gleich is aus.«

Eberhard nickte stumm, aber in seinem Innern schrie eine Stimme, baute sich ein Entsetzen auf. Er stand auf, rannte seitlich bis zum Requisitentisch. Tatsächlich – und ebenso unfassbar: Dort lag sie, die Plastikwaffe, die nur Klack machen konnte, fein säuberlich vorbereitet in einer offenen Schachtel.

In weniger als einer Minute würde der Hauptdarsteller sich bücken, um sich die Theaterwaffe zu schnappen und sie sich an die Schläfe zu setzen. Angekündigt von dem letzten Satz: »In jener Stunde endete es.«

Der Inspizient würde nach genau diesen Worten ein Zeichen durchgeben. Der Tonmeister wiederum würde darauf einen Knall einspielen. Die Scheinwerfer würden verlöschen, die Premiere wäre zu Ende.

Herrje! Eberhard hätte bei allem, was ihm heilig war, geschworen, die Pistole an der richtigen Stelle hinterlassen zu haben. Er hatte es vor Beginn mindestens dreimal überprüft. Nein, viermal oder vielleicht sogar öfter. Er wusste um seine Verantwortung.

Der Schatten fiel ihm ein, diese unheimliche Gestalt eines Jungen. Eine Ungeheuerlichkeit schoss Eberhard durch den Kopf. Was, wenn dieser Schemen das Ende des Stückes verhindern wollte? Und was, wenn das Stück nicht das ihm bestimmte Finale erreichte, weil dem Schauspieler das dafür nötige Requisit fehlte?

Der Schlusssatz fiel.

Der Darsteller beugte sich vor, griff nach unten.

Eberhard reagierte aus dem Bauch heraus. Oder aus dem Herzen. Er riss die Plastikwaffe vom Requisitentisch aus der Schachtel und an sich. Wie von der Tarantel gestochen rannte er los. Eberhard stürzte in Jeans und T-Shirt auf die Bühne, auf den Schauspieler zu.

»Oh, stirb doch, du Bösewicht«, waren die Worte, die Eberhard spontan über die Lippen kamen.

Ein »Für Opa!« schleuderte er hinterher.

Dabei schrie Eberhard in voller Lautstärke, wie früher als Kind. Er betonte und spuckte. Dann schoss er oder tat zumindest so. Es klackte. In der letzten Sekunde vor dem Ertönen des eingespielten Knalls und dem Erlöschen des Lichts auf der Szene, konnte er noch den absolut erstaunten Gesichtsausdruck des jungen Mimen erkennen.

Danach herrschte Dunkelheit und Stille. Nach einer unendlich langen Minute setzte der Applaus ein. Die Gelegenheit für Eberhard sich von der Bühne zu schleichen, bevor die Scheinwerfer erneut erstrahlten.

Laut seiner Schilderung nach der Premiere hatte Eberhard vergessen, das Requisit, die Pistole, auf der Bühne zu platzieren. Hochoffiziell entschuldigte er sich bei der Autorin, dem Regisseur, dem Schauspieler und dem Intendanten.

Dem Publikum war sein kurzer Auftritt etwas eigenartig aufgefallen, wie ihm der Regisseur und die Autorin später bei der Premierenfeier berichteten. Aber er wurde im Rahmen der künstlerischen Freiheiten einer Inszenierung eingeordnet und angenommen. In einer ersten Abendkritik wurde das Stück bereits hochgelobt, die Utopie als brillant bezeichnet.

Eberhards kurze Einlage wurde von dem Kritiker als »außergewöhnliche Zugabe eines brandaktuellen letzten Blickwinkels« erwähnt. Im Geheimen war Eberhard ein kleines Bisschen stolz auf sein Improvisationstalent und würde sich den Ausschnitt aufheben.

Für sich selbst hielt Eberhard ebenfalls stoisch an der Version fest, die Theaterwaffe auf dem Requisitentisch in der Aufregung vergessen zu haben. Nicht vollkommen unmöglich, auch wenn es ihn immer noch fassungslos machte. Er blieb bei seiner Geschichte während der Premierenfeier und auch zu Hause, bis er ins Bett ging.

Doch in der Nacht schreckte er aus schlimmen Träumen hoch. Exakt 3 Uhr morgens war es, wie die roten Zahlen am Funkwecker anzeigten. Heiß und kalt war Eberhard, sein Herz trommelte. Er dachte an den Schatten.

In der Dunkelheit und Stille dieser Stunde kroch eine Unmöglichkeit unter seinem Bett hervor und lastete schwer auf seiner Brust. Ein nächster Gedanke, eine Überlegung, die sich ihm schon kurz während der Premiere aufgedrängt hatten. Konnte es sein, dass ein Teil von dem Bösen sich manifestiert hatte, einem Voldemort gleich, um sogar auf der Bühne zu verhindern, dass seine Existenz ausgelöscht wurde? Lag es an der Stadt, an dem Theater, die die alten Schemen der Grausamkeit noch in sich trugen?

Eberhard setzte sich kerzengerade auf und schüttelte vehement den Kopf.

Nein, niemals!

Das Theater war der Ort, an dem Utopien wahr wurden. Dort spielten Raum und Zeit keine Rolle. Wenn die ganze Welt eine Bühne wäre, könnte es vielleicht irgendwann einmal möglich sein, auf die Tyrannen und Wahnsinnigen in der Realität zu verzichten. Sie könnten sich selbst zerstören, bevor sie Unschuldige ins Verderben rissen.

»Opa Gustav«, hauchte Eberhard in das Dunkel, das ihn umgab. »Heut' hab ich – du weißt schon wem – den Garaus g'macht.«

Und somit das Schicksal seines Großvaters in einem von unendlich vielen Paralleluniversen aus Fantasie und Utopie verändert.

Mit diesem Gedanken rollte sich Eberhard wieder ein und schlief beruhigt weiter.

Applaus und Ende!

DER SCHWARZE SEE

VON GÜNTER NEUWIRTH

Der Neusiedler See ist der größte abflusslose See Mitteleuropas und liegt zum Großteil in Österreich, der südliche Teil in Ungarn. Der Steppensee bildet mit dem östlich vorgelagerten Seewinkel ein einzigartiges Habitat für eine Vielzahl von Tieren und Pflanzen. Zahlreiche Vogelarten lassen sich nur dort beobachten. Der See wird touristisch intensiv genutzt, gilt aber trotz seiner geringen Tiefe bei Sturm als sehr gefährlich.

*

Warum ich mich so kleinmache, fragen Sie, Herr Doktor, warum ich immer wieder den See überquere, einerlei, ob frierender Graupelregen, eisig stechender Wind und die sich langsam, aber beständig an der Oberfläche ausbreitenden Eisinseln in den mondkalten Winternächten diese Fahrten zur Tortur machen? Was wissen Sie von der Freiheit? Solange Sie nicht den See befahren, wissen Sie nichts. Der See war mir schon vor der Geburt die einzige, die wahre Heimat. Sie, Herr Doktor Weingartner, sitzen ja lieber am prasselnden Kaminfeuer, blättern bedächtig in einem Ihrer Kunstbücher, laben sich schlückchenweise an rotem Wein, plaudern geistreich mit Ihrer schönen Frau, um sich danach zu lieben. Mir hat an Ihnen immer Ihr Name am besten gefallen, Doktor Weingartner. Ein schöner Name. Und Ihre Villa steht auch inmitten eines Weingartens. Das Burgenland und der Wein gehören zusammen, so wie der See und ich.

»Herr Felder, haben Sie in der letzten Zeit auch wirklich Ihre Medikamente genommen?«

Ich schüttle schwach den Kopf.

Der Steppensee ist älter als das Menschengedenken, doch die Wissenschaftler behaupten, dass sich änderndes Klima könnte den See in den nächsten Jahren wieder einmal austrocknen. Der Wasserspiegel fällt Jahr für Jahr, die Trockenheit greift um sich. Das nährt meine Verzweiflung. Was ist, wenn sich der See nie wieder füllt? Dann würde sich in der fernen Zukunft niemand mehr an ihn erinnern. Dabei sollten doch die Menschen und ihre Lügen vergessen sein, nicht die Gewässer.

Ich kann ohne den Neusiedler See nicht leben. Das trübe Wasser verbirgt Geheimnisse vor den Augen der vielen Fremden, die in endlos rumorenden Autokolonnen aus der Stadt kommen. Die Städter verbringen hier unbeschwert ihre kostbare Freizeit, planschen, surfen, joggen, lärmen. Wenn die Horden einfallen, verstecke ich mich mit meinem Boot im dichten Schilf.

Der See ist die Heimat ungezählter Vögel. Natürlich kenne ich all die braven Tiere. Viele Zugvögel machen auf ihren Reisen hier Halt, stapfen durch die seichten Seeränder und schnappen nach Weichtieren und kleinen Fischen. Manche leben das ganze Jahr über am See. So wie ich. Vor Jahren ist der Hund einer Nachbarin im Schilf verschwunden, alle dachten schon, er wäre im Morast versunken. Vier Tage später kam er mit dreckigem Fell und ausgehungert nach Hause. So wie ich seinerzeit aus der Stadt dreckig und ausgehungert nach Hause kam. Wegen all der Tabletten konnte ich die Nahrung nicht behalten. Außerdem kocht niemand so gut wie Großmutter, daher besuche ich auch nie die Gasthäuser am See. Dort mästen sich die Leute aus der Stadt. Den Gasthäusern bleibe ich fern. Nach meinem schrecklichen Aufenthalt dort bleibe ich der Stadt auch fern. Nie wieder werde ich dorthin gehen. Ich bin lieber bei den Vögeln und Fröschen.

»Waren Sie überhaupt in der Apotheke, um die Medikamente zu besorgen, Herr Felder?«

Ich blicke regungslos zu Boden.

Niemand kenne die Schilfgürtel wie mein Bub, er kenne jeden einzelnen Halm, jeden Vogel, jede Kröte, sagt Großmutter immer wieder zu den Wissenschaftlern, die bei uns anklopfen und fragen, ob ich mit ihnen hinaussegle und sie ins Schilf rudere. Ich weiß nicht, warum die Wissenschaftler zu mir kommen, mein Name steht nicht im Telefonbuch, mein Name steht nicht am Türschild des Hauses meiner Großmutter, ich will doch nur meine Ruhe. Die meisten Wissenschaftler sind sehr freundlich, sie bleiben zum Tee, essen die von Großmutter gebackenen Kekse, und sie bezahlen. Das Geld können Großmutter und ich gebrauchen. Also fahre ich manchmal nicht alleine hinaus auf den See, sondern mit Fahrgästen. Stundenlang liegen wir im Schilf, ich verharre regungslos und warte, die Wissenschaftler spähen mit ihren Ferngläsern nach den Vögeln, suchen mit Käschern nach kleinen Fischen oder Fröschen, um sie zu vermessen und zu wiegen. Und immer schreiben sie alles auf. Alles. Wozu, frage ich mich oft, und manchmal auch die Wissenschaftler.

Der Neusiedler See sei ein ökologisches Juwel, ereifern sie sich dann, die Vogelwelt sei einmalig, ein gesunder Fischbestand sei von unermesslicher Bedeutung für die Biodiversität des Gewässers, die Gesundheit der Lurche sei ein Indikator für die Qualität des Habitats.

Solche Worte verstehe ich nicht, ich bin kein kluger Wissenschaftler, der jahrelang studiert und viele dicke Bücher gelesen hat. Aber ja, ich kann lesen. Doktor Weingartner kann das bestätigen. Ich verstehe aber, dass die vielen Wissenschaftler den See lieben. Das gefällt mir, das höre ich gerne, bin ich doch ein Teil des Sees. Nur manche Wissenschaftler lieben ihre wichtige Forschung mehr als den See. Die fahre ich nicht ein zweites Mal in das Schilf. Bestimmt nicht.

»Haben Sie die von mir ausgestellten Rezepte weggeworfen?«

Wie soll ich all die Fragen des Doktors bloß beantworten? Ich habe selbst so viele Fragen. Keine einzige ist beantwortet.

Warum die Wissenschaftler mich nicht über die Vögel, Fische und Frösche befragen? Darauf finde ich keine Antwort. Ich kenne doch alle Pflanzen und Tiere. Bestimmt wollen sie das Wissen über den See selbst erlernen. Das kann ich verstehen. Also schweige ich. Nur wenn ein Wissenschaftler wieder einmal einen schweren Fehler begeht, schlage ich vor, das mal so oder so zu beobachten, weil diese Perspektive könnte auch von Interesse sein. Manche Wissenschaftler hören auf meine Vorschläge, erkennen die Wahrheit und freuen sich dann, klüger geworden zu sein. Das stellt mich zufrieden. Unzufrieden machen mich andere Wissenschaftler, denen ich mehrmals sanfte Hinweise gebe, die aber nicht hören wollen und stur bei ihren dummen, kleinen Meinungen bleiben. Auch die fahre ich nicht ein zweites Mal hinaus. Bestimmt nicht.

Großmutter sagt, mein Sternzeichen sei der Feldschwirl. Das ist lustig, denn kein bekannter Astronom kennt das Sternbild des Feldschwirls. Ich habe es auch noch nie gesehen, obwohl ich viele klare Nächte im Boot gelegen und mit hinter dem Kopf verschränkten Händen in den Sternenhimmel geschaut habe. Ich mag den Feldschwirl, denn er lebt versteckt im Schilf. Nur geduldige und stille Menschen bekommen ihn zu Gesicht. Auch die große Rohrdommel treffe ich gern, denn sie streicht nachts durch das Schilf.

Sehr geehrter Herr Doktor Weingartner, ich kann Ihnen wahrheitsgemäß berichten, dass keine Nacht im Schilf der anderen gleicht. Hören Sie mich überhaupt?

Großvater hat dort vor vielen Jahren seinen Kameraden Lajos getroffen, damals, als der Eiserne Vorhang die Länder, nicht aber den See getrennt hat. Lajos hat Barackpálinka, Salami und bulgarische Zigaretten gebracht, Großvater Kaffee, Waschpulver und französische Zigaretten. Für alle ein gutes Geschäft. Weil ich schon als Bub selbst nachts, bei Regen, Schneetreiben oder Nebel die Himmelsrichtungen immer gefunden habe, hat Großvater mich mit aufs Boot genommen. Der See gehört neben all den Vögeln, Fischen und Lurchen auch zwei Völkern, den Österreichern und den Ungarn. Und die treiben seit jeher Handel und ließen sich selbst durch Eiserne Vorhänge nicht daran hindern. Großvater und sein Freund Lajos sind schon lange tot. Der Tod ist mein Freund.

»Sehen Sie mich an, Herr Felder, bitte, sehen Sie mir in die Augen und beantworten Sie meine Fragen. Ich bitte Sie.«

Doktor Weingartner ist immer freundlich, immer zuvorkommend, selbst wenn man seine Unzufriedenheit in jedem Atemzug vernimmt, bleibt er ein höflicher Mann. Er stammt aus gutem Haus. Ihm eine Bitte abzuschlagen ist nicht leicht, es ist vielmehr eine Höllenqual. Und wenn Doktor Weingartner etwas von Höflichkeit, Medizin, der italienischen Renaissance, der erlesenen Qualität edler Weine und Psychotherapie versteht, so verstehe ich mich auf Höllenqualen. Also hebe ich meinen Blick nicht, verharre in meiner Angst und leiste seiner Bitte nicht Folge. Übrigens das erste Mal in den zwei Jahren unserer Bekanntschaft. Weil er das ruhige Leben im hellen Sonnenlicht am See so liebt, haben seine schöne Frau und er das hektische Wien verlassen und sich hier eine schmucke Villa bauen lassen. Er hat so viel Geschmack und Stil.

Minuten verstreichen in Stille, Doktor Weingartner wartet, ich schweige.

»Herr Felder, wie soll ich Ihnen helfen, wenn Sie sich so verweigern?«

»Ich habe Angst vor den Medikamenten.«

»Angst? Vor kleinen weißen Tabletten brauchen Sie keine Angst zu haben. Im Gegenteil, Herr Felder, Benzodiazepine helfen Ihnen, Ihre Angst zu ertragen.«

»Und wenn ich alleine auf dem See fahre, bei Sturmböen und Schnee, hinein in den dichtesten Nebel, brauche ich da auch keine Angst zu haben?«, will ich ihn fragen, schweige aber lieber.

»Sprechen Sie über Ihre Gefühle«, fordert er mich auf. »So, wie Sie es am Anfang unserer Zusammenarbeit wunderbar schnell und sicher erlernt haben. Sprechen Sie, Herr Felder!«

Ich hole tief Luft, richte mich, ohne hochzublicken, ein wenig auf. »In mir ist so ein Gefühl von ...« Ich verliere den roten Faden.

»Wovon, Herr Felder, wovon ist es ein Gefühl?«

Des Todes? Des Vergessens? Der Kälte?

»Eines Tages wird sie mich ermorden. Bestimmt. Ich weiß es«, flüstere ich.

Ich sehe Doktor Weingartner nicht an und doch weiß ich, dass er seine Augen rollt, unhörbar nach Luft schnappt, ganz unzufrieden ist mit dem Fortgang meiner Therapie.

»Nein«, sagt er schließlich fest und bestimmt. »Ihre Großmutter wird Sie nicht ermorden. Ihre Großmutter ist 80 Jahre alt, sie ist froh, wenn Sie ihr am Abend eine Decke bringen und der Tee nicht zu heiß ist. Ihre Großmutter tut keiner Fliege etwas zu Leide.«

Er macht eine Pause, ich weiß, dass er noch nicht fertig gesprochen hat, dass er in seinem Vortrag taktierend wartet, mir Zeit lässt, genau zu hören.

»Wenn Sie Ihre Medikamente nicht nehmen, Herr Felder, dann kann ich nur eine stationäre Behandlung empfehlen.«

Ich beuge meinen Kopf noch tiefer, krümme mich wie ein Wurm, ein getretener Hund, versuche, aus der Welt und der Zeit zu verschwinden. Es ist wie damals, als ich fort musste vom See, als ich in die Stadt musste, als ich in der Anstalt festsaß, als ich den Wind nicht spüren und das weite Gewässer nicht sehen konnte. Die Angst war in mir – und somit überall.

Endlich greift Doktor Weingartner nach der eleganten Tasse aus filigranem Porzellan. Er trinkt immer Tee, das weiß ich seit zwei Jahren, Darjeeling zumeist, gerne auch Assam, stets nur das beste Blatt. Doktor Weingartner hat Niveau. Er kippt die Tasse, das sehe ich aus den Augenwinkeln, so wie er es während jeder Sitzung tut, den moderat abgekühlten Tee in einem schnellen Schluck sich zuführend.

Großmutter öffnet leise die Tür zum Arbeitszimmer des Doktors, ihren Gehstock setzt sie auf dem kostbaren Teppich auf, sie schleppt ihr linkes Bein ein wenig nach. Sie streicht mir sanft durch das Haar, legt ihre kühle Hand unter mein Kinn, hebt meinen Kopf und blickt mir in die Augen. Sie nickt mir beruhigend zu.

»Das hast du gut gemacht, Hans, sehr gut.«

»Oma, ich habe Angst.«

»Brauchst du nicht zu haben, mein Kind.«

Dann schaut sie nach Doktor Weingartner, humpelt auf ihn zu. Das Alter, der Rheumatismus, sie geht nicht mehr so schnell wie in jüngeren Jahren. Aber muss das Leben schnell vergehen? Muss alles immer in Hektik und Beeilung zerrissen werden? Wenn man so alt geworden ist wie sie, ist ein stiller, ruhiger, ein entschleunigter Tag Quell einer über das Menschenleben hinausragenden Schönheit. Großmutter streicht dem Doktor mit ihren knochigen Fingern über die Wange.

»Ein wirklich stattlicher Mann«, höre ich ihre brüchige Stimme. »Und so ein stilvolles Zimmer. Sieh nur, Hans, die prächtige Bibliothek. Komm jetzt, es ist schon spät, wir müssen zum Boot. Hebe das schöne Geschirr auf. Es darf nichts zurückbleiben.«

Ich tue, was sie sagt, tue immer, was sie sagt, ich bemühe mich, schnell zu sein, obwohl meine Hände zittern und die Knie einzuknicken drohen. Ich lasse den tödlichen Tee und das feine Porzellan verschwinden. Schließlich rolle ich den leblosen Körper in eine Decke, blicke in das starre Gesicht Doktor Weingartners. Er hat zuletzt noch gelächelt! Was für ein überaus feinsinniger und kultivierter Mann er doch gewesen ist. Mit Schnüren binde ich eine Menschenrolle.

»Sie werden mir meinen Jungen nicht wegnehmen, Sie nicht. Mein Hans geht nicht mehr ins Krankenhaus, nicht auf diese Station, mit diesen ordinären Krankenpflegerinnen und den obszönen Patienten. Und er braucht diese Pulver und Tinkturen nicht. Mein Hans braucht Bohnen und Speck und Brot und ein Glas guter Milch. Komm jetzt, Hans, wir müssen zum Boot.«

Das Segeln ist bei völliger Dunkelheit und dichtem Nebel niemandem anzuraten. Hier sind schon viele ertrunken, die dachten, der riesige Steppensee sei ja nicht tief, höchstens zwei Meter, da könne doch nichts passieren, schließlich sei das nicht die von antarktischen Winden gepeitschte Magellanstraße, sondern nur ein Binnensee im pannonischen Tiefland. Die Männer der Seeaufsicht bergen danach die Leichen der allzu Leichtsinnigen. Ich kenne das, in jüngeren Jahren habe ich diese Arbeit auch verrichtet, damals, als ich noch nicht in der Stadt, als ich noch nicht in diesem Krankenhaus, als ich noch jung und voller Hoffnung gewesen war.

Zum Glück sei ich kräftig, sagt Großmutter immer, da könne ich die Menschenrollen leicht in das Boot heben. Ich reiche Großmutter die Hand, als sie das Boot besteigt. Und ich lege ihr einen zweiten Mantel um die Schulter. Die Winternacht ist frostig. Ich stoße das Boot vom Steg ab und setze die Segel. Heute regt sich kaum eine Brise, Nebel hängt über dem Gewässer, so kommen wir nur langsam voran.

Ohne Licht gleiten wir lautlos über den nächtlichen See, hinüber zu der vom Land nicht zu erreichenden Stelle, an der ich in den hellen Sommern der Jugend mit meinem Vater die Angelhaken ausgeworfen habe. Zwei Männer an Bord, schweigend in einer beglückenden Vertrautheit und Harmonie. Vater ist nie gefunden worden. Der See hat ihn aufgenommen. Nach einem Streit hatte er sich über und über betrunken und war in den See gefallen, doch zuvor hatte er im Stall Mutter und unsere Kuh erschlagen. Mit einer Axt. Ich habe mich im Kirschbaum versteckt, selbst die Polizei hat mich nicht entdeckt. Erst Großmutter hat mich gefunden und zu sich genommen.

Wir nähern uns dem Schilfgürtel.

»Hast du genug Steine in die Decke gepackt?«

»Ja, Oma, genug.«

Ich raffe die Segel, das Boot verliert an Fahrt, mit den Riemen bewege ich uns in das Schilf. Bald sind wir sind am Ziel. Der See ist an dieser Stelle sogar noch weniger tief als anderswo, aber ich weiß aus Erfahrung, dass hier der Schlamm besonders weich ist. Ich weiß das, weil Großmutter hier schon mehrere Menschen versenkt hat. Mit genug Steinen in der festanliegenden Decke versinken die Körper für erdgeschichtliche Zeiten im Schlamm. In Millionen Jahren werden sie fossiles Zeugnis von der Vergeblichkeit jeden menschlichen Strebens ablegen. Meine tüchtigen Zeitgenossen.

Großvater hat erzählt, dass im Krieg beim Dorf ein sowjetischer Tiefflieger von der Flak getroffen worden war. Das brennende Flugzeug war in dieser Gegend in den See gestürzt. Weder Pilot noch Bordschütze und erst recht nicht das Flugzeug sind jemals wieder gesehen worden. Der See hat sie zu sich genommen.

Doktor Weingartners Körper rutscht über die Bordwand, glucksend schlägt das Wasser über ihm zusammen. Sofort verschlingt ihn der schwarze See und zieht ihn in die ewige Dunkelheit. Wird sie mich nun auch in den See stoßen? Mich töten? Mich dem Wasser und noch tiefer dem Schlamm übergeben? Großmutter spricht ein leises Gebet. Ich falte meine Hände und verharre still.

Später bewegt sich das Boot langsam und lautlos wie ein Gespenst in weißen Laken über die spiegelglatte Oberfläche. Wenn der Nebel wie heute über dem See hängt, dann ist auch das Segel kaum gebläht. Großmutter und ich haben alle Zeit der Welt in dieser und allen anderen Nächten.

Am Steg angekommen, zurre ich die Taue fest.

»Hans, hilf mir aus dem Boot. Ich fühle mich so schwach.«

»Gerne, Oma, gib mir die Hand.«

»Junge, du musst mich wieder tragen. Meine Beine fühlen sich zerbrechlich an.«

»Ja, Oma.«

Ein Käuzchen schreit in der Ferne. Der Mond lugt verschämt zwischen den dichten, winterlichen Wolken hervor. Ich trage Großmutter ins Haus, gehe ihr beim Umkleiden zur Hand, bereite eine Tasse Melissentee zu, den liebt sie so, und ich helfe ihr zu Bett.

»Junge, du bist so fürsorglich zu mir. Ohne dich wäre ich ganz verloren. Wie geht es dir jetzt?«

Ich lächle ihren weißen Schädel an, blicke in die leeren schwarzen Augenhöhlen.

»Es geht mir jetzt wirklich viel besser. Ich habe ein Gefühl von ...«

Ich lausche in mich hinein.

»Wovon, Hans, wovon hast du ein Gefühl?«
»Von Heimat.«
Sie lächelt mich an, tätschelt meine Hand und nickt mir zu, also knipse ich das Licht aus und bedecke das geblümte Nachthemd über ihrem blanken Skelett mit einer warmen Decke.

DIE ERBEN DES SCHÖRGEN-TONI

VON MANFRED BAUMANN

Der Lungau ist ein Hochtal, auf rund 1.000 Metern Seehöhe gelegen, umgeben von den hohen Bergen der Tauern, durchflossen von der Mur. An der breitesten Stelle des Murtales, mit Blick Richtung Tamsweg, ist auf der linken Seite auf einem felsigen Hügel des bewaldeten Mitterberges eine prächtige Burg zu bestaunen: Schloss Moosham. Diese Mauern waren Schauplatz schrecklicher Hexenverurteilungen und anderer Prozesse. Menschen wurden gefoltert und hingerichtet. Um Schloss Moosham ranken sich viele Sagen. Was dort passierte, strahlt aus, sagt man. Bis heute.

*

Ein Stöhnen. Zuerst leise, dann immer lauter. Es schwoll an, fraß sich durch ihn hindurch. Grauenvoll. Ein Gespenst? Nur weg von hier. Schnell. Wo war er? In einer Kammer? Ringsum alles düster. Erneut dieses Ächzen. Erbärmlich. Nein, das war kein Gespenst. Das klang nach einem Kind. Gequält. Verwundet. Es schrie. Der Schrei sprang ihn an. Wuchtig. Alles umschlingend. Er versuchte, dieses elendigliche Jammern wegzuwischen. Ärgerlich schlug seine Hand zur Seite und traf auf eine Mauer. Eine weiche Mauer? Hier in diesem bösen Gemäuer? Er hielt inne, drosch erneut mit der Hand zur Seite. Nein, das war keine Mauer. Die Hand traf auf Stoff. Das war ein Polster. Nochmals das mitleiderregende Stöhnen. Dann war es weg. Er schreckte hoch. Um ihn herum nichts als Dunkelheit. Wo war die furchterregende Kammer hin? Er spürte noch deutlich die unheilvolle Ausstrahlung, die von diesem bösen Ort ausging. Beklemmend. Aber das Gemäuer selbst war nicht mehr da. Seine Hand befand sich auf einer weichen Unterlage. Gleich neben seinem Kopf. Ein Polster? Was passierte mit ihm? Allmählich nahmen seine Sinne die neue Umgebung wahr. Seine Finger tasteten über Stoff. Ein Leintuch. Eine Decke. Er lag nicht mehr auf einem harten Steinboden, er lag in einem Bett. Schreck durchfuhr ihn. Zugleich Erleichterung. Allmählich verstand er, was geschehen war. Er hatte geschlafen, war eben aufgetaucht aus einem furchtbaren Traum.

Ramona. Warum kam er gerade auf diesen Namen?
»Ramona?« Seine Stimme hörte sich kläglich an.
»Ich bin hier«, klang es aus der Dunkelheit.
Es dauerte einen Herzschlag. Noch einen weiteren. Dann fiel ihm schlagartig alles wieder ein. Ramona. Diese wunderbare Frau. Sie stand am Fenster. So viel konnte er ausmachen. Die Vorhänge waren zurückgezogen, die Balken geöffnet. Sie schaute hinaus. Es war gar nicht so finster, wie es ihm vorhin erschienen war, als er aus dem Schlaf hochgeschreckt war. Helles Mondlicht schob sich

durch die Fensteröffnung, erfüllte das Zimmer. In zwei Tagen war Vollmond.

»Du hast schlecht geträumt, Heinz.«

Ja, das hatte er. Die Frau am Fenster wandte den Kopf, blickte zu ihm. Diese dunklen Augen hatten ihn von Anfang an fasziniert. So wie die ganze Frau. Sie war in einem kleinen Caféhaus gesessen. In Tamsweg. Er hatte gefragt, ob der Platz an ihrem Tisch noch frei sei. War das tatsächlich erst gestern gewesen? Seit knapp drei Tagen war er erst hier. Der Lungau war eine abgeschiedene Gegend, lag abseits der stark frequentierten Plätze. Das kam ihm sehr gelegen. Hier würde Olaf ihn nicht so schnell finden. Oder einer seiner Männer, falls Olaf sich gar nicht selbst auf den Weg machte. Auch wenn die Region fernab vom Schuss lag, hatte er sich dennoch immer wieder umgeblickt. Manchmal sogar im Minutentakt gecheckt, ob er in seinem Rücken jemand entdeckte, der ihm folgte.

»Sie können gerne Platz nehmen«, hatte sie gesagt und auf den freien Stuhl gewiesen. »Und den Topfenstrudel kann ich sehr empfehlen.« Dabei hatte sie auf die zur Hälfte gegessene Mehlspeise gedeutet, die vor ihr auf dem Teller lag. So hatte alles angefangen. Gestern. Ja, diese großen, dunklen, fast mahagonifarbenen Augen hatten ihn von Anfang an fasziniert. Vor allem das rätselhafte Schimmern, das in ihnen lag. Deutet das Schimmern darauf hin, dass die Frau auf ein erotisches Abenteuer aus ist, hatte er sich gefragt. Oder plant sie anderes Verwegenes? Ist sie unterwegs zu einem ausgefallenen Trip?

»Ich habe vor Kurzem meinen Mann verloren«, hatte sie ihm eröffnet, nachdem er den Topfenstrudel bestellt hatte. »Das nimmt mich immer noch sehr mit.« Also kein erotisches Schimmern. Eher ein Ausdruck von Gram. Wenn er ehrlich war, kannte er sich mit Frauen und ihren oft rätselhaften Gesichtsausdrücken nicht besonders gut aus. »Trauer« hatte er zwar als Erklärung für das eigenartige Schimmern auch in Erwägung gezogen, es hatte aber sehr weit hinten auf seiner Liste gestanden.

»Ich heiße Heinz«, hatte er sich vorgestellt. Der Name war ihm passend erschienen.

»Ramona«, hatte sie erwidert und ihm die Hand gereicht. Die Finger hatten sich warm angefühlt, weich, prickelnd. Er hatte ihre Hand lange gehalten. Nun, vielleicht konnte er die Trauer über den Verlust ihres Gatten ein wenig lindern, hatte er gedacht. Und das hatte er gekonnt. Nach wenigen Minuten waren sie schon beim Du gewesen. Und keine fünf Stunden später waren sie in dieser kleinen Pension gelandet.

»Welch faszinierender Anblick.« Sie stand immer noch am Fenster, wies mit der Hand nach draußen. Er schob sich aus dem Bett, stellte sich zu ihr.

»Schaurig. Und zugleich wunderschön.«

Ja, das traf es. Auch wenn sich in diesem Augenblick eine Wolke vor den fast vollen Mond schob und dessen helles Licht verdüsterte, war die blasse Fassade dennoch gut auszumachen. Sie leuchtete aus der Entfernung zu ihnen herüber. Schloss Moosham. Schaurig und schön zugleich. Das hatte er damals schon so empfunden, als er zum ersten Mal in diese Gegend gekommen war. Er hatte hier Urlaub gemacht. Das lag schon viele Jahre zurück. Das war noch weit vor der Zeit gewesen, als er seine ersten gewagten kriminellen Versuche gestartet hatte. Zusammen mit Olaf. Von der Ferne anzuschauen wie ein riesiges Spielzeug, dessen gebleichtes Mauerwerk aus dem dichten

Nest finsterer Bäume hervorlinst. Eine beklemmend rätselhafte Burg. Mit erhabenen Zinnen und Türmen. Und dunklen Geheimnissen tief im Inneren.

Ein Stöhnen. Zuerst leise, dann immer lauter. Es schwoll an, fraß sich durch ihn hindurch. Erbärmliches Ächzen. Ein Kind. Johannes war schon 15 Jahre alt. Ein junger Mann, der bei der heurigen Fronleichnamsprozession wacker zugegriffen hatte, um zu helfen, die schwere Madonnenstatue durch den Ort zu tragen. Josef hatte ihn dafür bewundert. Da waren sie beide noch in Freiheit gewesen. Doch in diesem Augenblick war nicht der kräftige 15-Jährige zu vernehmen. Jetzt winselte Johannes wie ein kleines Kind. Zum Herzzerreißen. Die kläglichen Laute krochen nach oben, heraus aus einem der tieferen Verliese, herauf bis zu ihm. Josef versuchte mit aller Macht, sich hochzustemmen. Aber die wuchtigen Ketten und die massive Halskrause aus schwerem Holz und scharfem Eisen drückten ihn nieder. »Toni!« Zum wiederholten Male rief er schon. »Toni!« Josef brüllte, so laut er konnte. Hätte er bloß noch ein wenig von seiner früheren Kraft, sein Schrei würde durch das Gemäuer dringen, hinausfliegen über die Zinnen von Moosham, hinweg über Wiesen und Felder. Bis nach Tamsweg. Und noch weiter. Doch alles, was Josef zustande brachte, war ein klägliches Krächzen. »Toni!« In diesem Moment schob sich etwas in Josefs Blickfeld. Ein Gesicht. Ein hämisches Grinsen.

»Du kannst ja immer noch einigermaßen krähen«, lästerte der Gerichtsdiener. »Da werde ich dir die Krause wohl fester zuschnüren müssen.« Dann fasste er mit den Fingern ans schwere Holz, drehte an den krachenden hölzernen Wirbeln.

»Mach mit mir, was du willst«, stöhnte Josef. »Aber hör um Christi willen auf das schreckliche Wimmern. Johannes ist schwer verletzt. Lass ihn aus dem Verlies, du hast ihn genug gequält. Hab wenigstens ein klein wenig Erbarmen.«

Erbarmen kam im Wortschatz von Gerichtsdiener Anton Heilmayer nicht vor. »Jeder kriegt von mir genau das, was ihm zusteht!« Er schraubte weiter an den Wirbeln. Das scharfe Eisen schloss sich noch enger um den Hals des Gefangenen.

Josef rüttelte verzweifelt an seinen schweren Ketten. Er war kein eifriger Kirchgänger. Er gab nicht allzu viel auf das, was die Pfaffen so predigten. Dennoch hoffte er, dass im Himmel einer hockte, der mitbekam, was hier passierte. »Wenn es einen Gott gibt, dann möge er dich dafür bestrafen, was du anderen antust, Schörgen-Toni.« Sein Krächzen war kaum mehr zu verstehen. »Ich verfluche dich.«

Das höhnische Grinsen des Gerichtsdieners wurde noch verächtlicher. Ihm konnte keiner etwas anhaben. Dafür hatte er gesorgt. Und dieser Pakt, der galt. Für immer und ewig.

Der Nachtwind war stärker geworden. Längst hatte er die Wolkenbank beiseitegeschoben. Nun fiel wieder das Mondlicht voll und ungetrübt auf die bleiche Fassade der alten Burg. Sie standen immer noch nebeneinander am Fenster, ließen den schaurig-schönen Anblick auf sich wirken. Plötzlich zuckte er zusammen. Waren das Autoscheinwerfer? Hielt der Wagen direkt auf die Pension zu? Jetzt, mitten in der Nacht? Ihm wurde heiß. Er fühlte, wie sich sein Hals zuschnürte. Seine Finger schwitzten. Er hielt Ramonas Hand. Schon seit er sich zu ihr ans Fenster gestellt hatte. Hoffentlich bemerkte die begehrenswerte Frau an seiner Seite seine Unruhe nicht. Das Schwitzen wurde stärker. Er überlegte, ob er die weiche, warme Hand lieber auslassen sollte. Da änderten die Scheinwerfer die Richtung. Das Auto bog ab. Keine Gefahr mehr. Idiot, schalt er sich selber. Natürlich waren selbst in dieser gottverlassenen Gegend zu später Stunde noch vereinzelt Leute unterwegs. Einheimische, die in Tamsweg die Disco besucht hatten. Touristen, deren Tagesausflug zu lange geraten war. Es bestand kein Grund, bei jedem auftauchenden Wagen in Panik zu verfallen. Sie würden ihn schon nicht finden. Falls sie überhaupt hinter ihm her waren. Wofür es bis jetzt kein Anzeichen gab. Er beruhigte sich allmählich. Er hatte Ramonas Hand nicht ausgelassen. Sollte er dieser wundervollen Frau erzählen, was ihn umtrieb? Vielleicht später einmal. Würde sie ihn verachten für das, was er getan hatte? Oder gar bewundern? Immerhin hatte er Olaf und den anderen übel mitgespielt. Ein böses Unterfangen. Sie nach Strich und Faden ausgenommen. Was für ein Coup, der ihm da gelungen war.

»Was bringt dich zum Lächeln, mein Lieber?«

Sein offenbar spürbarer Anflug von Heiterkeit war ihm gar nicht bewusst gewesen. »Ach, mir ist nur etwas Schräges eingefallen.«

»Lässt du mich daran teilhaben?«

»Ist nicht so bedeutend, meine Liebe. Vielleicht ein andermal. Lass uns noch ein wenig die nächtliche Stimmung genießen.« Und gleichzeitig konnte er noch weiter checken, ob nicht doch eines der Autos, die ab und zu auf der entfernten Landstraße zu sehen waren, unvermutet abbog und auf sie zuhielt. Der große Plan hatte ursprünglich allein in Olafs Kopf Gestalt angenommen.

Das war ihm bewusst. Das hatte er auch nie abgestritten. Aber die besonderen Feinheiten, die zu den ganz großen Gewinnen geführt hatten, die stammten von ihm. Skrupel waren ihm schon immer fremd gewesen. Die meisten, die sie schamlos hintergangen und ausgenommen hatten, waren betuchte Geschäftsleute gewesen. Gut, es waren auch einige Kleinanleger drangekommen. Gierige Hausmeistertypen, die schnell den großen Reibach machen wollten. Einmal hatte er sich für eine Ausnahme entschieden. Einer kinderreichen Familie, die in den völligen Bankrott geschlittert wäre, hatte er über Umwege etwas zukommen lassen. Nicht viel, aber es hatte zum Überleben gereicht. Das war es dann gewesen. Und immer schön die Spuren verwischen, darauf hatte er von Anfang an penibel geachtet. Darin war er ein Meister. Das hatte Olaf nie kapiert. Deshalb war es auch nicht allzu schwer gewesen, am Ende Olaf selbst hereinzulegen.

»Du wirkst noch immer sehr erheitert, Heinz.«

Heinz. Ja, der Name gefiel ihm. Den hatte er gut gewählt. »Das liegt nur an deiner wunderbaren Nähe, meine Liebe.«

Ramona, zum Abschied sag ich dir goodbye. Der alte Schlager der Blue Diamonds aus den 60er-Jahren war ihm eingefallen, als sie sich ihm mit ihrem Namen vorgestellt hatte. Aber für sie beide ging es nicht ums Goodbye-Sagen. Ganz im Gegenteil. Ihre Beziehung stand erst am Anfang. Ramona. Er hatte schon im Caféhaus Fotos von ihr geschossen. Später hatte er von ihr unbemerkt auf seinem Smartphone die besten Porträts durch ein Programm mit einer speziellen Gesichtserkennungssoftware gejagt. Reine Routine. Möglichst viel über Leute zu wissen, mit denen er zu tun hatte, hatte ihm immer schon den entscheidenden Vorteil verschafft. Andernfalls hätte er nie in aller Stille seine unsauberen, aber äußerst lukrativen Geschäfte abwickeln können. Alles überprüfen. Da konnte er keine Ausnahme machen. Es war zwanghaft. Ein wenig erstaunte ihn dann doch, was ihm die Gesichtserkennungssoftware offenbarte. »Ich habe vor Kurzem meinen Mann verloren.« Die wunderbare Frau, die ihm den Topfenstrudel des Tamsweger Caféhauses nahegelegt hatte, war die Gattin von Gerit Tomsen gewesen! Der Tigerhai. So hatte man Tomsen in Insiderkreisen genannt. Das war ihm bekannt. Auch von dessen meist üblen Geschäftsmethoden hatte er gehört. Da hatten offenbar enge Verbindungen zur Mafia bestanden, wie man munkelte. Ominös sollen auch die Umstände gewesen sein, unter denen Tomsen zu Tode gekommen war. Von seinem eigenen Haus gestürzt. Von der Dachterrasse. Im Internet hatte er Storys über Ramona und ihren Mann in den Boulevardmedien gefunden. Sie hatte auf allen Fotos glücklich gewirkt, sich verliebt an ihren Mann geschmiegt. Er war rübergekommen, so wie man ihn in der Branche gekannt hatte. Mürrisch und überheblich. Na, um den war es gewiss nicht schade. Und eines war auch klar. Hätte Ramona nicht vor Kurzem ihren Mann verloren, dann wäre sie wohl nicht von zu Hause aufgebrochen, um Trost zu finden. Dann hätte er sie gestern nicht im Tamsweger Café kennengelernt. Dann würden sie beide jetzt nicht hier stehen, am Fenster. Hand in Hand. Da musste er fast dankbar sein, das Gerit Tomsen das Zeitliche gesegnet hatte. Ominöse Umstände hin oder her. Das Stöhnen war plötzlich wieder da. Ganz unerwartet. Wie vorhin im Traum. Oder hatte er gar nicht geträumt? Wer wimmerte da? Ein Gespenst? Ein Kind? Beklemmende Unruhe breitete sich in ihm aus. War das schaurige Stöhnen nur in seinem Kopf? Oder kam es von woanders her? Er starrte aus dem Fenster. Der Hals schnürte sich ihm erneut zu. Das schreckliche Wimmern drang von dort drüben an sein Ohr. Aus der Entfernung. Direkt aus den abgründigen Tiefen von Schloss Moosham.

»Du zitterst, Heinz. Lass uns das Fenster zumachen. Mir ist auch kalt.« Sie schloss es. Dann zog sie ihn sanft an der Hand zurück zum Bett.

Die Luft war erfüllt von Dröhnen. Woher ertönte das unheilvolle Glockenschlagen? Menschen rannten aus den Häusern, blieben wie angewurzelt stehen. Zwei Männer deuteten aufgeregt zum Himmel. Wie ein gekentertes Geisterschiff sah die riesige Wolke aus, die sich eben vor den Mond schob. Es wurde noch dunkler, als es ohnehin schon war. Das düstere Glockenschlagen schwoll an. Etliche Leute wiesen erschrocken in die Ferne. Einige bekreuzigten sich. War das ein feuersprühendes Ungeheuer, das da eben um die Kurve schoss? Nein, es war ein Wagen. Eine schwarze Kutsche, gezogen von vier höllischen Rössern, aus deren Nüstern Flammen loderten. Nun bekreuzigten sich alle. Das höllische Gefährt donnerte vorüber, bog ein in die Auffahrt, die zum Schloss führte. Wenige Flammenstöße später erreichte es den Schlosshof. Aus der Kutsche stieg eine Gestalt. Mächtig groß. Mit einem Spitzbart. Und riesigen, glühenden Augen. Die Gestalt hob die Hand. Ihr teuflisch gereckter Zeigefinger wies auf eine Person. Auf den Gerichtsdiener Anton Heilmayer. »Die Zeit der Abrechnung ist gekommen.« Schon fasste die Gestalt den Schörgen-Toni am Kragen, riss ihn mit sich in die Kutsche. Die feuerspeienden Rösser ließen ein satanisches Wiehern hören. Dann rauschte das unheimliche Gefährt mit dem Schörgen-Toni davon, zum Schindergraben, der ganz in der Nähe lag. Durch diesen Schlund ging es direkt hinab in die Hölle. Erschütternde Laute waren zu vernehmen. Schwarze Vögel stießen sie aus. Krähen. Sie zogen über den verdunkelten Himmel, direkt über dem Schloss.

»Frühstück.«

Die Stimme der Hauswirtin, die sie gestern nett empfangen und ihnen das Zimmer angeboten hatte, war von unten zu hören. Ramona blickte aus dem Badezimmer. Er hatte schon geduscht, war vollständig angekleidet. Geschlafen hatten sie wenig. Er lächelte ihr zu. Der Sex mit dieser unvergleichlich attraktiven Frau war das Beste, was er je erlebt hatte. Wobei er noch nicht mit vielen Frauen geschlafen hatte, wie er sich eingestehen musste. Dafür war ihm nie genug Zeit geblieben. Die Geschäfte waren wichtiger gewesen. Doch das würde sich ab jetzt ändern. Davon war er überzeugt.

»Ob es hier auch einen so wunderbaren Topfenstrudel gibt?« Das Lächeln, das sie ihm zuschickte, ging ihm durch und durch. Am liebsten hätte er sie wieder aufs Bett geworfen, sie mit Küssen überdeckt, um sich dann mit kreischender Lust in ihrer heißblütigen Scham zu versenken.

»Ich brauche noch ein paar Minuten. Dann können wir hinuntergehen.«

Topfenstrudel gab es keinen. Dafür Marillenkuchen und cremiges Ribiseldessert. Sie ließen sich beides munden. Manchmal brauchte es offenbar ein kleines tragisches Ereignis, das einen über Umwege zum großen Glück führte. Für ihn war es jedenfalls das große Glück. Für Ramona war das tragische Ereignis wohl keineswegs klein gewesen. »Das nimmt mich immer noch sehr mit«, hatte sie gesagt. Also ein tragisches Ereignis, das doch größer war. Was waren das für ominöse Umstände, von denen er aus Insiderkreisen gehört hatte, die zum Tod von Gerit Tomsen geführt hatten? Soll ich sie danach fragen, überlegte er, während er das Ribiseldessert löffelte. Nein, entschied er. Noch nicht. Es ging ihr sicher noch zu nahe. Vielleicht war Ramona sogar dabei gewesen. Vielleicht hatte sie mit ansehen müssen, wie ihr Mann von der Dachterrasse gestürzt war. Er wollte in dieser wunderbaren, zartbesaiteten Frau an seiner Seite keine schlimme Erinnerung wecken. Zumindest nicht im Augenblick. Die Zeit dafür würde ein andermal passender sein. Aber er würde sie fragen. Gewiss. Das war er schon seiner Neugier schuldig.

Nach dem Frühstück verließen sie die holzgetäfelte Stube, stellten sich vor das Haus. Sofort begannen seine Augen, über das Gelände zu huschen. Sein gehetzter Blick kontrollierte jeden Baum, prüfte, ob sich hinter der kleinen Hütte neben dem Anbau vielleicht jemand verbarg. Nichts zu sehen. Auch kein fremder Wagen in der Nähe. Alles bestens. Er schaute zu Ramona. Ihr Blick wanderte über das ansteigende Gelände, auf dem in der Entfernung das mächtige Schloss thronte.

»Ich möchte da hinauf.« Ihre Hand wies zur Burg. »Lass uns das Schloss besuchen. Vielleicht können wir sogar an einer Führung teilnehmen.«

Dass er vor vielen Jahren in der Gegend auf Besuch gewesen war, hatte er ihr bereits erzählt. »Du hast doch gestern etwas von einer alten Sage angedeutet, Heinz. Was hat es damit auf sich?«

Kurz musste er lachen. »Das ist alles schon eine ziemliche Weile her, mein Schatz.«

Er kramte in seiner Erinnerung, gab sich Mühe, die Teile zu finden. Dann hatte er ihn parat, den alten Namen. »Schörgen-Toni. Von ihm handelt die Sage.« Er nahm sie an der Hand, deutete hinüber zum Schloss. »Dort drüben hat er als Gerichtsdiener gewirkt. Dieser Schörgen-Toni zeichnete sich durch besondere Grausamkeit seinen Mitmenschen gegenüber aus, wie man sich erzählte. Ganz besonders quälte der sadistische Mann die Gefangenen. Bettler und andere Menschen, die man der Hexerei beschuldigte, denen unweigerlich bald der Prozess gemacht wurde, darunter auch viele Kinder. Damit ihm nichts passierte, erzählt die Sage, schloss der Mann einen Pakt mit dem Teufel, verschrieb ihm seine Seele. Das ging lange gut. Doch schließlich holte ihn der Satan ab zu einer höllischen Kutschenfahrt, mitten hinein ins Verderben. Nichts hält ewig. Dem Tag der Abrechnung entkommt eben keiner.«

»Gibt es die Kutsche im Schloss zu sehen?«, fragte sie zwinkernd und strahlte ihn an. Im nächsten Moment verspürte er einen Stich in der Brust. Ihm wurde übel. Da war wieder dieses Stöhnen. Es hallte in ihm. Und zugleich wusste er, es kam von drüben. Von der Burg.

»Nein, Ramona. Ich möchte dort nicht hin.« Er ließ ihre Hand los. »Lass uns zusammenpacken und abhauen. Einfach drauflosfahren, so wie wir es beim Frühstück besprochen haben.«

Sie sagte nichts, schaute ihn nur an. Zum ersten Mal, hatte er den Eindruck, war ihr Blick nicht liebevoll. Ein dunkler Schatten hatte ihr Lächeln vertrieben. Sie wandte sich um, ging voraus ins Haus. Er folgte. Sie stiegen hinauf zum kleinen Appartement im ersten Stock. Schweigend verschwand sie im Badezimmer. Er hatte schon gepackt.

Er hatte ohnehin nicht viel dabei. Die paar Habseligkeiten passten in eine Sporttasche. Was er brauchte, würde er sich kaufen, hatte er beschlossen. Sie ließ sich Zeit. Es dauerte fast eine halbe Stunde, bis sich die Badezimmertür öffnete. Dann stand sie vor ihm im Zimmer. Und ihr Lächeln war zurück. Unbefangen und einnehmend, wie er es seit gestern kannte. »Komm, mein Lieber. Lass uns aufbrechen.«

Ja, das wollte er. Aufbrechen und zugleich ausbrechen. Ausbrechen aus dieser düster schaurigen Stimmung, die ihn seit Stunden immer wieder überfiel. Als sie vor das Haus traten, würdigte er das entfernt liegende Schloss keines Blickes. Er schnaufte durch, mehrmals, atmete sich positive Gefühle herbei. So gut er es eben konnte. Mich erwischt niemand! Und das wird auch so bleiben. Davon war er überzeugt. Er öffnete Ramona galant die Wagentür, ließ sie einsteigen. Er checkte kurz die nähere Umgebung. Dann startete er, gab Gas, ließ das Auto in rasantem Tempo losfahren. Er hätte lieber eine andere Route gewählt, aber Ramona wollte unbedingt, dass sie durch Tamsweg fuhren. Der kleine Ort hatte es ihr angetan. »Dann können wir an dem kleinen Café vorbeifahren, wo wir uns kennengelernt haben.« Möglichst unauffällig kontrollierte er immer wieder den Rückspiegel, ließ seine Augen über die Gesichter der Passanten huschen. Nichts Auffälliges. Da war keiner hinter ihm her. Er spürte, wie er ruhiger wurde. »Bleib bitte neben dem Caféhaus stehen, Heinz. Ich möchte uns zwei Schnitten vom Topfenstrudel mitnehmen.«

Stehen bleiben? Deswegen? Er spürte, wie sich Unruhe in ihm ausbreitete. Trotzdem tat er, was sie wollte. Sie brauchte lange. Viel zu lange für seinen Geschmack. Als sie zurückkehrte, war an ihrer Frisur etwas anders. So kam es ihm zumindest vor. Hatte sie im Café den Toilettenraum aufgesucht, um sich die Haare zu richten? Er wusste es nicht. Es war ihm auch egal. Einfach weiter. Sie stieg ein. Sie hatte noch nicht einmal die Tür richtig geschlossen, da fuhr er schon los. Auf dem Marktplatz wurden Stände aufgebaut. Aus einigen Fenstern der hohen Bürgerhäuser baumelten Fahnen. Das war ihm bereits bei der Herfahrt aufgefallen. Er musste warten, bis der Anhänger eines großen Traktors abgeladen war. Dann konnten sie weiter, vorbei am Marktplatz. Egal wohin, nur weg.

»Was ist das?« In Ramonas Augen erwachte Seltsames. War das Erstaunen? Oder gar Entsetzen? Ein riesiger Mann, ein erstarrter Körper. Das sah er. Leute schleppten ihn vorüber. Wie eine übergroße Leiche. Wir sind im Lungau, hallte es aus irgendeinem Winkel in seinem Innersten. Das ist ein Samson, die Figur eines biblischen Riesen. Der Anblick war befremdlich. Plötzlich war die Luft erfüllt von Dröhnen. Woher ertönte das unheilvolle Glockenschlagen? Hörte er es wirklich? Oder bildete er sich das alles ein? So wie das Stöhnen, das jetzt wieder laut wurde, irgendwo in ihm. Er war in keinem Traum. Oder doch? Er sah ringsum Menschen aus den Häusern rennen. Er drückte aufs Gaspedal, beschleunigte. Nur weg. Er war bisher noch immer mit allem, was er angestellt hatte, davongekommen. Er hatte stets gewusst, was zu tun war, um sich nicht erwischen zu lassen. Von niemandem. Einige der Leute, die aus den Häusern stürmten, bekreuzigten sich. Zwei Männer deuteten aufgeregt zum Himmel. Auch er blickte durch das Seitenfenster nach oben. Wie ein gekentertes Geisterschiff sah die riesige Wolke aus, die sich eben vor die Sonne schob. Was passierte hier? Keine Antwort. Einfach weiter. Aufs Gaspedal drücken. War das ein feuersprühendes Ungeheuer, das eben vor ihnen um die Kurve schoss? Nein, das war ein Wagen. Ein Auto. Ein riesiges schwarzes Gefährt. Es versperrte ihnen den Weg. Er musste bremsen. Aus dem Wagen stieg eine Gestalt. Die Zeit der Abrechnung ist gekommen, kam ihm plötzlich in den Sinn. Nichts hält ewig. Warum musste er das denken? Der riesige Kerl kam direkt auf sie zu. Er trug einen Spitzbart. Zumindest kam es ihm so vor. Zwei weitere Typen standen plötzlich direkt neben seinem Auto. Die Gestalt mit dem Spitzbart hob die Hand. Der Zeigefinger schoss nach vor. Der Himmel verdunkelte sich. Die schwarze Wolke hing jetzt in vollem Umfang vor der Sonne. Der Mann mit dem Spitzbart zeigte auf eine bestimmte Person. Auf wen? Ihm wurde siedend heiß. Die Erscheinung deutete nicht auf ihn. Dennoch schrie er auf. Die Gestalt mit dem Spitzbart zeigte auf Ramona. Dann ging alles schnell. Höllisch schnell. Die Beifahrertür wurde aufgerissen, Ramona hinausgezerrt. Die Kerle waren in dunkle Sakkos gekleidet, trugen Schulterhalfter, erinnerten ihn an Mafiatypen. Gleich darauf raste das schwarze Gefährt davon. Zusammen mit Ramona. Ihm war schlecht. Speiübel. Benommen tastete er nach dem Türgriff, taumelte aus dem Wagen. Was waren das für ominöse Umstände gewesen, unter denen Gerit Tomsen von der Dachterrasse seines Hauses gestürzt war? Wer hatte ihn hinuntergestoßen? Er seufzte. Er konnte sie nicht mehr danach fragen, würde es wohl nie erfahren. Erschütternde Laute waren mit einem Mal über ihm. Er schaute hoch. Eine Schar schwarzer Vögel war zu sehen. Krähen. Sie zogen über den verdunkelten

Himmel. In die Richtung, wo das Schloss lag. Moosham. Mit dunklen Geheimnissen in seiner Tiefe. Schloss Moosham. Schauplatz einer Sage aus alten Zeiten, die längst vergangen sind.

Oder doch nicht?

DIE AUTOREN

Isabella Archan lebt nach vielen Jahren als Schauspielerin an Staats- und Stadttheatern in Österreich, der Schweiz und Deutschland in Köln, wo sie freiberuflich arbeitet. Hier begann auch ihre Laufbahn als Autorin. Ihre Krimireihen um die MörderMitzi sowie die Fälle des Inspektors Ferdinand Sterz laufen mit großem Erfolg. Neben dem Schreiben ist die gebürtige Grazerin immer wieder im TV zu sehen, u.a. im Tatort oder im ZDF-Krimi »Der Zauberwürfel«. Die MordsTheaterLesungen zu ihren Krimis erfreuen sich großer Beliebtheit.
www.isabella-archan.de

*

Manfred Baumann wurde 1956 in Hallein/Salzburg geboren. Er lebt als freier Autor, Kabarettist, Regisseur und Moderator in Puch bei Hallein und war über 30 Jahre beim ORF als Moderator, Sendungsgestalter und Abteilungsleiter tätig. Er schreibt Salzburg-Krimis rund um den charismatischen Ermittler Kommissar Martin Merana (Gmeiner-Verlag). Figuren und Motive aus Baumanns Romanen sind Vorlagen für TV-Krimis in ORF und ZDF: »Drachenjungfrau«, »Das dunkle Paradies«, »Flammenmädchen«.
www.m-baumann.at

*

Daniel Carinsson, geborener Berliner, liebt den Quereinstieg: studierter Toningenieur, später Musikproduzent, Werbetexter, Bandleader in den USA, PR-Profi, Veranstalter und Betreiber eines Musiklabels in Wien, schließlich Social-Media-Manager, Online-Redakteur und Schriftsteller. Als Schaffensbasis hat er nahe Wien einen geschichtsträchtigen Ort an der Donau gewählt, wo er im Lichtatelier einer Jahrhundertwendevilla mit bewegter Vergangenheit lebt und arbeitet. Von 2015 bis 2018 war Carinsson Mitglied im Sprecherteam des Autorenverbands SYNDIKAT, bei dem er auch als Online-Instanz aktiv ist.

www.carinsson.com

*

Marlene Kilga, geboren in Feldkirch, studierte Anglistik und Germanistik in Gent, Belgien. Das Studium schloss sie im Jahr 1999 ab. Danach arbeitete sie als Sprachlehrerin in Vancouver (Kanada), Ashford/Kent (Großbritannien), Gent (Belgien) und seit 2014 in Dornbirn (Österreich). Über ihre Heimat Vorarlberg hat sie bisher vier Kriminalromane verfasst.

www.marlenekilga.at

*

Edith Kneifl, Dr. phil., lebt als freie Schriftstellerin in Wien. 1992 bekam sie als erste Frau den »Friedrich-Glauser-Preis« für den besten deutschsprachigen Kriminalroman des Jahres verliehen. Ihre Romane wurden in mehrere Sprachen übersetzt. Die Verfilmung ihres Romans »Ende

der Vorstellung« erhielt als bester Fernsehfilm des Jahres die ROMY 2003. 2018 wurde sie mit dem »Ehrenglauser« für ihr Gesamtwerk und ihre Verdienste um die deutschsprachige Kriminalliteratur ausgezeichnet.
www.kneifl.at

*

Lutz Kreutzer, geboren in Stolberg/Rhld., hat zu Österreich eine tiefe Beziehung wegen seiner alpin-geologischen Forschung in den Karnischen Alpen und seiner Erlebnisse als Bergsteiger und Kletterer. An einer Dienststelle des Wissenschaftsministeriums in Wien hat der promovierte Naturwissenschaftler die Öffentlichkeitsarbeit begründet. Er schreibt Thriller und Kriminalromane. Sein erster Thriller »Schröders Verdacht«, der auch teilweise in Österreich spielt, schaffte es auf Platz 1 im Kindle-Shop. Seine Arbeit wurde mit mehreren Stipendien ausgezeichnet. Er lebt und arbeitet in München.
www.lutzkreutzer.de

*

Gerhard Langer, geb. 1960 im Salzburger Pongau, arbeitet als Universitätsprofessor für Judaistik in Wien. Er studierte Theologie und Judaistik und war lange Zeit an der Universität Salzburg tätig. Sein wissenschaftlicher Schwerpunkt ist die jüdische Kulturgeschichte. Zahlreiche Reisen führten ihn um die Welt. Romanschreiben ist seit etwa zehn Jahren sein großes Hobby, wozu er in der spärlichen Freizeit möglichst jede Minute nutzt. Unter seinem Namen erschienen zwei Krimis. Für historische

Krimis nutzt Langer das Pseudonym Karl Rittner (»Die Toten von Wien«). Langer lebt in Wien.
www.karlrittner.at

*

Andrea Nagele, die mit Krimiliteratur aufgewachsen ist, leitete über ein Jahrzehnt ein psychotherapeutisches Ambulatorium. Heute betreibt sie in Klagenfurt eine psychotherapeutische Praxis. Sie pendelt zwischen Klagenfurt am Wörthersee, Berlin und dem italienischen Grado. »Grado im Licht – Maddalena Degrassis erster Fall« ist ihr zwölfter Kriminalroman und ihr siebter der Adria-Grado-Krimireihe. Die ersten vier Thriller aus der Adria-Serie sind auf Italienisch übersetzt worden und auch als Hörbuch erhältlich. Neben den erfolgreichen Krimis stammen auch der Kultur-Reiseführer »111 Orte in Klagenfurt und am Wörthersee, die man gesehen haben muss« und die beiden Thriller »Du darfst nicht sterben« und »Sag mir, wen du hörst. Sag mir, wen du siehst. Sag mir, wer du bist« aus ihrer Feder.
www.andreanagele.at

*

Sigrid Neureiter ist gebürtige Salzburgerin mit familiären Wurzeln in Nord- und Südtirol. Nach dem Studium der Germanistik an der Universität Salzburg arbeitete sie als Journalistin, bevor sie ihre eigene PR-Agentur in Wien gründete. Ihre Kriminalromane um die PR-Beraterin Jenny Sommer spielen an unterschiedlichen Schauplätzen in Südtirol. Mit der vorliegenden Kurzgeschichte,

die in der Stadt Hall in Tirol angesiedelt ist, wendet sich die Autorin Nordtirol zu. Mit Hall verbinden sie berufliche Beziehungen und eine große Begeisterung für die von Münze, Saline und dem Habsburger Kaiser Maximilian I. geprägte mittelalterliche Stadt.
www.sigrid-neureiter.com

*

Günter Neuwirth, geboren 1966, wuchs in Wien auf. Nach einer Ausbildung zum Ingenieur und dem Studium der Philosophie und Germanistik zog es ihn für mehrere Jahre nach Graz. Heute wohnt er am Waldrand der steirischen Koralpe. Der Autor ist als Informationsarchitekt an der Technischen Universität Graz tätig. Günter Neuwirth ist Autodidakt am Piano und trat während des Studiums in Wiener Jazzclubs auf. Eine Schaffensphase führte ihn als Solokabarettist auf zahlreiche Kleinkunstbühnen. Seit 2008 publiziert er Romane, vornehmlich im Bereich Krimi.
www.guenterneuwirth.at

*

Robert Preis wurde 1972 in Graz geboren und ist dort aufgewachsen. Er lebt heute als Journalist und Schriftsteller in der Nähe seiner Heimatstadt. Preis ist Initiator des FINE CRIME-Krimifestival™ und schrieb zahlreiche Romane und Kurzgeschichten, in denen das mystisch-legendenhafte seiner Heimat stets mitschwingt.
www.robertpreis.com

*

Eva Reichl wurde in Kirchdorf an der Krems geboren und zog bereits als Kleinkind mit ihrer Familie ins Mühlviertel, wo sie bis heute lebt. Neben ihrer Arbeit als Controllerin schreibt sie Kriminalromane und Kindergeschichten. Mit ihrer Mühlviertler-Krimiserie rund um Chefinspektor Oskar Stern und ihrem Thriller »Todesdorf« verwandelt sie ihre Heimat in einen Tatort getreu dem Motto: Warum in die Ferne schweifen, wenn das Böse liegt so nah.
www.eva-reichl.at

*Weitere Titel finden Sie auf den
folgenden Seiten und im Internet:*

WWW.GMEINER-VERLAG.DE

Alle Bücher von Lutz Kreutzer:

Hauptkommissar Josef Straubinger ermittelt:
1. Fall: Die Akte Hürtgenwald
ISBN 978-3-8392-2812-8

2. Fall: Römerfluch
ISBN 978-3-8392-0338-5

Schaurige Orte in der Schweiz (Hrsg.)
ISBN 978-3-8392-2854-8

Schaurige Orte in Südtirol (Hrsg.)
ISBN 978-3-8392-0190-9

Schaurige Orte am Niederrhein (Hrsg.)
ISBN 978-3-8392-0300-2

Schaurige Orte in Österreich (Hrsg.)
ISBN 978-3-8392-0410-8

mit Uwe Gardein (Hrsg.):
Die gruseligsten Orte in München
ISBN 978-3-8392-2433-5

Die gruseligsten Orte in Köln
ISBN 978-3-8392-2454-0

Düstere Orte in Nürnberg
ISBN 978-3-8392-2569-1

Die gruseligsten Orte in Hamburg
ISBN 978-3-8392-2703-9

GMEINER SPANNUNG

WWW.GMEINER-VERLAG.DE
Wir machen's spannend

DIE NEUEN

ISBN 978-3-8392-0154-1 — AM INN
ISBN 978-3-8392-2730-5 — AUGSBURG UND BAYERISCH-SCHWABEN
ISBN 978-3-8392-0155-8 — FÜNFSEENLAND
ISBN 978-3-8392-0158-9 — HARZ

ISBN 978-3-8392-0160-2 — MIT HUND NORDSEEKÜSTE NIEDERSACHSEN
ISBN 978-3-8392-0159-6 — LÜNEBURGER HEIDE
ISBN 978-3-8392-0161-9 — NIEDERRHEIN
ISBN 978-3-8392-0163-3 — OSTSEE MECKLENBURG-VORPOMMERN

ISBN 978-3-8392-0164-0 — OSTSEE SCHLESWIG-HOLSTEIN
ISBN 978-3-8392-2626-1 — SACHSEN
ISBN 978-3-8392-0156-5 — FÜR SENIOREN BODENSEE
ISBN 978-3-8392-0157-2 — FÜR SENIOREN NORDSEE SCHLESWIG-HOLSTEIN

ISBN 978-3-8392-0166-4 — SÜDLICHE WEINSTRASSE UND PFÄLZERWALD
ISBN 978-3-8392-0166-4 — SÜDTIROL
ISBN 978-3-8392-2838-8 — USEDOM
ISBN 978-3-8392-0168-8 — WIESBADEN RHEIN-TAUNUS RHEINGAU

GMEINER KULTUR

WWW.GMEINER-VERLAG.DE
Mensch, Kultur, Region